AGATHA CHRISTIE COMPLETE COLLECTION
SLEEPING MURDER

AGATHA CHRISTIE COMPLETE COLLECTION

SLEEPING MURDER

잠자는 살인 애거서 크리스티 장편 소설 | 김윤정 옮김

황금가지

SLEEPING MURDER

Copyright © 1976 Agatha Christie Limited.
All rights reserved.

AGATHA CHRISTIE, MARPLE,
the Agatha Christie Signature and the AC Monogram Logo
are registered trademarks of Agatha Christie Limited in the UK and elsewhere.
All rights reserved.
www.agathachristie.com

Korean Translation Copyright © Minumin 2013, 2025

Korean translation edition is published by arrangement with
Agatha Christie Limited through Shinwon Agency.

이 책의 한국어판 저작권은 신원 에이전시를 통해
Agatha Christie Limited와 독점 계약한 ㈜민음인에 있습니다.

저작권법에 의해 한국 내에서 보호를 받는 저작물이므로
무단 전재와 무단 복제를 금합니다.

정식 한국어 판 출간에 부쳐

나는 한국에서 우리 할머니의 작품을 정식으로 출간한다는 소식을 듣고 무척 기뻤다. 할머니가 1920년부터 1970년 무렵까지 오랜 세월에 걸쳐 집필한 작품들은 21세기인 지금 읽어도 신선하고 재미있다. 등장 인물들이 워낙 자연스러워서 요즘 사람들과 다를 바 없고 이들이 등장하는 상황과 장소가 전 세계 사람들의 애정과 향수를 자극하기 때문이다. 한국 독자들은 이번에 새로 나온 정식 한국어 판을 통해 그동안 접하지 못했던 애거서 크리스티의 일부 작품들을 읽을 수 있을 것이다. 덕분에 한국에 새로운 세대의 애거서 크리스티 팬들이 탄생할지도 모르겠다는 생각을 하면 가슴이 벅차다.

애거서 크리스티는 대표적인 두 명의 주인공으로 기억되는 작가이다. 14권의 작품에 등장하는 마플 양은 영국의 작은 시골 마을에서 평온한 나날을 보내며 뜨개질과 수다로 소일하는 미혼의 할머니이지만, 놀라운 기억력과 날카로운 두뇌 회전으로 주변에서 벌어진 살인 사건을 해결한다.

그리고 마플 양과 상반되는 성격을 지닌 에르퀼 푸아로는 자신만만하고 콧수염을 포함한 자신의 외모와 벨기에라는 국적에 대한 자부심이 상당하다. 그는 이집트와 이라크를 비롯한 세계 각지에서 수수께끼를 해결하며 『오리엔트 특급 살인 Murder On The Orient Express』, 『나일 강의 죽음 Death On The Nile』, 『애크로이드 살인 사건 The Murder Of Roger Ackroyd』 등 애거서 크리스티의 여러 대표작에 모습을 드러낸다.

황금가지의 대담하고 참신한 표지와 전반적인 디자인 덕분에 작품의 성격이 잘 살아난 것 같아 기쁘다. 또한 한국 독자들이 할머니의 원작이 지닌 참된 묘미를 느낄 수 있도록 충실한 번역을 위해 애써 준 점도 높이 사고 싶다.

할머니의 작품이 20세기의 그 어떤 작가들보다 많이 팔리고 있는 이유는 나이와 국적에 상관없이 읽을 수 있는 재미와 감동을 갖추었기 때문이다. 모쪼록 한국 독자들도 황금가지에서 선보이는 애거서 크리스티 작품들을 즐겁게 감상하기를 바란다.

매튜 프리처드
애거서 크리스티의 손자
ACL 이사장

차례

정식 한국어 판 출간에 부쳐 — 5
집 — 9
벽지 — 19
그녀의 얼굴을 가려라 — 34
헬렌? — 43
회상 속의 살인 — 51
추리 연습 — 68
케네디 박사 — 81
켈빈 핼리데이의 망상 — 96
미지의 인물? — 105
어느 병원의 기록 — 116
그녀 인생의 남자들 — 125
릴리 킴블 — 144
월터 페인 — 148
이디스 패짓 — 156
주소 — 170
어머니의 아들 — 174
리처드 어스킨 — 185
메꽃 — 209
킴블 씨가 말하다 — 216
헬렌이라는 소녀 — 221
J. J. 애플릭 — 233
릴리가 약속을 지키다 — 251
그들 중 누가? — 268
원숭이 앞발 — 289
토키에서의 후일담 — 308

집

그웬다 리드는 몸을 살짝 떨며 방파제 위에 서 있었다. 부두와 세관 창고, 그 외 눈에 보이는 영국의 모든 것이 잔잔히 위아래로 흔들리고 있었다.

그리고 그녀가 결심을 내린 것은 바로 그 순간이었다. 그녀를 그토록 중대한 사건으로 이끈 결심. 기선과 연락하는 임항 열차로 런던에 갈 예정을 바꾼 것이다.

무엇보다, 왜 런던에 가야 하는가? 아무도 그녀를 기다리지 않고, 그녀가 오기를 기대하는 사람도 없다. 그녀는 마구 삐걱거리는 배에서 막 내렸을 뿐이었고 (배를 타고 플리머스로 올라오는 사흘 동안 날씨가 매우 궂었다.) 이리저리 흔들리는 기차를 또 타는 것은 질색이었다.

그녀는 호텔에 가고 싶었다. 견고한 땅 위에 서 있는 멋지고 튼튼한 호텔. 그러면 삐걱거리거나 흔들리지 않는 멋지고 튼튼한 침대에 누울 수 있다. 그러면 잠이 들 것이고, 다음 날 아침에는……. 그 순간 그녀에게 멋진 아이디어가 떠올랐다. 자동차를 빌려 느긋하게 몰고 다니는 것이다. 서두를 필요 없이 영국 남부를 쭉 돌며 집, 아주 좋은 집을 찾는 것이다. 그녀와 자일스가 꿈꾸었던 바로 그런 집. 그렇다, 정말 훌륭한 아이디어였다.

그렇게 하면 영국의 매력을 발견할 수 있을 것이다. 자일스가 이야기해 주었던 그 영국을. 대부분의 뉴질랜드인과 마찬가지로 그녀 역시 영국을 고향이라고 불렀지만 사실 그녀는 영국을 한 번도 와 본 적이 없었다.

그러나 막상 대면한 영국은 특별히 매력적인 곳이 아니었다. 비가 끊임없이 내리는 흐린 날씨, 매섭고 지겨운 바람이 기다리고 있었던 것이다. 그웬다는 플리머스가 영국에서 가장 좋은 곳은 아닌 것 같다고 생각하며 출입국장으로 향했다.

하지만 다음 날 아침이 되자 그녀의 기분은 전혀 달라져 있었다. 태양이 빛나고 있었다. 창밖으로 본 경치도 훌륭했다. 무엇보다 주위 세상이 더 이상 이리저리 흔들리지 않았다. 땅은 굳건히 자리 잡고 있었다. 그것이야말로 영국이었고, 그녀는 갓 결혼한 21세 젊은 부인, 지금은 여행 중인 그웬다 리드였다. 자일스가 언제 영국으로 돌아올 것인지는 분명하지 않았다. 몇 주 안에 도착할지도, 6개월 뒤가 될 수도 있었다.

자일스는 그웬다에게 먼저 영국에 가서 적당한 집을 봐 두라고 제안했다. 그들은 영국 어딘가에 보유할 만한 가치가 있는 집을 찾아 오래도록 살 예정이었다. 자일스는 직업상의 이유로 해외 이동이 잦았다. 때로는 그웬다가 동행하기도 하지만, 그럴 수 없는 경우도 있었다. 하지만 두 사람 모두 집, 자신들만의 집을 갖고 싶은 마음은 동일했다. 최근 자일스는 친척 아주머니에게서 가구 몇 점을 물려받았는데, 이 모든 것을 감안할 때 집을 사는 것이 합리적이고 실용적인 선택이라는 생각에 이른 것이다. 그웬다와 자일스는 꽤 부유하기도 했던 관계로 집 구입에 큰 어려움은 없었다.

그웬다는 처음에 자기 혼자 집을 고르는 것을 반대했다.

"같이 골라야지."

하지만 자일스는 웃으며 말했다.

"나는 집에 관해선 아무 도움이 안 돼. 당신 마음에 들면 나한테도 그럴 거야. 물론 자그마한 정원이 있으면 좋겠지. 다만 막 새로 지은 끔찍한 집은 빼고. 너무 커서도 안 돼. 남부 해안 근처의 어느 한 곳이었으면 싶군. 아무튼 너무 내륙인 건 싫어."

"특별히 생각해 둔 곳 있어?"

그웬다의 물음에 자일스는 아니라고 대답했다. 그는 어려서 고아가 되어 (그들은 둘 다 고아였다) 휴가 때마다 여기저기의 친척들 집을 돌아다녔기 때문에 특별히 애착을 가질 만한 장소가 없었다. 새 집은 그웬다의 집이 될 것이다. 길면 6개월이 될 수도 있는 기간을 기다려 자일스와 함께 집을 고를 수는 없었다. 그 시간 동안 어떻게 지낼 것인가? 호텔을 전전하면서? 그럴 수는 없었다. 그녀는 집을 찾아 정착해야 했다. 그녀는 말했다.
"한마디로 나 혼자 모든 걸 해 놓으란 뜻이잖아!"
하지만 그녀는 자일스가 오기 전에 혼자 집을 찾고 살 준비를 마치는 것도 좋을 거라 생각했다. 그들은 겨우 석 달 전에 결혼했으며, 그웬다는 남편을 깊이 사랑했기 때문이다.

침대에서 아침 식사를 마친 후 그웬다는 자리에서 일어나 계획을 세웠다. 플리머스를 구경하며 즐겁게 하루를 보내고 나자, 다음 날부터 운전기사가 딸린 편안한 다임러 자동차를 빌려 영국을 둘러보는 여행이 시작되었다.

날씨는 좋았고, 여행은 매우 즐거웠다. 데번셔에서 집을 몇 채 보았으나 마음에 쏙 드는 곳은 없었다. 서두를 필요는 없어서 그웬다는 탐색을 계속했다. 점차 그녀는 부동산업자들의 호들갑스러운 광고 문구 속에 숨겨진 행간을 읽을 수 있게 되었고, 헛걸음을 막을 수 있었다.

약 일주일 후 화요일 저녁 무렵이었다. 그녀는 차를 타고 딜머스 쪽으로 구불구불한 언덕길을 천천히 내려갔다. 그러다 아직도 아름다움을 유지하고 있는 해변 피서지 외곽에서, '파는 집'이라는 간판을 보았다. 나무들 사이로 희고 작은 빅토리아 왕조풍 빌라가 눈에 들어왔다.

그 순간 그웬다는 탄성을 내질렀다. 자세히 살필 것도 없었다. 그것이야말로 그녀의 집이었다! 이미 그녀는 확신하고 있었다. 보지 않고서도 정원과 긴 창문의 모습을 상상할 수 있었다. 자신이 바라던 바로 그런 집이었으니까.

시간이 이미 늦었던 관계로 일단 로열 클래런스 호텔에서 하루를 보낸 그녀는 다음 날 아침 날이 새자마자 판매 간판에 써 있던 주소를 찾아 부동산 중개소로 향했다.

이내 그녀는 출입 허가증으로 무장한 채, 돌을 깔아 놓은 테라스 쪽으로 2개의 프랑스식 창문이 난 그 집의 고풍스러운 긴 응접실에 서 있었다. 테라스 앞에는 꽃이 핀 관목이 울창한 암석 정원이 있었으며, 그 정원은 아래쪽 잔디밭으로 이어져 있었다. 정원 안쪽에 있는 나무들 사이로는 바다가 보였다.

'이곳이 내 집이야. 우리들의 보금자리. 벌써 이 집의 모든 것을 알고 있는 기분이 들어.'

문이 열리고 울적한 인상의 키 큰 여자가 들어왔다. 그녀는 감기에 걸렸는지 코를 훌쩍였다.

"헨그레이브 부인 되시죠? '갤브레이스 앤드 펜딜리' 부동산 사무소의 소개로 왔습니다. 너무 이른 시간에 찾아와 죄송해요."

그웬다의 말을 들은 헨그레이브 부인은 코를 풀더니 문제없다고 슬픈 듯이 말했다. 집 구경이 시작되었다.

역시 딱 좋은 집이었다. 너무 크지 않으면서 약간 구식인 집. 추가적으로 욕실을 한두 개 더 만드는 게 가능해 보였다. 부엌은 좀 더 현대식으로 보수해야겠지만, 다행히 스토브는 이미 놓여 있었다. 새 개수대를 들이고 최신 설비만 갖추면 되는 것이다.

그웬다의 머릿속이 여러 계획과 상상으로 가득 차는 동안, 헨그레이브 부인은 웅웅거리며 죽은 헨그레이브 소령의 마지막 모습을 자세히 이야기했다. 그웬다는 반쯤 건성으로 들으면서 필요한 만큼 애도와 위로, 동정의 말을 주워섬겼다.

헨그레이브 부인의 친척들은 모두 켄트주에 살고 있어서 그녀가 가까이로 옮겨 와 살기를 바라고 있는 듯했다. 소령은 생전에 딜머스를 퍽 마음에 들어했는데, 골프 클럽에서 간사를 맡기도 했지만 자신은 별로 내키지 않다는 부인의 말이 이어졌다.

"예예, 물론이죠……. 큰일 하셨네요……. 그럼요, 예. 요양원이란 데는 다 그렇다니까요……. 그렇고말고요. 부인께서는 정말……."

그 와중에도 그웬다의 생각은 딴 방향으로 달리고 있었다.

'여기에 리넨 찬장이 있군. 아, 이 2인실은 바다 전망이 참 좋은데? 자일스도 틀림없이 마음에 들어 할 거야. 이 작은 방은 정말 유용하겠는걸. 자일스가 탈의실로 쓰겠다고 할지도 모르지. 욕실은 과연……. 내 생각에 욕조 주변이 마호가니로 되어 있을 것 같은데……. 세상에, 진짜 그렇잖아? 예뻐라! 마룻바닥 정중앙에 있는 욕조라니! 이건 바꿔선 안 돼. 역사적인 유물인걸! 가장자리에 앉아서 사과를 먹을 수도 있겠어. 배를 띄우고 오리를 헤엄치게 하면 바다에 있는 기분일 거야. 그럼, 그럼. 저 뒤에 있는 여분의 공간은 세련되게 크롬 장식을 해 녹색으로 단장하면 되겠어……. 파이프는 주방에서 끌어오면 문제없을 테고, 원형을 최대한 보존해서…….'

헨그레이브 부인이 말했다.

"늑막염이었어요. 사흘째 되던 날 폐렴마저 겹쳤지요."
"참 안되셨네요. 이 통로 끝에 침실이 또 있나요?"
역시 침실이 있었다. 생각한 대로의 바로 그런 방이었다. 활 모양으로 둥글게 휘어진 커다란 창이 있는 방. 상태는 양호한 편이었지만, 헨그레이브 부인의 집안 사람들은 왜 그리도 겨자색 벽지를 좋아했던 것일까?
두 사람은 복도를 되돌아왔다. 그웬다는 진지하게 중얼거렸다.
"침실이 여섯, 아니 일곱이군요. 작은 방과 다락방까지 치면."
발밑에서 마룻장이 희미하게 삐걱거렸다. 이미 그녀는 헨그레이브 부인이 아니라 자기가 집 주인인 것처럼 생각하고 있었다. 헨그레이브 부인은 참견을 좋아하는 사람이었다. 겨자색 벽지로 방의 모습을 바꿔 버리기도 하고, 응접실 한쪽 벽에 등나무꽃 조각을 하는 걸 좋아하는 여자.
그웬다는 손에 쥔 서류에 타이핑된 상세한 부동산 사항과 가격을 힐끗 보았다. 그녀는 요 며칠간 부동산에 대해 상당한 지식을 쌓았는데, 따져 보면 집값은 그다지 비싼 게 아니었다. 물론 개보수 비용이 얼마간 들기는 하겠지만. 그러나 그웬다는 '가격 절충'이라는 문구가 있었음을 기억하고 있었다. 헨그레이브 부인은 켄트주로 이사가 친척들 곁에서 살고 싶어 안달이 난 상태다…….
두 사람이 층계를 내려올 때 그웬다는 갑자기 뭐라 설명할 수 없는 공포가 머리를 스치는 것을 느꼈다. 아주 언짢은 충격이었던 그것은 찾아온 것만큼이나 빠르게, 순식간에 지나가 버렸다. 곧, 그웬다의 머리에 어떤 의문이 떠올랐다.

"이 집, 유령이 나오진 않죠?"

마침 헨그레이브 부인은 한 계단 아래에 서서 소령이 급속히 쇠약해지던 과정을 이야기하던 참이었다. 그녀가 모욕을 들은 듯 그웬다를 올려다보았다.

"저는 그런 거 몰라요, 리드 부인. 왜, 누가 그런 말을 하던가요?"

"부인이 직접 뭘 느끼거나 보신 일은 없나요? 이 집에서 죽은 사람이 있었나요?"

너무 무례한 질문을 했구나 후회했지만 이미 늦었다. 바로 헨그레이브 소령이 이곳에서…….

"우리 남편은 세인트 모니카 요양원에서 죽었어요."

"아, 그렇군요. 아까 들었어요."

헨그레이브 부인은 여전히 싸늘한 목소리로 말을 이었다.

"지은 지 100년이 다 되어 가는 집이니 그동안 죽은 사람이 없었다면 오히려 이상하겠죠. 7년 전 우리 남편이 엘워시 양이라는 독신 노인에게서 구입한 집이랍니다. 아주 건강해서 해외에 선교 활동까지 다니는 분이었어요. 그분의 가족 중 누군가가 죽었다는 말을 듣진 못했고요."

그웬다는 재차 우울에 잠긴 헨그레이브 부인을 위로했다. 두 사람은 다시 한번 응접실로 돌아왔다. 그곳의 평화롭고 매력적인 분위기는 그웬다가 꿈꾸던 이상과 꼭 들어맞았다.

조금 전에 순간적인 공포에 사로잡혔던 일이 꼭 거짓말 같았다.

도대체 무슨 일이 일어났던 것일까? 그 집에 잘못된 것은 아무것도 없는데 말이다.

그웬다는 정원을 보여 달라고 부탁하고 프랑스식 창문을 통해 테라스로 나갔다.

'여기에 잔디밭으로 내려가는 층계가 있으면 좋을 텐데.'

그곳엔 대신 큰 개나리가 서 있었다. 그 나무는 특별히 그곳에 자리를 잡았기 때문에 큰 나무로 자란 듯했으며 무성한 가지들이 바다를 볼 수 없게 전망을 가리고 있었다.

그 주변을 완전히 바꿀 계획을 품고 그웬다는 고개를 끄덕였다. 이어서 그녀는 헨그레이브 부인 뒤를 따라 저편에 있는 층계로 잔디밭에 내려갔다. 암석 정원은 관리가 안 돼 잡초가 무성했으며, 꽃이 핀 관목도 가지를 쳐 줘야 할 것 같았다.

헨그레이브 부인은 정원을 돌보지 않은 건 사실이라고 사과하듯이 우물거렸다. 정원사를 일주일에 2번 부르는 게 전부인데, 그나마 건너뛸 때가 많다는 것이다.

그들은 작지만 적당한 크기의 뒤뜰까지 둘러본 다음 집 안으로 돌아왔다. 그웬다는 둘러볼 집이 몇 개 더 있으며, 힐사이드(이 얼마나 평범한 이름인지!)의 다른 집들이 아주 좋았다면서 아직 확실히 결정하지 못하겠다고 딴청을 피웠다.

헨그레이브 부인은 헤어질 때 좀 아쉬운 듯 그웬다를 보며 길게 코를 훌쩍였다.

그웬다는 부동산 사무실로 돌아와 집을 둘러본 감상을 밝히며 제

안 가격을 써 넣었다. 나머지 오전은 딜머스를 혼자 돌아다니며 지냈다. 딜머스는 매력적이고 고즈넉한 바닷가 소도시였다. 끄트머리에 있는 현대적 거리 외에 몇 개의 신식 호텔이 둘, 쇠락한 방갈로가 몇 채 있었다. 해안 옆이라는 지정학적 위치로 인해 마구잡이 개발을 피할 수 있었던 모양이었다.

점심 식사 후 부동산 사무실에서 전화가 걸려와 헨그레이브 부인이 그녀가 써 넣은 값에 동의했다는 말을 전해 주었다. 그웬다는 득의만면한 미소와 함께 우체국으로 가서 자일스에게 전보를 쳤다.

집 샀어요. 사랑해요. 그웬다.

'이걸 보면 몸이 근질근질할 거야. 내가 그냥 빈둥거리지 않았다는 것도 알겠지?'

그웬다는 혼잣말을 했다.

벽지

I

그로부터 한 달 뒤 그웬다는 힐사이드로 이사했다. 자일스의 친척 아주머니로부터 물려받은 가구들이 창고에서 도착하자마자 집 안에 배치했다. 질 좋고 고풍스러운 물건들이었다. 너무 큰 옷장 한두 개는 팔아 버렸지만 나머지는 각 자리에 썩 잘 어울렸다.

응접실에는 자개로 장식한 작고 예쁘장한 테이블이 놓였고, 성과 장미꽃이 그려진 액자가 벽에 걸렸다. 주름 잡힌 갈색 비단 주머니가 달린 자그마한 작업대도 두고, 자단나무 책상과 마호가니 소파 겸용 테이블도 있었다.

그웬다는 안락의자라고 할 만한 것들을 여러 침실에 갖다 놓고, 자일스와 함께 앉을 푹신푹신하고 편안한 의자를 2개 사다가 벽난로 양쪽에 놓았다. 또 커다란 체스터필드 소파는 창가에 놓았다.

그웬다는 커튼으로 쓰기 위해 산뜻한 장미꽃 꽃병에 노란 새가 앉은 무늬가 그려진, 고풍스러운 청색 사라사 무명을 샀다. 방이 딱 좋게 장식된 듯했다.

하지만 아직 일꾼들이 집 안에서 일하고 있었기 때문에 편히 쉴 수가 없었다. 이미 일꾼들이 돌아가도 될 만큼 일은 진척되었지만, 그웬다 자신이 이 집의 완벽한 주인이 될 때까지 그들은 나가지 않을 것이다.

부엌 보수도 이제 다 끝났고, 새 욕실도 거의 완성되어 가는 중이었다. 그 이상의 장식은 다음으로 미뤘다. 새로운 집을 감상하고, 침실을 취향에 맞게 단장할 시간을 가지고 싶었다. 집을 손보는 일이 모두 순조롭게 진행되었으니 꼭 한꺼번에 해 버릴 필요는 없었다.

부엌일을 돕기 위해선 코커 부인이라는 사람을 고용하기로 했다. 정중하고 겸손한 부인으로 그웬다의 스스럼없는 친밀한 행동에 반발하는 태도가 없지 않았다. 하지만 그웬다가 그녀의 부엌일 솜씨를 인정하고 나자 훨씬 누그러진 모습이었다.

오늘 아침에는 그웬다가 잠을 깨어 침대에 앉아 있으려니, 코커 부인이 아침 식사 쟁반을 가져와 그녀의 무릎 위에 놓았다.

코커 부인은 엄숙하게 말했다.

"집에 신사분이 없는 경우, 숙녀들은 침대에서 식사하시는 걸 더 좋아하시죠."

물론 그웬다는 몹시나 영국적인 이 관습에 따랐다.

"오늘 아침은 스크램블드에그예요. 부인께선 훈제 대구를 드시고 싶다고 하셨지만 침실에서는 내키지 않으시겠죠. 냄새가 남으니까요. 저녁 식사 때 준비할게요. 크림으로 요리해 토스트에 얹은 걸로."

"오, 고마워요. 코커 부인."

코커 부인은 너그럽게 웃으며 물러갈 준비를 했다.

그웬다는 넓은 2인실을 쓰지 않았다. 그곳은 자일스가 올 때까지 비워 둘 생각이었다. 대신 둥근 벽과 활 모양 창이 있는 복도 끝 방을 썼다. 그곳에서 그녀는 완전히 편안하고 행복했다.

주변을 둘러보고 그녀는 기쁨에 겨워 소리쳤다.

"전 이 방이 정말 좋아요."

코커 부인은 넉넉한 눈길로 주변을 둘러보았다.

"확실히 좋은 방이죠, 부인. 작긴 하지만. 창문에 창살이 쳐져 있는 걸 보면 아기 방이었을지도 모르겠어요."

"그런 건 생각도 못했네요. 아마 그런가 봐요."

"아, 그럼요."

코커 부인은 말 속에 뭔가 숨은 의미를 담은 듯한 태도로 말하고 물러갔다. 마치 이렇게 말하는 것 같았다.

'누가 알겠어요? 집에 남자분이 오시면 아기 방이 필요해질지도?'

그웬다는 얼굴을 붉혔다. 그녀는 방 안을 둘러보았다. 아기 방이라……. 그렇다, 이곳은 분명 훌륭한 아기 방이 될 것이었다. 그녀는 마음속으로 방을 꾸미기 시작했다. 벽 옆에는 큰 인형 집, 장난감을 진열한 나지막한 장, 따스하게 불을 피운 벽난로, 그리고 난로를 감싼 높은 창살. 하지만 그 끔찍한 겨자색 벽지는 곤란했다. 그녀라면 더 즐거운 느낌의 벽지를 고를 것이었다. 밝고 활달한 빛깔로. 작은 양귀비와 수레국화가 어우러진 무늬라면 어떨까……. 그래, 정말 예쁠 것이다. 그런 벽지를 찾기로 하자. 그녀는 꼭 그렇게 생긴 벽지를 본 것만 같은 느낌을 받았다.

그 방에는 가구가 별로 필요 없었다. 붙박이장이 둘 있었고, 구석 장롱은 잠겨 있었는데 열쇠가 없었다. 전체를 페인트로 칠한 장롱인데, 오랫동안 열지 않은 것 같았다. 일꾼들이 떠나기 전에 열어 달라고 부탁할 심산이었다. 옷을 넣을 공간이 부족했기 때문이다. 그웬다는 하루하루 날이 지날수록 힐사이드가 더 좋아졌다.

어느 날, 열린 창문으로 점잖은 헛기침 소리가 들려와 그웬다는 급히 아침 식사를 끝냈다. 괴짜 정원사 포스터가 와 있었다. 그는 일 약속을 자주 어기는 사람이었지만, 오늘은 이렇게 온 것을 보니 제대로 일을 해 볼 모양인가 싶었다.

그웬다는 목욕을 하고 트위드 스커트와 스웨터를 입은 후 급히 정원으로 나갔다. 포스터는 응접실 창문 밖에서 일하고 있었다. 그웬다의 첫 요청은 암석 정원에 작은 길을 만드는 일이었다.

처음에 포스터는 그 의견에 반대했다. 개나리와 병꽃나무, 라일락을 모두 들어내야 한다는 게 이유였다. 하지만 그웬다가 아무래도 물러서지 않아서, 지금 그는 맹렬히 그 일을 하는 중이었다. 포스터는 낄낄거리며 그웬다를 맞았다.

"옛날로 돌아가는 것 같군요, 아가씨."

그는 그웬다를 한사코 아가씨라고 불렀다.

"옛날로? 무슨 말이죠?"

포스터는 삽을 툭툭 두드리며 말했다.

"오래된 옛날 층계가 나왔잖아요. 보세요, 아가씨가 계단을 만들어 달라고 했던 딱 그곳이죠. 그런데 누가 그 위에 나무를 심고 흙으로 덮어 버렸던 겁니다."

"그 사람도 참 바보 같은 일을 했네요. 포스터 씨도 그 나무들 때문에 응접실에서 잔디밭과 바다 경치를 볼 수 없다고 말했잖아요."

포스터는 바다 경치에 대해서는 별 관심이 없는 모양이었다. 그러나 신중하게 동의했다.

"하긴 그렇죠. 나도 이 나무들을 치우는 데 반대하는 건 아닙니다. 경치가 확실히 좋아질 테죠. 이것들이 응접실을 그늘지게 만들고 있었으니까요. 하지만 나무가 이만큼이나 잘 자랐으니 그냥 둬도 좋지 않을까요? 이렇게 생기 넘치는 개나리는 본 적이 없어요. 라일락은 그렇지도 않지만 병꽃나무는 비싸답니다. 그리고 하나 알려 드리자면, 옮겨 심기에는 수령이 이미 오래되었군요."

"네, 그렇군요. 하지만 나무가 없는 쪽이 훨씬, 훨씬 좋다고 생각해요."

포스터는 머리를 긁었다.

"저런. 뭐 그럴지도 모르죠."

"제 말이 맞다니까요."

그웬다는 고개를 끄덕이고 갑자기 물었다.

"헨그레이브 씨네 가족 이전엔 누가 여기 살았나요? 그분들은 이곳에 오래 살지 않았지요?"

"6년쯤일까요. 오랜 시간은 아니죠. 그들 전에는 엘워시 양 가족들이었어요. 아주 충성스럽게 교회를 다니는 사람들이었죠. 저교회파(의식을 경시하고 복음을 강조하는 영국 국교의 종류 — 옮긴이) 교회였는데, 해외 선교를 했다던가요. 한번은 흑인 목사님이 이 집에 묵고 간 일도 있었습니다. 여자 자매들이 넷, 그리고 남자 형제가 하나 있었지만 누이들과는 잘 지내지 못한 모양이었습니다. 그리고 그 전에 살던 사람은……. 어디 보자, 핀디슨 부인이었군요. 아, 정말이지 그분이야말로 이 지방의 진짜 상류층 지역 유지였답니다. 여기서 오래 사셨고 말이죠. 제가 태어나기 전부터 살았으니까요."

"그분은 여기서 돌아가셨나요?"

"이집트인지 다른 어딘가에서 돌아가셨지요. 가족들이 유해를 고국으로 모셔와 교회 묘소에 묻었지만요. 그분이 저 목련이며 저기 있는 등나무를 심었지요. 저기 보이는 섬엄나무도 심고요. 아마 키 작은 관목을 좋아하셨던 모양입니다."

포스터는 말을 계속했다.

"당시엔 언덕을 따라 한 줄로 늘어선 새 집들이 없었지요. 그야말로 시골다웠습니다. 영화관도, 현대식 매장도 없었어요. 해변 산책로도 물론 없었습니다!"

그의 목소리는 세상의 새로운 조류를 비난하는 노인들의 어조를 띠어 갔다. 그는 콧김을 뿜으며 말했다.

"변해 버렸습니다. 모든 게 다 변해 버렸어요."

"세상은 변하는 거잖아요. 요즘 들어 바뀌어서 좋아진 것들도 많고 말이죠."

"그렇게 말하는 사람들도 더러 있죠. 하지만 전 모르겠습니다. 변해 버렸어요!"

그는 왼쪽 느릅나무 산울타리 너머로 크게 보이는 건물을 가리켰다.

"저게 옛날 병원으로 쓰였던 건물입니다. 편리하고 좋은 위치에 있었지요. 그런데 사람들이 병원을 마을에서 2킬로미터 가까이나 떨어진 큰 건물로 옮겨 버리고 만 거예요. 이제 거기 가려면 20분을 걷든지 3펜스를 내고 버스를 타야 합니다."

그는 다시 한번 산등성이 너머를 가리켰다.

"지금은 여학교가 되어 있다죠. 10년 전에 옮겨 왔어요. 요즘 사람들은 집을 사면 10년이나 12년쯤 살다가 다시 떠나곤 합니다. 끊임없이 돌아다니죠. 그래서 뭐라도 생긴답니까? 앞일을 잘 내다보지 않으면 정원수 하나 제대로 심지 못할 세상이 되었습니다."

그웬다는 목련을 황홀하게 바라보았다.

"핀디슨 부인은 높은 안목을 가지신 분이셨나 봐요?"

"그렇습니다. 훌륭한 분이셨지요. 결혼과 동시에 여기로 오셨답니다. 아이들을 키워 결혼시켰고, 주인어른 임종을 지키셨으며, 여름에는 손자들을 맡아 보살피셨지요. 그런 식으로 거의 여든, 아흔이 가까워서 돌아가셨습니다."

포스터의 말투는 따스한 온기를 띠고 있었다. 그웬다는 희미하게 미소를 떠올리며 집 안으로 들어갔다. 그녀는 일꾼들과 이야기한 다음 응접실로 돌아와 책상 앞에 앉아 편지를 몇 통 썼다.

아직 답장을 기다리는 편지 중에는 런던에 사는 자일스의 사촌에게서 온 것이 있었다. 혹시 런던에 오고 싶거든 언제든지 첼시에 있는 그들 집에 와서 묵어도 좋다는 내용이었다.

레이먼드 웨스트는 잘 알려진 (인기 있다고 표현하기엔 좀 어려운) 소설가였으며, 그의 아내 조앤은 그웬다도 잘 아는 화가였다. 그들 집에 놀러가 묵는 일은 즐거울 것이다. 그들은 내심 그웬다를 교양 없는 사람이라 생각할지도 모르지만. 그웬다는 생각했다.

'사실 자일스나 나나 교양이 풍부한 사람들은 아니잖아?'

홀에서 묵직한 징 소리가 울렸다. 정교하게 조각을 새기고 검은색 나무로 테를 두른 그 징은 자일스의 숙모가 선물로 준 것이었다. 코커 부인은 그 징을 울리는 일을 정말로 즐기는 듯, 항상 기쁜 모습으로 우렁찬 소리를 내곤 했다. 그웬다는 두 손으로 귀를 막고 일어섰다.

그녀는 급히 응접실을 가로지르다가 창문이 있는 벽에서 짜증이 섞인 짧은 탄성을 내질렀다. 벌써 세 번째였다. 그녀는 항상 그 단단한 벽을 통과해 옆방에 있는 식당으로 갈 수 있을 것으로 착각하곤 했다.

다시 방으로 돌아온 그녀는 이번엔 일단 홀로 나가서 응접실 모퉁이를 돌아 식당으로 들어갔다. 꽤 돌아가는 길이라 겨울엔 좀 고생스러울 것 같았다. 홀에는 외풍이 셀 것이고, 중앙난방은 응접실과 식당, 그리고 2층에 있는 침실 2개에만 들어오기 때문이었다.

'이해가 안 돼.'

그웬다는 우아한 쉐라톤 식탁에 앉으며 생각했다. 크고 네모난 마호가니제 라벤더 식탁 대신 비싼 값을 주고 사온 물건이었다.

'왜 응접실에서 식당으로 통하는 문을 만들지 않은 거지? 정말 이해가 안 된다니까. 이따 오후에 심즈 씨가 오거든 얘기해 봐야겠다.'

심즈 씨는 건축가이자 실내 장식 전문가였다. 허스키한 목소리를 가진 믿음직스러운 중년 남자로, 고객이 언제 요청할지 모를 비싼 의뢰를 즉시 받아 적기 위해 항상 작은 수첩을 들고 다녔다.

심즈 씨는 그웬다의 문의에 전문가다운 태도로 답했다.

"세상에서 제일 간단한 작업입니다, 리드 부인. 듣고 보니 그렇게 고치면 정말로 편리해지겠는걸요?"

"돈이 많이 들까요?"

그웬다는 심즈 씨의 과도한 칭송을 듣고 조금 의심스러운 기분이 되었다. 지금껏 심즈가 최초로 알려 준 견적과는 다르게 추가 경비가 드는 일이 많아 좀 불쾌한 경험을 몇 번 했던 것이다.

심즈는 안심하라는 듯 허스키한 목소리로 말했다.

"푼돈 정도입니다."

그웬다는 이제까지보다도 더 의심스러운 표정을 지었다. 심즈의 그런 표현은 믿을 수 없다는 걸 그녀는 알고 있었다. 그가 즉시 대답했다는 것도 한층 못 미더웠다.

심즈는 부추기듯 말했다.

"그럼 이렇게 하시죠, 리드 부인. 테일러가 탈의실 일을 끝내면 그를 불러 살펴보게 시키겠습니다. 그다음 정확한 비용을 말씀드리지요. 벽의 종류에 따라서 다르거든요."

그웬다는 동의했다.

그녀는 조앤 웨스트에게 초대해 준 데에 감사하다는 편지를 썼다. 그러나 지금으로서는 일꾼들을 지켜보아야 하므로 딜머스를 떠날 수 없다는 사연도 함께 적었다.

그러고서 그녀는 해변 산책로로 가서 바닷가 바람을 즐겼다. 되돌아와 응접실로 들어가니 심즈의 일꾼 책임자인 테일러가 구석에서 일어나 싱긋 웃으며 인사했다.

"아무 어려움이 없을 것 같습니다, 부인. 원래 여기는 문이 있던 자리입니다. 누군가 그 문을 마음에 안 들어 했던 사람이 문을 막고 회반죽으로 발라 버린 겁니다."

그웬다로서는 놀랍고도 기뻤다. 그녀는 생각했다.

'정말 이상하기도 하지. 어쩐지 거기 문이 있던 것 같더라니.'

그녀는 점심 식사 때 아무 망설임 없이 그곳으로 걸어갔던 일이 생각났다. 생각이 거기에 미치자 갑자기 그녀는 불안함으로 몸을 작게 떨었다. 생각해 보면 정말로 기묘한 일이었다.

어째서 그리도 분명하게 문이 있다고 생각했을까? 벽에는 문이 있었음을 가리키는 흔적이 전혀 없었다. 그녀는 어떻게 거기 문이 있으리라고 생각했을까? 식당으로 통하는 문이 있으면 편리할 것이 당연하다. 그러나 어째서 그녀는 늘 그곳에서만 문을 찾았던 것일까? 식당 방향의 다른 벽도 많은데. 그녀는 딴 생각에 잠겨 있을 때면 자기도 모르게 옛날 문이 있었다는 바로 그 지점으로 가곤 했던 것이다. 그웬다는 불안해져서 생각했다.

'설마 나에게 투시력 같은 뭔가가 있는 건 아니겠지…….'

자기에게 초능력이 있다고 생각한 일은 이제까지 한 번도 없었다. 그녀는 그런 성격의 사람이 아니었다. 하지만 정말 그럴까? 응접실 테라스에서 잔디밭과 해변 방향으로 뚫린 정원 길이 떠올랐다. 그녀가 바로 그 자리에 길을 만들어 달라고 강경하게 요청한 이유는 무의식중에 뭔가를 알고 있었기 때문이 아닐까?

'어쩌면 나는 좀 초능력자 기질이 있는지도 몰라. 아니면 이 집이 무슨 영향을 주었을 수도 있고.'

그녀는 점점 불안해졌다.

왜 그녀는 헨그레이브 부인에게 난데없이 여기에 유령이 나오느냐고 물었을까? 유령 따위는 나오지 않았다! 정말로 흡족한 집이다! 집에 잘못된 것이 있을 리 없다. 실제로, 헨그레이브 부인도 그 물음에 정말로 놀라지 않았는가. 아니면 그녀의 태도에 은밀히 감추고 있던 구석이 있었던 걸까?

'세상에, 나 좀 봐. 온갖 나쁜 상상만 펼치고 있잖아.'

이렇게 생각한 그웬다는 그녀는 마음을 추스르고 테일러와 의논을 시작했다.

"한 가지가 더 있어요. 2층 내 방에 있는 붙박이장이 잠긴 채 열리지가 않거든요. 그걸 열어 주셨으면 해요."

테일러는 그녀와 함께 2층으로 가서 장롱 문을 살펴보았다.

"여러 번 페인트칠을 해서 막은 겁니다. 괜찮으시다면 내일이라도 사람을 시켜 열게 하겠습니다."

그웬다는 묵묵히 동의했고, 테일러는 가 버렸다.

그날 저녁 그웬다의 신경은 곤두선 채 흥분해 있었다. 응접실에 앉아 책을 읽으려 해도 가구가 삐그덕거리는 소리가 일일이 신경을 건드렸다.

그녀는 한두 번 어깨 너머로 뒤를 돌아보고 부르르 진저리쳤다. 그녀는 문이며 정원 길은 아무 의미가 없다고 스스로를 타일렀다. 그저 우연의 일치일 뿐이다. 상식이 있는 사람이라면 누구라도 그렇게 생각할 일이었다.

스스로는 의식하지 않았지만, 그웬다는 어느새 침실로 올라가는 행동을 피하고 있었다. 마침내 그녀는 일어나 불을 끄고 홀로 나가는 문을 열었다. 그때 그녀는 자신이 계단 오르기를 두려워하고 있다는 사실을 깨달았다.

그녀는 급히 층계를 뛰어올라가 복도를 달려 방문을 열었다. 방으로 들어가자 곧 두려움이 가라앉았다.

그웬다는 애정이 담긴 눈으로 방 안을 둘러보았다. 여기라면 안전하다. 안전하고 행복하다. 그렇다. 그녀는 그곳에 있었다. 그녀는 안전했다.

'바보! 뭐가 안전하다는 거야?'

그녀는 침대 위에 펴 놓은 잠옷과 밑에 침실용 슬리퍼를 지켜보았다.

"그웬다, 너 정말 6살짜리 꼬마애 같구나! 토끼무늬 슬리퍼를 다시 신어야겠어."

이렇게 외치고 나니 조금 안정을 찾을 수 있었다. 그녀는 곧 잠이 들었다.

다음 날 아침 그웬다는 시내에서 여러 가지 볼일을 보았다. 그녀가 돌아온 것은 점심 식사 시간이었다.

"부인, 남자들이 침실의 장롱을 열었더군요."

코커 부인이 솜씨 좋게 기름에 튀긴 가자미와 으깬 감자, 크림소스 당근 요리를 들고 들어와 이렇게 말했다.

"아, 잘됐네요."

배가 고파서 점심 식사는 맛있었다. 응접실에서 커피를 마시고 나서 2층 자기 침실로 갔다. 그녀는 방을 가로질러 구석 쪽에 있는 붙박이장 문을 잡아당겼다.

그 순간 그웬다는 나지막한 비명을 지르며 얼어붙었다.

벽의 다른 부분은 모두 노르스름한 겨자색 페인트로 다시 칠해져 있는 반면, 붙박이장 안쪽만 예전 벽지 그대로였다. 그 방에는 옛날의 밝은 꽃무늬 벽지가 발라져 있었던 것이다. 새빨간 양귀비와 수레국화가 번갈아 피어 있는 무늬의 벽지가……

II

그웬다는 오랫동안 그 광경을 뚫어지게 쏘아보며 서 있었다. 이윽고 그녀는 비틀비틀 침대로 가서 쓰러지듯 앉았다.

그녀는 지금 한 번도 와 본 적 없는 나라의 한 번도 와 본 적 없는 집을 구입했다. 그리고 그녀가 침대에 누워서 새로 바를 벽지를 상상한 것은 겨우 이틀 전이었다. 그런데 그녀가 머릿속으로 그려 본 벽지는 옛날 이곳 벽에 발라졌던 벽지와 완전히 똑같은 것이었다.

이 현상을 설명할 몇 가지 이론이 그녀의 머릿속에서 소용돌이쳤다. 던(아일랜드의 공학자 겸 작가 존 윌리엄 던. 시간의 속성을 탐구하는 저술을 남겼다 — 옮긴이)의 시간 실험이 이런 것이었을까? 과거가 아니라 앞날을 투시하는…….

정원 길과 문에 대한 것은 우연의 일치라고 설명할 수도 있다. 그러나 이번 우연의 일치는 불가능하다. 그렇게나 구체적으로 벽지 무늬를 상상하고, 그 후에 똑같은 것을 발견하는 일이 있을 수 있을까? 아니, 분명 그녀의 이해를 넘어서는 어떤 설명이 있을 것이다. 하지만 그녀가 두려움에 빠진 것만은 사실이었다. 그녀는 몇 번이나 현재가 아닌 과거를, 이 집의 옛 상태를 보고 있었던 것이다.

언젠가 그녀는 그 이상의 것을 보게 되는지도 모른다. 그녀가 보고 싶지 않은 무언가를. 그녀는 이 집이 무서웠다. 하지만 정말로 무서운 것은 집일까, 그녀 자신일까? 그녀는 초자연적인 것들을 보는 '그런 사람'이 되고 싶지 않았다.

그녀는 숨을 크게 들이쉬고 모자를 쓴 다음 코트를 입고 급히 밖으로 나왔다. 우체국에서 그녀는 다음과 같이 전보를 쳤다.

런던 첼시 스퀘어 애드웨이 19번지 웨스트 씨 앞.
마음이 달라졌어요. 내일 찾아뵐게요. 그웬다.

그녀의 얼굴을 가려라

　레이먼드 웨스트 부부는 자일스의 젊은 아내가 환영받고 있다고 느끼도록 최선의 노력을 다했다. 그러니 그웬다가 그들을 보고 내심 좀 놀랐다 해도 그들의 잘못은 아니었다. 우선 레이먼드는 외모가 괴상했다. 안 그래도 활개 치는 까마귀 같은 인상인데, 머리카락은 삐죽삐죽 솟았고 갑자기 언성을 높이는 이해하기 힘든 말버릇 때문에 그웬다는 눈을 동그랗게 뜨고 당황할 뿐이었다.
　그와 조앤은 둘이서 꼭 자기들만의 언어로 이야기하는 듯했다. 그때까지 한 번도 학구적인 분위기를 경험해 본 적 없는 그웬다에겐 정말 낯선 체험이었다.
　"그웬다, 우리와 같이 쇼를 한두 개 보러 갔다 오죠."
　레이먼드가 말했다. 먼 길을 온 그웬다가 홍차였으면 더 좋았겠다고 생각하며 진을 마시고 있을 때였다.

그웬다의 얼굴이 순식간에 밝아졌다.

"오늘 밤에는 새들러즈 웰스에서 발레를 보고, 내일은 우리의 놀라운 능력자 제인 아주머니의 생일 축하 파티를 합시다. 길거드 주연의 「말피 공작부인」을 보러 가자고요. 그리고 금요일엔 「그들은 발 없이 걷는다」를 봐야 해요. 러시아 번역 작품인데, 지난 20년간의 공연 중 가장 중요한 작품이지요. 위트모어 극장으로 가는 겁니다."

그웬다는 자신을 즐겁게 해 주기 위한 세심한 계획에 고마움을 표했다. 결국 자일스가 돌아와야 둘이서 뮤지컬이며 쇼를 보러 갈 수 있을 것이다. 그녀는 유령을 암시하는 「그들은 발 없이 걷는다」라는 제목에 조금 움찔했으나, 재미있을 거라며 마음을 고쳐먹었다. '중요한' 연극이란 대개 재미가 없다는 게 문제였지만 말이다.

레이먼드가 말했다.

"당신도 틀림없이 우리 제인 아주머니가 마음에 들 겁니다. 굳이 표현하자면, 역사상의 인물을 실제로 만나는 것과 같다고 할까요? 속속들이 빅토리아 왕조 시대의 사람이거든요. 화장대 다리를 모두 사라사 천으로 감아 둔다니까요. 시골에 사시는데, 아무 일도 일어나지 않는 게 꼭 괴어 있는 연못 같은 마을이지요."

그의 아내가 냉담하게 말했다.

"거기서도 사건이 하나 일어난 적이 있었어요."

레이먼드가 손을 내저었다.

"단순한 치정 사건이었을 뿐이지. 그것도 아주 서툰. 함축된 의미가 전혀 없었어."

조앤이 살짝 윙크하며 반박했다.

"당신은 그때 무척 재미있어했잖아요?"

레이먼드는 품위 있는 목소리로 말을 받았다.

"물론 나도 가끔은 시골풍 놀이를 하기도 해."

"어쨌거나 제인 아주머니는 그 살인 사건으로 유명해지셨죠."

"그래, 예리한 분이시지. 문제를 아주 좋아하시고."

"문제라고요?"

그웬다는 수학 문제를 생각하며 물었다. 레이먼드가 손을 내저으며 말했다.

"어떤 문제든지 상관없어요. 식료품점 아주머니가 날씨 좋은 오후, 우산을 들고 교회 모임에 간 이유는 무엇인가? 소금에 절인 새우가 어째서 그 자리에서 발견되었는가? 목사님의 백의(白衣)에 무슨 일이 일어났는가? 모든 게 제인 아주머니에겐 추리의 재료가 되지요. 그러니 그웬다, 살다가 혹시 무슨 문제가 일어나거든 제인 아주머니를 찾아가요. 해답을 내려 주실 테니까."

그는 웃었고 그웬다도 웃었으나 진심으로 웃는 것은 아니었다.

이튿날 그녀는 마플 양이라고 불리는 제인 아주머니를 만났다. 키가 크고 말랐으며 분홍빛 뺨에 눈은 푸른색, 점잖지만 약간 성가신 태도를 지닌 매력적인 노부인이었다. 그녀의 파란 눈은 자주 반짝였다.

그들은 이른 시각에 시작된 저녁 자리에서 제인 아주머니의 건강을 위해 건배한 후, 왕립 극장으로 이동했다. 중간에 손님으로 온 중년 화가와 젊은 변호사가 합류했다. 화가는 그웬다 곁에, 변호사는 조앤과 마플 양 주위에 머물며 환담을 나누었다. 변호사는 마플 양의 입담에 무척 재미있어하는 눈치였다.

극장 안에서는 짝이 바뀌었다. 그웬다는 레이먼드와 변호사 사이에 앉았다. 곧 불이 꺼지고 연극이 시작되었다.

연기가 훌륭해서 그웬다는 정말 즐거운 시간을 보냈다. 그녀는 일급 연극을 그리 많이 보지 못했던 것이다. 연극은 종막이 가까워지자 점점 공포의 절정으로 치달았다. 배우의 목소리가 무대를 뒤덮으며 일그러지고 비틀어진 심리 비극이 진행되었다.

'그녀의 얼굴을 가려라. 눈이 부셔서 앞이 보이지 않는다. 그녀는 젊은 나이에 죽었다······.'

순간 그웬다가 비명을 질렀다. 그녀는 의자에서 벌떡 일어나 마구잡이로 통로를 달려, 출입구를 빠져나와 계단을 통과해 그대로 거리를 질주했다. 그녀는 멈추지 않고 반은 걷고 반은 뛰듯이 헤이마켓 거리를 미친 듯이 가로질렀다.

그녀는 피카딜리까지 와서야 겨우 빈 택시를 발견했고, 그대로 올라타 첼시에 있는 레이먼드의 집 주소를 일러주었다. 떨리는 손으로 돈을 꺼내 요금을 치르고 현관 앞 층계를 올라갔다. 그녀를 맞아들인 하녀가 깜짝 놀라 빤히 쳐다보았다.

"일찍 오셨네요, 아가씨. 기분이 안 좋으신 것 같네요?"

"아니······. 아, 사실 그래요. 정신이 아찔해서······."

"뭘 좀 갖다 드릴까요, 아가씨? 브랜디 어떠세요?"

"아니, 괜찮아요. 바로 자야겠어요."

그러고는 더 이상의 질문을 피하듯 층계를 뛰어 올라갔다.

그녀는 옷을 거칠게 벗어 던져 바닥에 내버려둔 채 침대로 기어 들어갔다. 그녀는 누운 채 부들부들 떨었다. 심장이 쿵쾅댔고, 그녀는 천장을 뚫어지게 바라보고 있었다. 아래층에서 나중에 돌아온 사람들의 소리가 들렸으나 그녀는 알아차리지 못했다.

약 5분 후 문이 열리고 마플 양이 들어왔다. 따뜻한 물병 2개와 컵을 하나 들고 있었다.

그웬다는 침대에 일어나 앉아 떨리는 몸을 가라앉히려 했다.

"아, 마플 양. 정말 죄송해요. 어떻게 된 일인지 저도 모르겠어요. 저 정말 이상했죠? 다들 많이 화나셨겠어요."

"아가씨, 이젠 걱정할 필요 없어요. 그저 이 보온병을 침대에 넣고 몸을 좀 녹이도록 해요."

"그럴 것까진 없어요."

"아니, 필요해요. 옳지, 됐어요. 이제 차를 한 잔 마시고……."

차는 뜨겁고 진했으며 설탕이 너무 많이 든 것 같았지만 그웬다는 잠자코 마셨다. 떨림이 차차 가라앉았다. 마플 양이 말했다.

"누워서 좀 자도록 해요. 충격을 받았군요. 내일 아침 이야기를 하죠. 아무것도 걱정하지 말아요. 그냥 푹 자는 거예요."

그녀는 담요를 잘 덮어 주고 빙그레 웃어 보이며 그웬다를 인자하게 쓰다듬고 나갔다. 아래층에서는 레이먼드가 당혹스러운 얼굴로 조앤에게 말하고 있었다.

"도대체 그 아가씨 어떻게 된 거야? 발작이라도 일어난 거야, 뭐야?"

"나도 모르겠어요, 레이먼드. 갑자기 비명을 지르지 뭐예요. 아무래도 아가씨에게 연극이 너무 잔혹했나 봐요."

"뭐, 웹스터는 좀 소름끼치는 데가 있지. 하지만 이런 일은 생각도 못 했어……."

마플 양이 방으로 들어오자 그는 하던 이야기를 멈추고 물었다.

"괜찮더랍니까?"

"그런 것 같더구나. 충격이 심했나 봐."

"충격이라고요? 그냥 제임스 시대 연극 하나 본 것뿐인데?"

마플 양은 생각에 잠겨 말했다.

"뭔가 그 이상의 일이 있었던 거겠지."

사람들은 그웬다의 방으로 아침 식사를 가져다주었다. 그녀는 커피를 약간 마시고 토스트 조각을 조금 씹었다. 그녀가 일어나 아래층으로 내려가니 조앤은 화실로 나가고 없었으며 레이먼드는 서재에 틀어박혀 있었다. 마플 양만이 강 건너편이 내다보이는 창가에 앉아 부지런히 뜨개질을 하고 있었다.

그웬다가 들어온 것을 보고 마플 양은 평온한 미소를 떠올리며 올려다보았다.

"아가씨, 잘 잤어요? 좀 나아졌는지 모르겠네요."

"네, 이제 아무렇지도 않아요. 어젯밤엔 왜 그렇게 바보 같은 짓을 했는지 모르겠어요. 다들 무척 화나셨겠지요?"

"오, 천만에. 그렇지 않아요. 모두 잘 이해하고 있어요."

"이해했다니, 뭘요?"

마플 양은 뜨개질하는 손을 멈추지 않고 올려다보았다. 그리고 다정하게 말했다.

"아가씨가 어젯밤 큰 충격을 받은 일 말이에요. 괜찮다면 왜 그랬는지 그 사연을 다 얘기해 주지 않겠어요?"

그웬다는 마음이 가라앉지 않아 서성거렸다.

"제 생각엔 정신과 의사나 다른 누구의 진찰을 받아 보는 게 좋을 것 같아요."

"물론 런던에는 탁월한 정신과 전문의가 많아요. 하지만 꼭 그럴 필요가 있을까요?"

"아……. 전 미쳐 가고 있는 중인가 봐요. 아니, 틀림없이 미쳐 버리고 말 거예요."

이때 나이 지긋한 하녀가 쟁반에 전보를 담아 들고 방으로 들어왔다.

"아가씨, 전보 배달 소년이 대답을 기다리고 있답니다. 즉시 회신할 것인지 알려 주세요."

하녀는 전보를 그웬다에게 건네주었다. 겉봉을 뜯으니 그것은 딜머스에서 온 전보였다. 그녀는 이해가 가지 않는다는 듯 잠시 들여다보더니, 곧 전보용지를 구겨 버렸다.

그녀는 기계적으로 말했다.

"회신은 하지 않겠어요."

하녀는 방을 나갔다.

"나쁜 소식은 아니길 바랄게요. 뭔가요, 그웬다?"

"제 남편 자일스에게서 온 거예요. 비행기로 날아오고 있다는군요. 일주일 후에 도착한대요."

그웬다의 목소리는 슬프고 절망적이었다. 마플 양은 가벼운 헛기침을 하고서 말했다.

"어머나, 그 말은 곧…… 아주 좋은 소식 아닌가요?"

"네? 제가 미쳤는지 아닌지도 모르는 이 지경에 말인가요? 제가 미친 사람이라면 자일스와 결혼해선 안 되었던 거예요. 집이고 뭐고 사선 안 되는 거였죠. 전 거기 돌아가지 않겠어요. 오, 어떻게 해야 할지 모르겠어요."

마플 양은 소파를 가볍게 두드렸다.

"자, 여기에 좀 앉아요. 그리고 이제까지 있었던 일을 모두 다 이야기해 봐요."

그웬다는 약간의 위안을 얻어 그녀의 말을 따랐다. 그녀는 자신이 겪은 일들을 모두 쏟아내었다. 힐사이드 집을 처음 보았을 때부터 시작해, 처음으로 그녀를 당혹케하고 차츰 괴롭힌 일들을.

"전 그렇게 점점 공포에 빠진 거예요. 그래서 런던으로 오자고 마음먹었죠. 그것들로부터 도망치기 위해서요. 하지만 아시다시피, 도망은 불가능했어요. 그것들이 끝까지 절 쫓아온 거예요. 어젯밤엔……."

그녀는 눈을 감고 생각을 더듬는 듯 말을 끊었다.

마플 양이 재촉했다.

"어젯밤엔요?"

그웬다는 아주 빠른 어조로 말했다.

"아마 믿지 못하실 걸요. 제가 히스테리에 빠졌거나 실성한 것으로 생각하실 거예요. 연극이 거의 끝날 때쯤 정말 갑작스럽게 일어난 일이었거든요. 전 그때까지 정말 재미있게 보고 있었어요. 집에 대한 생각은 까맣게 잊고 있었죠. 그런데 갑자기 그 집이 머릿속에 떠오른 거예요. 정말이지 불시에 말이죠. 배우가 바로 이 말을 했을 때랍니다……."

그녀는 떨리는 목소리로 나지막히 되풀이했다.

"'그녀의 얼굴을 가려라. 눈이 부셔서 앞이 보이지 않는다. 그녀는 젊은 나이에 죽었다…….' 그 순간 저는 그 집으로 돌아가 있었어요. 층계 위에서 난간 사이로 홀을 내려다보고 있었지요. 전 그녀가 거기 누워 있는 걸 보았어요. 손발을 쭉 뻗은 채 죽어 있더랬죠. 머리는 금발에, 얼굴은 창백했어요! 죽어 있었다고요……. 목졸려 죽었는데, 누군가 히죽거리면서 아까의 그 대사를 똑같이 무시무시한 목소리로 하고 있었어요……. 그리고 전 그 남자의 손을 봤어요. 주름투성이의 회색 손, 아니 원숭이의 앞발이었죠……. 끔찍했어요. 여자는 죽어 있었어요……."

마플 양이 조용히 물었다.

"누가 죽어 있었지요?"

대답은 빠르고 기계적이었다.

"헬렌……."

헬렌?

 잠시 그웬다는 마플 양을 뚫어지게 바라보았다. 그러더니 앞이마를 쓸어올리며 말했다.
 "어째서 제가 그런 말을 했을까요? 헬렌이라니, 헬렌이라는 사람은 전혀 모르는데!"
 그녀는 절망적인 태도로 손을 떨어트렸다.
 "보셨죠? 역시 전 미쳐 버린 거예요! 헛것을 만들어 내는 거죠! 세상에 없는 것들을 보고 말이에요. 처음엔 그냥 벽지였는데, 그것이 이젠 시체가 되었군요. 점점 나빠져 가요."
 "그렇게 서둘러 단정 지어서는 안 돼요."
 "그럼 아마도 집 탓이겠죠. 귀신이 붙은 집이에요. 아니면 마녀가 살았거나 어쨌거나요. 전 옛날 그곳에서 일어난 일을 보았어요. 아니, 이제부터 일어나려는 일이 보이는 걸지도 모르겠네요. 훨씬 더 나쁜 일이군요. 필시 헬렌이라는 여자가 거기서 살해될 운명인가 봐요……. 다만 알 수 없는 것은, 만일 그 집이 불길한 거라면 왜 저는 집을 나온 후에도 끔찍한 환각을 본 것일까요? 그러니 제 정신이 이상해졌다고 생각할 수밖에요. 바로 정신과에 가서 진찰을 받는 게 좋겠어요. 오전에 당장."

"음, 그웬다. 병원에 가는 건 다른 모든 시도를 해 본 후에라도 언제든지 할 수 있는 일이잖아요. 언제나 지켜 온 내 신조는 '우선 가장 간단하고 상식적인 설명을 찾는다'라는 거랍니다. 우선 사실 관계를 분명히 해 볼까요. 아가씨의 마음을 어지럽힌 것은 분명 세 가지였죠? 나무를 새로 심어 보이지 않았지만 분명 당신이 존재를 알고 있었던 정원 길, 막아 놓았던 문, 그리고 본 적도 없는데 세세한 부분까지 상상했던 그대로였던 벽지. 맞나요?"

"네."

"그렇다면, 가장 쉽고 자연스러운 해석은 당신이 그런 것들을 예전에 본 적이 있다는 거예요."

"다시 말해 전생에서라는 말씀인가요?"

"저런, 아니랍니다. 여기 이 세상에서요. 난 그게 실제 당신의 기억일 거라고 말하고 싶어요."

"하지만 마플 양, 전 한 달 전까지만 해도 영국에 전혀 와 본 적이 없었는걸."

"정말로 확신해요?"

"물론 확신하지요. 전 평생 뉴질랜드의 크라이스트처치 가까이에서 살았어요."

"거기서 태어났나요?"

"아니요, 인도에서 태어났어요. 아버지는 영국 육군 장교셨지요. 어머니는 제가 한두 살이었을 때 돌아가셔서 아버지는 저를 뉴질랜드에 사는 어머니 친척에게 돌보게 했대요. 그러고는 몇 년 뒤 아버지도 돌아가셨지요."

"당신은 인도에서 뉴질랜드로 갔던 일을 기억하지 못하겠지요?"

"기억하는 일도 있어요. 아주 희미하지만, 배를 탔던 일은 기억나요. 동그란 창문, 아마 배의 창문이었겠죠. 그리고 얼굴이 붉고 파란 눈을 한 남자. 턱에 무슨 표시가 있었는데……. 아마 흉터였겠지요. 그 남자가 저를 종종 하늘에 던져 올려 주었는데, 무서워하면서도 좋아했던 기억이 나요. 하지만 그런 기억들은 모두 단편적이에요."

"당신을 돌봐 주던 사람을 기억하나요? 인도 말로 '아야'라고 부르는 하녀라든지……."

"하녀가 아니라 유모였어요. 유모에 대해서는 기억해요. 얼마 동안 함께 있었으니까요. 제가 5살쯤 될 때까지였지요. 종이로 오리를 오려 주곤 했답니다. 맞아, 배를 함께 탔어요. 선장님이 제 뺨에 입을 맞출 때 크게 울었던 일을 가지고 절 야단쳤더랬죠. 선장님 턱수염 촉감이 싫었거든요."

"저런, 그거 아주 재미있군요. 당신은 2개의 서로 다른 항해를 하나로 뒤섞어 생각하고 있으니까요. 한 번은 선장이 턱수염을 기른 사람이었고, 다른 한 번의 항해에선 얼굴이 붉고 턱에 흉터가 있는 사람이 선장이었어요."

그웬다가 골똘히 생각하며 말했다.

"그러게요, 분명 그런 것 같네요."

"가능한 일이에요. 어머니가 돌아가셨을 때, 아버님은 아가씨를 영국으로 데려왔던 게 아닐까요? 그 후 아가씨는 힐사이드의 바로 그 집에 정말로 살았고 말이에요. 실제로 당신은 그 집에 들어가자마자 거기가 내 집처럼 여겨졌다고 말했죠? 그리고 당신이 침실로 고른 방, 그곳은 아마도 어렸을 때 쓴 아기 방이었을 거예요."

"확실히 그 방은 아기 방이었어요. 창문에 창살이 있었거든요."

"자, 알겠어요? 그 방에는 수레국화와 양귀비꽃 무늬가 있는 밝고 귀여운 벽지가 발라져 있었을 거예요. 사람이란 자기가 아기 때 쓰던 방 벽지를 곧잘 기억하는 법이랍니다. 나도 내가 아기 때 쓰던 방 벽에 자줏빛 붓꽃이 그려져 있던 걸 여태 기억해요. 겨우 3살 때 벽지를 다시 발랐을 텐데 말이지요."

"그래서 저는 곧바로 장난감과 인형의 집, 장난감 장식장 등을 떠올린 것일까요?"

"욕실도 마찬가지예요. 마호가니로 장식돼 있다는 그 욕조 말이죠. 아가씨는 그걸 본 순간 장난감 오리를 띄우는 상상을 했다고 말했지요?"

그웬다는 골똘히 생각하며 말했다.

"제가 집 물건들의 위치를 바로 알 수 있었던 건 사실이에요. 부엌도, 리넨 벽장도, 응접실에서 식당으로 통하는 문이 있을 거라 생각했던 일도 그래요. 하지만 제가 영국에 와서 오래전 옛날에 살았던 그 집을 실제로 사다니 아무리 생각해도 불가능한 일 아닐까요?"

"불가능한 일은 아니에요, 아가씨. 놀라운 우연의 일치일 뿐……. 놀라운 우연의 일치는 발생하기 마련이지요. 아가씨 남편은 남부 해안에 집을 갖고 싶어 했고, 당신은 그런 집을 찾다가 옛 기억을 끄집어내는 어떤 집을 발견하곤 강하게 이끌렸지요. 크기도 가격도 적당하기에 금방 구입했고 말이죠. 일어날 수 있는 일이랍니다. 그 집이 소위 귀신 붙은 집이라면, 당신은 전혀 다른 반응을 보였을 거라 생각해요. 하지만 아가씨는 공포나 혐오감을 느끼지 않았어요. 아가씨가 얘기해 준 그 결정적인 순간, 층계 위에서 홀을 내려다보았을 때를 빼 놓고는 말이에요."

그웬다의 눈에 다시금 공포의 빛이 떠올랐다.

"그 말씀은……. 그 헬렌이라는 사람의 일이 정말 있었던 사실이란 뜻인가요?"

마플 양은 아주 상냥하게 말했다.

"그래요, 그렇게 생각해요. 다른 것들이 실제 당신의 기억이라면, 헬렌의 일도 그렇겠지요. 받아들여야 해요."

"그렇다면 누군가가 목졸려 살해되어, 죽어서 쓰려져 있는 것을 제가 실제로 보았다는 말씀인가요?"

"그녀가 확실히 목졸려 죽었는지 아가씨가 확실히 알았던 건 아니라 생각해요. 아마도 어젯밤의 연극에서 창백하게 질려 일그러진 얼굴을 보고 어떤 암시를 받은 게 아닐까요. 그보다는 아주 어린 아기가 계단을 기어 내려오다가 폭력과 죽음, 사악함의 현장을 보았고, 연극 대사 몇 줄을 그 상황과 연결시킨 거라 생각해요. 살인자가 그 말을 실제로 했을 거라는 점은 틀림없어 보여요.

당연히 아이에겐 극심한 충격이었겠죠. 아이들은 작고 묘한 존재니까요. 심하게 놀라는 경우, 특히 자기 이해를 넘어선 일로 그런 충격을 받는다면 아이들은 그 일을 입 밖에 내지 않아요. 가슴속에 단단히 잠가 둘 뿐이죠. 겉으로는 잊은 것처럼 보일지 모르지만, 그 기억은 저 깊은 곳에 남아 있는 거예요."

그웬다는 깊은 한숨을 쉬었다.

"제게 일어난 일의 정체가 그런 거라고 생각하시는군요. 하지만 나머지 다른 기억은 왜 전혀 없을까요?"

"그렇게 가지런히 기억해 낼 수 있는 게 아니니까요. 생각하면 할수록, 기억은 저 멀리로 달아나고 말아요. 하지만 나는 그게 현실에서 일어난 일이라는 증거가 한두 가지 있다고 생각해요. 예를 들어 아까, 어젯밤 겪은 악몽 같은 일을 떠올리면서 아가씨는 아주 의미심장한 말투를 쓰더군요.

당신은 자기가 '층계 난간 사이로' 보았다고 했어요. 하지만 알다시피 아래쪽 홀을 보기 위해선 대개 난간 위로 내려다보기 마련이에요. 난간 사이로 홀을 보는 게 아니고 말이죠. 난간 사이를 보는 것은 어린아이뿐이에요."

"정말 현명하시군요."

그웬다는 감탄한 듯 말했다.

"이런 작은 일들이 아주 중요하답니다."

그웬다는 당혹한 모습으로 말했다.

"하지만 헬렌이 대체 누구일까요?"

"아가씨, 말해 봐요. 아직도 그게 헬렌이라고 믿나요?"

"네……. 정말 이상한 일이긴 하죠. 전 헬렌이란 사람이 누구인지도 모르거든요. 하지만 동시에 알고 있었어요. 쓰려져 있던 사람이 헬렌이었다는 것을요. 어떻게 좀 더 자세히 알 방법이 있을까요?"

"글쎄요. 당신이 어렸을 때 정말로 영국에 온 적이 있었는지, 그게 가능한 일이었는지 분명하게 하는 게 중요하다고 생각해요. 혹시 당신 친척 가운데 누가……."

그웬다가 말을 가로막았다.

"앨리슨 이모가 계세요. 그분이라면 분명 아실 거예요."

"그럼 그분께 항공 우편으로 알아보는 게 좋겠군요. 당신이 영국에 온 일이 있었는지 어떤지 꼭 알아야 할 일이 생겼다고 쓰세요. 아가씨 남편이 여기에 도착할 때까지는 답장이 올 거예요."

"오, 정말 감사드려요, 마플 양. 정말 놀랄 정도로 친절하시군요. 아주머니 말씀대로라면 좋겠어요. 그렇다면 정말 마음이 편할 텐데. 한마디로 초자연적인 요소는 아무것도 없다는 뜻이니까요."

마플 양이 미소 지었다.

"우리가 생각하는 대로라면 좋겠군요. 나는 모레부터 영국 북부에 사는 옛 친구들 집에 가서 지낼 생각이에요. 열흘쯤 후 돌아오는 길에 런던에 들르겠어요. 만일 그때 당신과 당신 남편이 여기 와 있을 예정이라거나, 당신 이모의 답장이 와 있다면 그 결과를 꼭 알려 줘요."
 "물론이죠, 마플 양! 아무튼 자일스를 꼭 소개해 드리고 싶어요. 아주 사랑스러운 사람이랍니다. 그때쯤이면 다 같이 이 일들을 돌아보며 신나게 웃어 주자고요."
 그웬다는 이제 완전히 기운을 되찾고 있었다. 그러나 마플 양은 깊이 생각에 잠긴 모습이었다.

회상 속의 살인

I

 열흘 정도 후 마플 양은 메이페어에 있는 작은 호텔로 향했다. 리드 부부는 그녀를 열렬히 환영했다.
 "마플 양, 이 사람이 제 남편 자일스예요. 자일스, 이분이 제게 얼마나 친절히 대해 주셨는지 당신은 모를 거예요."
 "만나 뵈어 기쁩니다, 마플 양. 그웬다가 거의 정신 착란에 빠질 뻔했다는 이야기는 들었습니다."
 마플 양은 잔잔한 푸른 눈으로 자일스 리드를 바라보고 곧 호감을 갖게 되었다. 자일스는 키가 큰 금발 젊은이였는데, 타고난 수줍은 분위기와 가끔씩 눈을 깜박이는 버릇으로 상대의 경계심을 풀게 하는 친근한 인상이었다. 마플 양은 굳센 성품을 나타내는 그의 턱

모양을 눈여겨보았다. 그웬다가 말했다.

"우리 작은 응접실에서 차를 들어요. 어두운 방이라 아무도 오지 않으니까요. 거기서 앨리슨 이모의 편지를 보여 드릴게요."

마플 양이 날카롭게 올려다보자 그녀가 덧붙였다.

"맞아요. 편지가 왔답니다. 마플 양이 예상하신 그대로의 내용이었어요."

차를 다 마신 그들은 편지를 펼쳐 읽기 시작했다.

사랑하는 그웬다에게 댄비 이모가.

네게 근심거리가 생겼다는 말을 들으니 몹시 걱정이구나. 사실 나도 네가 어릴 적에 잠시 영국에서 살았던 일을 그동안 까맣게 잊고 있었단다.

네 어머니, 그러니까 내 언니인 메건은 인도에 살고 있는 친구 집을 방문했다가 그곳에서 네 아버지 핼리데이 소령을 만났단다. 두 사람은 결혼했고, 너는 거기서 태어났지.

네가 태어나고서 2년쯤 있다가 네 어머니는 세상을 떠났어. 우리는 큰 충격을 받아 네 아버지께 편지를 썼단다. 사실 나는 네 아버지와 그때까지 편지만 주고받았을 뿐 한 번도 만나 보지는 못했던 형편이었지. 우리는 우리가 널 계속 보살펴 주고 싶다고, 또 네 아버지도 애를 데리고 군대에서 복무하기는 힘들 테니 맡겨 두라고 편지를 보냈어.

하지만 네 아버지는 거절하셨단다. 군대를 아주 그만두고서 널 데리고 영국으로 돌아갈 생각이라 하셨지.

귀국하는 배에서 네 아버지는 어떤 젊은 여자를 만나 약혼하게 되셨고, 영국에 닿자마자 그녀와 결혼하셨던 것 같다. 내 추측으론 그리 행복하지 못한 결혼이었던 모양이야. 1년 뒤 그들은 갈라서고 말았지. 네 아버지가 우리에게 편지를 보내 아직도 너를 데려다 키워 줄 생각이 있느냐고 물으셨던 건 그 무렵이었단다.

애야, 이 말만은 하고 싶구나. 그 말을 듣고 우리가 얼마나 기뻐했는지! 영국인 유모가 널 데리고 우리에게 왔고, 네 아버지는 많은 재산을 너에게 물려주며 네가 법적으로 우리 성을 잇게 해도 된다고 제안했었지. 우리 생각엔 좀 이상한 일이었지만, 그래도 네 아버지가 너와 우리를 더 가족처럼 느끼게 하려는 거라며 이해했어. 하지만 네 성을 바꾸자는 그 제안은 받아들이지 않았지.

그로부터 1년쯤 뒤 네 아버지는 요양원에서 돌아가셨다. 아마도 네 아버지는 널 우리에게 보낼 무렵 이미 자기 건강이 심상치 않다는 걸 알고 계셨던 모양이야.

네가 네 아버지와 함께 영국 어디에서 살았는지를 알 수가 없어 미안하구나. 당연히 네 아버지가 편지에 쓰셨을 텐데, 이제 18년이나 세월이 지난 옛일이고 보니 주소 같은 세세한 것들까진 기억하지 못해. 분명 잉글랜드 남부였을 텐데, 딜머스였을 거야. 아니면 다트머스. 두 곳 이름이 비슷하잖니.

너의 새어머니는 재혼했을 게다. 하지만 그녀의 이름이나 결혼 전 이름은 기억나지 않아. 네 아버지가 재혼 소식을 알린 편지에 이름이 있었을 텐데. 우린 솔직히 네 아버지가 그렇게 빨리 재혼한다는 사실을 좀 불쾌하게 생각했던 것 같아. 물론 장거리 배 여행을 하다 보면 남녀가 서로 쉽게 끌리곤 하지. 아버지가 네게 새엄마가 필요했다고 믿으셨을 수도 있고.

너는 기억 못하지만 네가 전에 영국에서 살았다는 사실을 더 일찍 알려 주었어야 했는데. 내가 어리석었다. 이제 이런 일들 전부가 흐릿하구나. 네 어머니가 인도에서 돌아가신 것, 그리고 네가 여기에 와서 우리와 같이 살게 된 일만이 우리에게 중요했지.

이것으로 확실히 정리되었다고 느꼈으면 한다. 자일스가 곧 그리 가서 너와 함께할 거라고 믿는다. 결혼 초기에 떨어져 있는 건 힘든 일이거든.

네 전보에 관한 답장부터 급히 보내는 거니, 나에 관한 얘기는 다음 편지에서 쓰도록 할게.

너를 사랑하는 이모 앨리슨 댄비가.

추신: 네 걱정거리가 뭔지 가르쳐 줄 수 있겠니?

그웬다가 말했다.
"어때요, 마플 양이 말씀하신 내용과 거의 같지요?"
마플 양은 얇은 편지지의 접힌 자리를 펴고 있었다.
"그렇군요. 정말 그래요. 상식적인 해석이 맞았어요. 아가씨도 알다시피, 상식적인 해석이 정답인 경우가 대부분이랍니다."

자일스가 말했다.

"정말 감사드립니다, 마플 양. 그웬다도 참, 불쌍하리만치 겁을 먹었더랬지요. 저까지 그웬다가 무슨 투시 능력자라든가 정신병자인 줄 착각할 뻔했습니다."

"아무래도 그런 건 아내로서 상당한 감점 요소니까요. 기왕이면 흠 없는 삶을 사는 배우자를 원하지 않겠어요?"

그웬다의 말을 자일스가 받았다.

"내 아내야 물론 흠 없이 훌륭하지."

마플 양이 물었다.

"그렇다면 집은 어때요? 그 집에 대해선 걱정 안 되나요?"

"오, 이제 괜찮아요. 저흰 내일 돌아가려 한답니다. 자일스가 집을 무척 보고 싶어 해요."

"마플 양, 이미 짐작하셨는지도 모르지만 저흰 이제 살인 사건을 직접 맡게 된 셈입니다. 실제로 우리 집 문턱에서, 아니 더 정확하게 말한다면 우리 집 홀에서 일어난 사건을 말이죠."

마플 양이 천천히 말했다.

"그래요, 나도 그 점은 생각해 봤어요."

그웬다가 말했다.

"자일스는 추리 소설을 아주 좋아하거든요."

"예, 이게 추리 소설이 아니고 뭐겠습니까. 홀에 목졸려 죽은 미녀의 시체가 있고, 그녀에 대해 알려진 건 이름밖에 없습니다. 물론 그것이 20년 가까이 지난 옛날 일이라는 건 알아요. 여태 실마리가 남아 있을 리도 없죠. 그러나 적어도 이것저것 추리하여 줄거리를 더듬어 갈 수는 있습니다. 누구도 그 수수께끼를 풀 수는 없겠지만요……."

마플 양이 말했다.

"자일스 당신이라면 풀 수 있을지도 몰라요. 18년이 흘렀다고는 해도요. 그래요, 당신이라면 가능할 거라 생각해요."

자일스는 얼굴을 빛내며 물었다.

"어쨌거나 사건 추리를 시도하는 것 자체가 해될 것은 없겠지요?"

마플 양은 불편한 듯이 몸을 움직였다. 그녀의 얼굴은 우울하게, 아니 거의 혼란스럽게 보였다.

"음, 큰 해가 될 수도 있어요. 나는 두 사람에게 이번 일을 그냥 내버려 두라고 충고하고 싶어요. 아니, 아주 강력하게 경고하겠어요."

"내버려 두라고요? 이것은 우리 자신과 관련된 살인 사건입니다. 물론 그게 살인이었을 경우의 말입니다만."

"살인이었을 거예요. 그렇기 때문에 더욱 더 내버려 둬야 해요. 살인 사건은 결코 가벼운 마음으로 접근해선 안 되지요."

자일스가 말했다.

"하지만 마플 양, 사람들이 모두 그렇게 생각한다면 세상은……."

그녀가 자일스의 말을 끊었다.

"오, 나도 알아요. 사건에 뛰어드는 게 의무일 때가 있지요. 죄 없는 사람이 억울하게 죄를 뒤집어쓰고, 여러 다른 사람들이 의심을 받고, 위험한 범죄자가 또 사건을 저지를 우려가 있는 경우에는 말이에요.

 그렇지만 이 사건은 완전히 과거의 것이라는 사실을 당신들은 이해해야만 해요. 필시 사람들은 그게 살인이란 것도 몰랐을 거예요. 그 사건이 알려졌다면 나이 든 정원사라거나 누군가 그걸 아는 사람에게서 벌써 이야기가 나왔을 테니까요. 살인이란 아무리 오래전에 일어난 거라도 항상 뉴스거리잖아요. 이번엔 아니었어요. 시체는 아주 은밀히 감춰졌고, 모든 건 의심받지 않은 채 지나간 모양이에요. 당신은 그걸 전부 파헤치는 것이 현명하다고 진심으로, 정말 진심으로 확신하나요?"

 그웬다가 소리쳤다.

 "마플 양, 정말 걱정돼서 하시는 말씀이세요?"

 "그렇고말고요. 두 사람은 아주 훌륭하고 매력적인 부부예요. 이렇게 말해도 괜찮다면 말이지요. 신혼부부인 만큼 함께 있는 게 즐거울 거예요. 그런 것들을 파헤치려 하지 말라고 이렇게 사정할게요. 당신들을 슬프고 곤란한 처지에 빠뜨릴 거예요."

 그웬다가 마플 양을 물끄러미 바라보았다.

 "심상치 않은 사태가 일어날 거라고 예상하시는군요. 무슨 뜻인지 구체적으로 알려 주시면 안 될까요?"

 "아가씨, 뜻하고 있는 게 아니에요. 그저 조언하고 있는 거랍니다. 나는 오래 살았기 때문에 인간 본성이 얼마나 불쾌한 것인지 잘 알고 있지요. 그저 내버려 두고 지나가는 것, 그게 내 충고예요."

 "하지만 내버려 둬서는 안 될 일이 있어요."

자일스는 지금까지와 달리 좀 엄격한 어조를 띠고 말했다.

"힐사이드는 우리 집입니다. 그웬다와 저의 집이라고요. 그리고 누군가가 그 집에서 살해되었습니다. 적어도 우린 그렇게 믿고 있지요. 저는 우리 집에서 일어났던 살인 사건을 그대로 내버려 둘 생각은 없습니다. 비록 18년 전 일이라 할지라도 말입니다!"

마플 양은 한숨을 쉬었다.

"정말 유감이군요. 젊은이들이라면 대개 그렇게 행동할 것이라 예상했어요. 나는 그 생각을 공감할 수 있는 것은 물론, 거의 감복했답니다. 하지만 난……. 오, 정말로 난 당신들이 그러지 않았으면 좋겠어요."

II

다음 날, 세인트 메리 미드 마을에 마플 양이 돌아왔다는 소식이 퍼졌다. 그녀는 11시에 하이가에 나타났고, 12시 10분 전에 목사관을 찾았다.

그날 오후, 소문을 좋아하는 마을 부인 3명이 그녀를 방문했다. 세 부인은 마플 양에게서 대도시에 대한 감상을 물었고, 마을 축제 때 설치할 공예품 매대와 일일 찻집에 대한 의논으로 옮겨갔다. 저녁 때가 되자 마플 양은 늘 그렇듯 자기 집 뜰로 향했다. 이웃들의 행동보다 잡초들의 분포에 집중하는 혼자만의 시간이었다. 하지만 이어진 소박한 저녁 식사 자리에서 그녀는 하녀 이블린이 마을 약사의 행태에 관해 열띤 불평을 쏟아 내는 것도 귀에 들어오지 않을 만큼 골똘한 생각에 잠겨 있었다.

그다음 날에도 그녀는 마음은 붕 떠 있어서, 목사 부인을 비롯한 인근 사람 몇 명이 그녀를 걱정하기도 했다. 결국 마플 양은 기분이 좋지 않다고 말하며 잠자리에 들었다.

이튿날 아침 그녀는 헤이독 박사를 부르러 사람을 보냈다. 헤이독 박사는 오랫동안 마플 양의 주치의였으며, 친구이자 동료이기도 했다. 그는 마플 양의 증상을 듣고 진찰을 시작했다. 그는 곧 의자에 등을 기댄 채 그녀를 향해 청진기를 휘두르며 말했다.

"나이에 비해선 아주 건강하십니다. 대부분의 사람들이 부인의 약해 보이는 겉모습에 속는 것과는 다르게 말이지요."

"저도 제가 건강하다는 것은 잘 안답니다. 하지만 솔직히 좀 피곤하네요. 닳아 없어진 느낌이랄까요."

"많이 돌아다니다 오셨지요? 런던에서 밤늦게까지."

"물론이죠. 요즘은 런던도 좀 피곤해요. 해변가와는 다르게 공기도 너무 안 좋고 말이에요."

"세인트 메리 미드의 공기는 맑고 신선하지요."

"습기 많고 조금 답답하긴 하지만 말이죠. 사실 상쾌하다고는 할 수 없어요."

헤이독 박사는 흥미가 생긴 듯 그녀를 바라보았다. 그는 자상하게 말했다.

"강장제를 처방해 드리겠습니다."

"고마워요, 박사님. 이스턴 시럽은 아주 효과가 좋더라고요."

"제가 할 처방까지 대신해 주실 필요는 없습니다, 마플 양."

"조금 딴 바람을 쐬면 어떨까 싶은데, 어떻게 생각하세요?"

마플 양은 솔직한 파란 눈으로 묻듯이 그를 보았다.

"벌써 3주일 동안이나 다른 데 다녀오셨지 않습니까?"

"그렇지요. 하지만 런던은 있으면 도리어 더 피곤해지는 곳이잖아요. 런던 여행 후에는 북부 공업 지대로 갔지만 역시 바다의 공기와는 전혀 달랐어요."

헤이독 박사는 왕진 가방을 챙겼다. 그러고 나서 씩 웃으며 마플 양을 돌아보았다.

"그렇다면 저를 부른 진짜 이유를 말씀해 보시지요. 그러면 저도 그 말을 그대로 되풀이해 드리겠습니다. 부인께선 바닷가 공기가 필요하다는 제 전문적인 의견이 필요하셨던 거죠?"

"알아주실 줄 알았어요."

마플 양은 고마움을 담아 말했다.

"바닷가 공기는 정말 좋죠. 이스트본으로 가시는 게 좋겠습니다, 마플 양. 아니면 건강을 심각하게 해치실지도 몰라요."

"이스트본은 좀 추울 것 같아요. 고원 지대인걸요."

"그럼, 본머스나 와이트 섬은 어떻습니까?"

마플 양은 그에게 눈을 깜박거려 보였다.

"저는 늘 작고 아늑한 곳이 좋다고 생각해왔어요."

헤이독 박사는 다시 자리에 앉았다.

"궁금증이 생기는군요. 부인이 말씀하시는 그 작은 바닷가 마을은 어디인가요?"

"음, 저는 전부터 딜머스를 마음에 두고 있었답니다."

"확실히 작고 아늑하지요. 좀 따분하지만. 그런데 왜 하필이면 딜머스입니까?"

마플 양은 잠시 침묵을 지켰다. 걱정스러운 빛이 그녀의 눈에 어려 있었다.

"만일 박사님이 우연히 여러 해 전······. 그러니까 19년이나 20년 전에 살인이 있었다는 걸 암시하는 사실을 발견했다고 생각해 보세요. 그 사실이 주위에 알려지거나 의심받는 일 없이 박사님 혼자만 알고 있다면 어떻게 하시겠어요?"

"사실상, '회상 속의 살인'이라는 말씀이군요."

"바로 그거예요."

헤이독 박사는 한참 동안 생각에 잠겨 있었다.

"정의가 잘못 실현된 경우는 없었을까요? 이 범죄의 결과로 고통받은 사람은 없었다는 겁니까?"

"제가 아는 한은 없었어요."

"흠, 회상 속의 살인이라. 잠자는 살인이라고도 할 수 있겠군요. 예, 제 생각을 말씀드리죠. 저라면 잠자는 살인 사건을 그대로 묻어 두겠습니다. 살인을 들쑤시는 건 위험합니다. 매우 위험할 수 있어요."

"제가 두려워하는 것도 바로 그거예요."

"살인자는 반드시 범행을 되풀이한다고들 합니다. 하지만 그건 사실과 달라요. 한 번 죄를 저지르고 그것으로부터 멀찍이 물러나 절대 다시 목을 빼지 않고 조심하는 범죄자도 있지요. 그런 자가 그 뒤 내내 행복하게 산다고 말할 의도는 없습니다. 그럴 것이라고는 절대 믿지 않으니까요. 징벌의 형태는 다양하니 말입니다.

그러나 적어도 겉으로만은 모든 일이 평화로웠겠지요. 마들렌 스미스 사건, 리지 보든 사건이 그 좋은 예입니다. 스미스와 보든은 비록 유죄로 입증되지는 않았으나 많은 사람들은 그 여자들 둘 다 유죄라고 믿고 있습니다.

그 밖에도 얼마든지 다른 이름을 들 수 있습니다. 그들은 두 번 다시 범행을 되풀이하지 않았지요. 한 번의 범행만으로 바라던 것을 얻은 것입니다. 하지만 그들이 위협을 느낀다면 어떻게 되겠습니까?

저는 말씀하신 살인자가 바로 그런 범죄자일 걸로 생각합니다. 그가 남자든 여자든 간에요. 그는 죄를 저지르고 보기 좋게 달아났습니다. 그리고 아무에게도 의심받지 않았지요. 하지만 누가 여기저기 냄새를 맡고 돌아다닌다면? 쿡쿡 찌르고, 쑤시고, 파내어 결국엔 목표를 찾아낸다면 어떻게 될 것 같습니까? 그 살인범의 행동은 어떠할까요? 그저 빙그레 웃고 앉아서 수색이 점점 가까워 오기를 기다릴까요? 아니죠. 저는 무슨 뚜렷한 명분이 없는 한, 그저 내버려 두라고 말씀드리겠습니다."

그는 엄숙하게 덧붙였다.

"그리고 이건 의사로서의 명령이기도 합니다. 모든 걸 그냥 내버려 두세요."

"하지만 관련된 것은 제가 아니랍니다. 사랑스러운 두 젊은이가 거기 관련돼 있어요. 모두 말씀드릴게요!"

그녀는 이제까지의 이야기를 했고, 헤이독 박사는 귀를 기울였다. 마플 양의 이야기가 끝나자 그가 말했다.

"참으로 놀랍습니다. 참으로 놀라운 우연! 모두가 참으로 놀라운 일들뿐이네요. 부인께선 이미 거기 숨은 어떤 암시를 눈치채셨을 것 같습니다만?"

"네, 물론이지요. 하지만 그 두 사람은 아직 모를 거라고 생각해요."

"그건 대단한 불행을 가져올지도 모르는 일입니다. 그들은 그 일에 끼어든 것을 후회하게 될 것이고요. 오래된 해골은 고이 벽장 속에 모셔 두어야 합니다. 하지만 젊은 자일스의 심정도 충분히 이해가 가는군요. 저라도 사건을 모르는 척 내버려 둘 수는 없을 겁니다. 지금도 전 궁금한 게……."

그는 별안간 하던 이야기를 멈추고 완고한 눈길로 마플 양을 보았다.

"그래서 부인은 딜머스로 갈 구실이 필요했던 거로군요. 아무 관계도 없는 사건에 말려들기 위해서."

"물론 관계는 없지요, 헤이독 박사님. 하지만 그 두 젊은이가 걱정되는걸요. 그 아이들은 아주 젊고, 미숙한 데다 너무 고지식해요. 뭐든 잘 믿지요. 저는 그들을 보살펴 줘야 한다는 책임감을 느끼고 있답니다."

"그게 부인이 가야 하는 이유란 말씀이군요. 그들을 보살피기 위해서! 부인은 도무지 살인을 내버려 두실 수 없으신 거예요. 회상 속의 살인이라도 말입니다. 그렇죠?"

마플 양은 약간 새침하게 미소지었다.

"하지만 선생님도 딜머스에서 몇 주 지내는 것이 건강에 좋을 거라는 데엔 동의하시잖아요?"

"그보다는 부인의 안위가 걱정입니다. 하지만 제 말은 듣지 않으시겠지요!"

III

친구인 밴트리 대령 부부를 찾아가는 길에 마플 양은 차도를 따라 걸어오는 밴트리 대령을 만났다. 그는 총을 쥔 채였고, 스패니얼 개가 그의 발치를 따르고 있었다. 그는 예의 바르게 마플 양을 환영했다.

"다시 오신 걸 보니 좋군요. 런던은 어떻던가요?"

마플 양은 런던이 아주 좋았다고, 조카가 연극을 여러 편 구경시켜 줘서 매우 즐거웠다고 말했다.

"분명 교양 있는 연극이었겠죠. 난 뮤지컬 코미디밖에 안 보는데."

마플 양은 러시아 연극도 보았다며, 너무 길기는 했지만 매우 재미있었다고 했다.

"러시아 연극!"

대령은 질겁을 하며 말했다. 예전에 한 요양원에서 독서용으로 도스토예프스키의 소설을 받은 일이 있었던 것이다. 그는 마플 양에게 정원으로 가면 돌리, 즉 밴트리 부인을 만날 수 있을거라고 덧붙였다.

밴트리 부인이 정원에 없는 일은 거의 드물었다. 그녀는 정원 가꾸는 일에 온 정열을 쏟았다. 그녀가 가장 좋아하는 책은 구근 카탈로그였으며, 대화 주제는 대개 식물이나 구근, 꽃나무와 고산 식물 등에 한정되었다. 처음 마플 양의 시야에 들어온 것은 빛바랜 트위드 옷에 싸인 그녀의 펑퍼짐한 엉덩이였다.

다가오는 발소리를 듣고 밴트리 부인이 자세를 바꾸자 뼈마디에서 우두둑 소리가 났다. 원예 취미 때문에 그녀는 류머티즘에 시달리고 있었다. 그녀는 흙 묻은 손으로 이마의 땀을 닦으며 친구를 환영했다.

"돌아오셨다는 이야기는 들었어요, 제인. 내 새 제비꽃은 어때 보이나요? 이 작은 용담꽃도 새 건데. 그동안 좀 속을 썩였지만 이제 다 건강하게 살아났어요. 이제 비만 와 주면 되는데, 그동안 어찌나 가물었던지! 에스더 말로는 아파서 누워 계셨다면서요? 그게 사실이 아닌 것 같아 다행이네요."

에스더는 밴트리 부인 집의 요리사로 마을의 연락병 노릇을 하고 있었다.

"좀 피곤했던 것 같아요. 헤이독 선생님이 바닷바람을 쐬고 오라고 권하시더군요. 내가 꽤나 지쳤던 모양이에요."

"어머, 하지만 바로 떠나시는 건 안 될 일이죠. 지금이야말로 1년 중 정원이 제일 보기 좋을 때인걸요. 마플 양네 정원도 이제 꽃을 피울 거고요."

"헤이독 선생님이 워낙 강하게 말씀하셔서요."

"저런, 그렇다면야 그 말이 맞겠죠. 헤이독 선생님은 다른 몇몇 의사들처럼 바보가 아니니."

밴트리 부인은 내키지 않은 듯 겨우 인정했다.

"그런데 돌리, 댁의 요리사에 관해 궁금한 게 있어요."

"어느 요리사요? 요리사가 필요해요? 설마 저 술고래 여자를 말하는 건 아니겠지요?"

"오, 아니에요. 전에 왜 아주 맛있는 파이를 만들던 사람을 말하는 거예요. 남편이 집사로 일하고 있다던."

"아아, 목 터틀 말이군요. 당장이라도 통곡할 것처럼 목소리가 우울한 여자. 확실히 좋은 요리사였죠. 남편은 뚱뚱하고 어지간히 게을렀지만 말이에요. 아서는 항상 그가 위스키에 물을 섞는다고 불평했더랬죠. 진짜인지는 모르지만요. 남녀가 한 쌍 있으면 왜 항상 한 쪽이 허술한 건지 참 애석한 일이에요. 그 부부는 전에 있던 집주인이 유산을 물려줘서 이곳을 떠나 남부 해안에 하숙집을 열었대요."

"바로 그거예요, 그게 혹시 딜머스가 아니었던가요?"

"맞아요. 딜머스 해안 광장 14번지예요."

"헤이독 박사님이 해변으로 가라고 권해 주시는 바람에 생각났는데, 그 부부의 성이 손더스가 아니었던가요?"

"그래요. 정말 좋은 생각인데요, 제인? 최고의 선택을 했어요. 손더스 부인이 편의를 잘 봐줄 테고, 지금 그곳은 한가한 계절이니 마플 양을 환영하겠지요. 숙박비도 별로 안 비싸겠고요. 좋은 요리와 바닷가 공기만 있으면 마플 양도 곧 건강해지시겠죠."

"고마워요, 돌리. 나도 그럴 거라 생각해요."

추리 연습

I

"시체가 어디에 있었던 것 같아? 여기쯤?"
자일스가 물었다. 그와 그웬다는 힐사이드 집의 홀에 서 있었다. 두 사람은 전날 밤에 돌아왔는데, 자일스는 바짝 흥분해 있었다. 그는 새로운 장난감을 갖게 된 어린아이처럼 기뻐하고 있었다.
"그쯤이려나."
그웬다는 층계를 다시 올라가 주의 깊게 내려다보았다.
"그래, 거기쯤이었던 것 같아."
"쪼그려 앉아 봐. 자신을 3살 된 어린 아기처럼 생각하라고."
그웬다는 순순히 몸을 웅크렸다.
"당신이 그 대사를 말했다는 남자를 실제로 보진 못했겠지?"

"봤는지 아닌지 기억할 순 없어. 그 남자는 조금 뒤에 있었던 것 같은데……. 그래, 거기. 그냥 앞발만 보이는 상태."

"앞발?"

자일스가 미간을 찡그렸다.

"앞발이었어. 회색 앞발. 사람의 것이 아닌 듯한…….."

"이봐, 그웬다. 이건 『모르그 거리의 살인 사건(에드거 앨런 포의 추리 소설 — 옮긴이)』이 아니라고. 사람의 손을 앞발이라고 하진 않아."

"하지만 그 남자에겐 있었어."

자일스는 의아한 표정으로 그녀를 보았다.

"당신이 나중에 상상했겠지."

그웬다는 천천히 말했다.

"내가 이 사건 전체를 상상한 건지도 모른다는 생각은 안 들어? 자일스, 나는 계속 이렇게 생각했어. 사건 전체가 꿈이었다고 하는 쪽이 훨씬 그럴듯하다고. 아이들이 꿀 만한 꿈, 괜한 공포와 함께 기억하고 있는 그것 말이야. 그게 더 합당한 설명이라고 생각하지 않아? 딜머스 사람 중에 옛날 이 집에서 사람이 살해되었다거나, 급사했다거나, 실종되었거나 뭐 기묘한 사건이 발생했다는 내색을 보인 사람은 단 하나도 없는걸."

자일스는 조금 전과 다른 아이, 새 멋진 장난감을 빼앗기고 만 어린아이 같은 얼굴이 되었다.

"악몽이었을지도 모르지."

그는 마지못해 인정했다. 그러다가 갑자기 그의 얼굴이 밝아졌다.

"아니, 아니야. 나는 그렇게 생각지 않아. 당신이 꿈에서 원숭이 앞발이나 죽은 사람을 보는 일은 가능해. 하지만 어린애가 「맬피 공작부인」의 대사를 꿈에서 보았다는 건 도저히 상상할 수 없어."

"누가 그렇게 말하는 것을 들었을 수도 있어."

"그런 게 가능한 아이는 없을걸. 굉장한 심리적 압박을 받았을 때 들은 게 아니라면 말이지. 이게 만일 그런 경우라면……. 출발점에서부터 다시 시작해야겠고 말이야. 아, 잠깐. 이제 알겠군.

당신은 '앞발'에 대한 꿈을 꾼 거야. 당신은 시체를 보고, 말소리를 듣고 몹시 겁을 먹은 나머지 악몽을 꾼 거라고. 그건 원숭이의 앞발이 움직이는 악몽이었던 게 틀림없어, 필시 그 무렵 당신이 원숭이를 무서워했던 거겠지."

그웬다는 좀 의아한 표정을 지었다. 그녀는 천천히 말했다.

"그럴지도 모르지."

"당신이 조금만 더 기억을 되살릴 수 있으면 좋겠는데……. 홀로 내려와 봐. 눈을 감고 생각해 보라고. 생각하는 거야."

"아니, 아무것도 생각나지 않아, 자일스. 생각하면 할수록 모두 멀리 달아나고 말아. 이젠 심지어 나 자신이 실제로 뭘 보았는지조차 의심스러워지기 시작한다고. 분명 예전에 극장에서 겪은 일도 잠시 정신이 나갔던 것뿐일 거야."

"아니, 분명히 뭔가 있어. 마플 양도 그렇게 생각하셨잖아. '헬렌'은 뭐였어? 당신 분명 헬렌에 관해 기억하는 게 있을 텐데."

"그런데 그게 전혀 기억나지 않아. 그저 그 이름뿐이야."

"그럼 그 이름이 아니었을지도 모르겠네?"

"아니, 그건 틀림없어. 헬렌이었어."

그웬다는 강경한 표정을 했다. 자일스가 차분하게 말했다.

"이름이 헬렌이라는 걸 그렇게 확신한다면 그 여자에 관해 다른 것도 알고 있어야 자연스럽지. 당신은 그녀를 잘 알았던 거야? 여기에 살았었나? 아니면 잠시 지내다 돌아간 건가?"

그웬다의 얼굴빛은 이제 긴장되고 초조한 기색을 띠었다.

"모르겠다고 하잖아."

자일스는 묻는 방식을 바꾸었다.

"그 밖에는 뭐가 생각나지? 아버님에 대해서는?"

"생각 안 나. 아니, 말할 수 없다고 해야겠지. 앨리슨 이모가 아버지의 사진을 가리키며 '이분이 네 아버지란다.'라고 말씀하신 건 알지만, 여기……. 이 집에서의 아버지는 기억나지 않아."

"하인이나 유모에 대한 기억도 없고?"

"없어. 기억해 내려 하면 할수록 머리가 텅 비어 버려. 다 무의식 속에 가라앉아 있나 봐. 내가 무의식 중에 문이 있던 곳으로 간 것처럼. 난 문을 의도적으로 기억해 낸 게 아니었거든. 그러니 너무 걱정하지 말아, 자일스. 다시 생각날 테니까. 다만 모든 걸 기억해 내는 일은 절대 없겠지. 워낙 오래전 일이니까."

"응, 당연히 그럴 거야. 마플 양도 비슷한 말씀을 하셨고."

"그분은 우리의 조사를 도울 생각은 없어 보이셨지만……. 그 반짝이는 눈을 보면 뭔가 방법을 아시는 것도 같았어. 그분이라면 어떻게 시작했을까?"

자일스가 활기차게 말했다.

"우리가 생각해 내지 못하는 방법을 그분이라고 아실 것 같지는 않아. 마구잡이로 추측하는 건 그만 두자고. 이제 체계적으로 접근하는 거야, 그웬다.

우리는 이미 시작 단계를 지났어. 난 벌써 교구의 사망자 명부를 훑어보기도 했지. 거기엔 걸맞는 나이대의 '헬렌'은 없더군. 그 외에도 내가 알아본 범위 내에서는 문제 되는 시기의 헬렌을 발견할 수 없었어. 94세로 죽은 '엘렌 팩'이 제일 비슷한 경우였지.

이제 우리는 다른 유효한 접근법을 생각해야 해. 우선 당신 아버님과 새어머니가 이 집에서 사셨다면, 집을 구입하거나 세를 든 것 둘 중 하나였겠지."

"정원사 포스터 씨 얘기로는 엘워시 가족들이 헨그레이브 씨 부부 이전의 주인이었고, 그 전에는 핀디슨 부인이 이 집의 주인이었대. 그 밖에는 아무도……."

"당신 아버님은 이 집을 구입해서 아주 짧은 기간 사셨다가 도로 파셨는지도 몰라. 하지만 세 들어 살면서 가구까지 함께 빌렸다고 생각하는 편이 더 확률 높아 보이는군. 그렇다면 우리가 해야 할 가장 시급한 일은 부동산 사무소를 찾아보는 일이겠지."

부동산 사무실을 도는 건 그다지 고된 일이 아니었다. 딜머스에는 부동산 사무실이 두 곳밖에 없었기 때문이다.

'무슈 윌킨슨' 사무소는 비교적 새 가게였다. 11년 전 개업했으며,

거리 끝에 있는 작은 방갈로와 새로 지은 집을 담당했다. 한편 다른 업자는 '갤브레이스 앤드 펜딜리' 사무소로 그웬다가 이 집을 살 때 이용한 가게였다.

그곳을 찾아가자 자일스는 곧 다음과 같은 용건을 말했다. 자신과 자신의 아내는 집은 물론 딜머스 전체가 마음에 들어 기뻐하고 있다, 그런데 아내가 어렸을 때 실제로 딜머스에 살았던 사실을 최근에야 알았다, 아주 희미한 기억을 토대로 현재 사는 힐사이드가 바로 옛날 그녀가 살았던 집이라고 추측하지만 확신은 못하겠다……. 혹시 핼리데이 소령이라는 사람에게 그 집을 빌려 주었다는 기록이 사무실에 남아 있지 않은가? 18년이나 19년 전쯤의 일이다…….

펜딜리 씨는 사과하듯 양손을 쭉 폈다.

"도와드릴 수 없어 유감입니다, 리드 씨. 그렇게 오래된 옛날 기록까지는 남아 있지 않거든요. 더구나 매매가 아닌 임대 기록은 더 찾기 힘들죠. 정말 죄송합니다. 옛 주임 내러콧 씨가 살아 있었다면 도움이 되었을지도 모르는데요. 그분은 지난해 겨울에 돌아가셨습니다. 기억력이 정말이지 대단한 분이었지요. 30년 가까이 우리 사무실에서 일하셨고 말이죠."

"혹시 기억하고 계실 만한 다른 분은 없을까요?"

"우리 직원들 모두 비교적 젊은 편이지요. 물론 갤브레이스 노인이 있습니다만 여러 해 전에 물러났습니다."

그웬다가 말했다.

"그분께 물어보면 아실지도 모르겠군요?"

펜덜리 씨는 미심쩍은 모양이었다.

"글쎄요, 잘은 모르겠습니다……. 그분은 작년 중풍에 걸려 내내 누워 계시는 형편입니다. 80살을 넘긴 노구이시니까요."

"그분은 딜머스에 사시나요?"

"네, 그렇습니다. 캘커타 로지에 살죠. 시튼 거리의 멋지고 아담한 집입니다만, 제 생각엔 아무래도……."

II

자일스가 그웬다에게 말했다.

"별로 가망이 없군. 그러나 아직은 모르는 거야. 편지를 쓰는 건 별로 좋은 생각이 아닌 것 같고, 거기 가서 직접 만나 봅시다."

캘커타 로지는 깔끔하게 잘 관리된 정원에 둘러싸여 있었다. 두 사람이 안내된 응접실 또한 조금 비좁은 듯하면서도 깔끔했다. 밀랍 냄새가 감돌고 있었다. 놋쇠 장식이 반짝거리고, 창문은 꽃줄을 듬뿍 걸어 꾸며 놓았다.

의심스러운 눈길을 한 야윈 중년 여인이 방으로 들어왔다.

자일스는 재빨리 자기소개를 했다. 그제야 비로소 두 사람을 진공청소기 외판원으로 의심하던 갤브레이스 양의 얼굴에서 의혹이 사라졌다.

"안타깝지만 도와줄 수가 없을 것 같군요. 그건 너무 오래된 옛날 일이잖아요."

그웬다가 말했다.

"하지만 살다 보면 가끔 생각나시기도 하니까요."

"난 거기에 대해 아무것도 모르는 게 당연해요. 부동산 중개업과는 아무 관계가 없으니까요. 핼리데이 소령이라고 했나요? 나는 그런 이름을 가진 사람과는 만난 적이 없어요."

"어쩌면 아버님께서는 알고 계실지도 모르겠죠?"

갤브레이스 양은 고개를 저었다.

"아버지 말씀이신가요? 아버지는 요즘 정신이 또렷하지 못하세요. 기억도 많이 흐려지셨고."

그웬다의 눈길은 주의 깊게 베나레스(동부 인도에 있는 힌두교의 성지 — 옮긴이)에서 만들어진 놋쇠 액자를 바라보았고, 그런 다음 벽난로 위에서 행진하는 흑단 코끼리의 행렬로 옮겨 갔다.

"갤브레이스 씨가 혹시 기억하실지 모른다고 생각한 이유는 저희 아버지께서 인도에서 돌아오자마자 찾은 곳이 여기였기 때문이에요. 이 집은 캘커타 로지라는 이름이지요?"

그녀는 대답을 기다리듯 말을 끊었다. 갤브레이스 양이 말했다.

"그래요. 우리 아버님은 사업상 인도 캘커타에 계셨던 적이 있지요. 그러다가 전쟁이 일어나 1920년에 이곳의 회사에 들어가셨지만 다시 거기로 돌아가시고 싶어 하셨답니다. 늘 그렇게 말씀하셨어요. 하지만 어머니는 외국 생활을 싫어하셨죠. 그곳은 기후가 썩 좋다고 할 수 없는 곳이니까요. 음, 전 잘 모르겠네요. 우리 아버님을 만나 뵙고 싶으시다고 하셨죠? 그렇다면 오늘 아버님 상태가 좀 좋은 것 같으니……."

그녀는 안쪽의 작고 어두운 서재로 그들을 안내했다. 해마 같은 흰 수염을 기른 노신사가 크고 초라한 가죽 의자에 깊숙이 몸을 묻고 앉아 있었다. 그의 얼굴은 좀 떨리고 있었다. 딸의 말을 듣고 그는 승낙하는 태도로 그웬다를 물끄러미 쳐다보았다.

그가 분명치 못한 목소리로 말했다.

"내 기억력도 예전 같지 않아. 핼리데이라고 했나? 그런 이름은 기억이 안 나. 요크셔에서 학교 다닐 때 그런 애를 알고 있었지만, 70년도 더 전의 일이지."

자일스가 말했다.

"핼리데이란 사람이 힐사이드에 세 들어 산 적은 없나요?"

갤브레이스 씨의 한쪽 눈꺼풀이 깜박였다.

"힐사이드? 그때도 힐사이드였었나? 핀디슨 부인이 거기 살았지. 훌륭한 여자였어."

"제 아버지는 그 집을 가구째로 빌리셨을 거라 생각해요……. 인도에서 갓 돌아오시고 나서요."

"인도? 인도라고 했나? 아, 한 남자가 기억나는군. 군인이었지. 인도에서 막 돌아왔다고 했는데, 젊은 부인과 아기가 있었어. 여자애였지."

그웬다는 확신을 가지고 말했다.

"그게 바로 저였어요."

"세상에, 정말인가? 저런, 저런. 세월 참 빠르다니까. 그게 그 남자였던 건가? 가구가 딸린 집을 찾는다고, 때마침 핀디슨 부인이 그동안 이집트인지 어딘지에 가 있던 기간이었는데……. 나도 참 바보지. 그런데 그 남자 이름이 뭐라고 했지?"

그웬다가 대답했다.

"핼리데이요."

"맞아, 맞아. 핼리데이였어. 핼리데이 소령. 좋은 친구였어. 아주 예쁘고 젊은 금발 아내가 있었고……. 부인은 자기 친척 가까이에 살고 싶다든가 뭐 그런 소릴 했는데. 그래, 아주 예뻤지."

"그 친척이 누군가요?"

"전혀 모르겠구먼. 기억이 안 나. 그런데 자넨 그 여자를 닮지 않았군."

그웬다는 하마터면 그 여자가 새엄마였다는 사실을 말할 뻔했다. 하지만 일을 복잡하게 만들고 싶지 않아서 대신 이렇게 말했다.

"어머니가 어땠는데요?"

갤브레이스의 대답은 뜻밖이었다.

"걱정이 많은 것 같았어. 아무튼 소령은 정말 좋은 사람이었네. 내가 해 주는 캘커타 얘기도 잘 들어주었고. 영국 밖으로 나가 본 일이 없는 편협한 소인배들과는 달랐지. 나는 세계를 보고 온 사람이야. 그의 이름이 뭐였다고? 가구 딸린 집을 찾았던 그 군인이 누구였다고?"

그는 닳아 빠진 레코드를 반복해서 올리고 있는 헌 축음기 같았다.

"집 이름이 그때는 세인트캐서린이었어. 그래, 그가 세인트캐서린을 일주일에 6기니로 빌렸지……. 핀디슨 부인이 이집트에 있는 동안에 말이야. 가엾은 핀디슨 부인이 그곳에서 세상을 떠난 후 집은 경매에 붙여졌고……. 다음에 누가 샀더라? 아, 엘워시였군…….

그래, 맞아. 여자들뿐이었지. 자매들이었어. 그 사람들이 집 이름을 바꿨지. 세인트캐서린이라는 이름이 너무 천주교스럽댔나. 천주교라면 질색하더라고. 우리를 전도하려고도 했더랬지……. 하나같이 못생긴 여자들이었고 말이야.

한데 흑인들을 선교하는 데 관심이 많았는가 봐. 검둥이들에게 바지와 성서를 보내 주기도 했어. 이교도들을 개종시키는 데 열심이었지."

그는 문득 한숨을 쉬더니 의자 등받이에 기댔다. 그러고는 안타깝다는 듯 말했다.

"다 옛날 일이야. 사람 이름이 생각나지 않아. 인도에서 돌아온 그 남자, 좋은 친구였지……. 이젠 지쳤네. 글래디스, 차 좀 주려무나."

자일스와 그웬다는 고맙다고 말하고 딸에게도 인사한 다음 작별했다.

그웬다가 말했다.

"이제 명쾌하군요. 아버지와 난 힐사이드에 살았어요. 다음에는 뭘 할까요?"

자일스가 말했다.

"이크, 내가 바보였지. 서머싯 하우스야!"

그웬다가 물었다.

"서머싯 하우스가 뭔데요?"

"혼인 신고 기록을 확인할 수 있는 등기소야. 거기 가면 당신 아버님의 결혼에 대해 알아볼 작정이야. 당신 이모님께선 장인이 영국에 오시자마자 곧 두 번째 부인과 재혼했다고 하셨지. 모르겠어, 그웬다? 좀 더 일찍 깨달았어야 하는데. 그 '헬렌'은 바로 당신 새어머니의 친척일 수 있다는 사실 말이야. 여동생일 수도 있겠지. 아무튼 그녀의 성을 알게 되면 힐사이드에 훤한 누군가에게서 정보를 더 얻는 게 가능해. 장인이 새 부인의 친척들 곁에서 살기 위해 딜머스에 집을 구했다고 노인이 말했던 걸 기억해 봐. 그 친척이란 사람들이 부근에 살고 있다면 뭔가 알 수 있게 될지도 몰라."

"자일스, 당신 정말 대단해!"

III

자일스는 결국 런던에 갈 필요는 없다고 판단한 모양이었다. 정력적인 기질의 자일스는 모든 일을 자기 손으로 하려는 경향이 있었으나, 단순한 확인 작업은 남의 힘을 빌리기로 결심한 것이다.

그는 자기 사무실에 장거리 전화를 걸었다.

"드디어!"

자일스는 기다리던 답장이 오자 환성을 질렀다. 그는 봉투에서 혼인증명서 사본을 꺼냈다.

"그웬다, 이거야. '8월 7일 금요일 켄싱턴 등기소에 혼인 신고. 켈빈 제임스 핼리데이, 헬렌 스펜러브 케네디.'"

"헬렌?"

그웬다는 날카롭게 외쳤다. 그들은 서로 얼굴을 마주 보았다. 자일스가 천천히 입을 열었다.

"하지만……. 하지만 그럴 리가 없어. 두 사람은 헤어졌고, 당신 새어머닌 다른 남자와 재혼해 떠났으니까……."

"알 수 없어. 정말로 떠났는지는……."

그녀는 다시금 그 간결하게 쓰인 이름을 뚫어지게 보았다. 헬렌 스펜러브 케네디.

헬렌…….

케네디 박사

I

며칠 뒤 그웬다는 날카로운 바람 속에서 산책로를 걷고 있었다. 그녀는 관광객을 위해 군데군데 설치한 유리 휴게소 앞에서 문득 걸음을 멈췄다. 곧 그녀는 깜짝 놀라 외쳤다.

"마플 양?"

두껍고 푹신한 코트를 멋지게 입고 스카프를 빈틈없이 감은 그 사람은 틀림없는 마플 양이었다.

"많이 놀랐죠? 그럴 거예요. 여기서 날 보다니. 우리 주치의 선생이 해변에서 기분 전환을 좀 하라고 권하셔서요. 아가씨가 전에 말했던 딜머스가 아주 좋아 보이길래 여기 오기로 했죠. 게다가 친구 집에 있던 요리사와 집사가 마침 여기서 하숙집을 열고 있답니다."

"그러면서 왜 우리를 보러 안 오셨어요?"

그웬다의 항의에 마플 양은 미소를 지었다.

"노인을 만나서 뭐 좋은 일이 있겠어요. 막 결혼한 남녀는 둘이 있게 해 줘야지. 물론 내가 가면 환영은 해 주었겠지만. 두 사람 다 잘 있죠? 수수께끼는 잘 풀어 나가고 있나요?"

그웬다는 마플 양 곁에 앉으며 말했다.

"지금 한창 뒤쫓고 있는 중이랍니다."

그녀는 이제까지의 일들을 자세하게 이야기했다. 그리고 마지막으로 말했다.

"안 그래도 막 여러 신문에 광고를 낸 참이에요. 각종 지방지,《타임스》같은 대형 일간지에 두루 말이죠. 헬렌 스펜러브 헬리데이, 처녀 때 성은 케네디였던 여자에 대해 아는 사람은 연락해 달리는 내용이었죠. 분명히 연락이 좀 올 것으로 생각하는데, 어떨까요?"

"나도 그렇게 생각해요, 아가씨. 분명히 올 거예요."

마플 양의 말투는 항상 그렇듯 차분했지만, 눈은 당혹스러운 기색을 띠었다. 두 사람은 옆에 앉은 다른 행인의 눈치를 조심스럽게 살폈다.

마플 양이 보기에 그웬다는 고민하고 있는 것 같았다. 헤이독 박사가 말했던 '숨은 암시'가 아마도 그녀의 마음속에 떠오르려 하고 있는 것이리라. 틀림없다. 그리고 되돌아가기에는 이미 너무 늦었다…….

마플 양은 조용히, 미안한 듯 말했다.

"나도 이제 이 사건에 흥미가 생겼어요. 지금 내 생활에는 흥밋거리가 거의 없으니까요. 여태까지의 진행 상황을 말해 달라고 해도 아가씨가 날 너무 참견 좋아하는 늙은이로 생각진 않겠지요?"

그웬다는 따뜻한 목소리로 말했다.

"당연히 가르쳐 드려야죠. 아주머니께선 뭐든지 아실 권리가 있어요. 마플 양이 안 계셨더라면 정신 병원에 가둬 달라며 병원에 제발로 찾아갈 뻔했으니까요.

어디에 묵고 계시는지 가르쳐 주세요. 그리고 저희 집에 오셔서 차를 같이 하며 집 구경도 하시고요. 범행 현장을 보셔야 하니까요, 그렇죠?"

그웬다는 웃었으나 그 속에 불안한 느낌이 살짝 엿보였다. 그녀가 떠나간 후 마플 양은 아주 살짝 고개를 저으며 미간을 찌푸렸다.

II

자일스와 그웬다는 날마다 열심히 편지함을 뒤졌지만, 결과는 실망스러웠다. 편지 중에는 그들을 대신해 숙련된 조사를 맡아 주겠다고 제의해 온 사립 탐정 사무소의 안내장이 둘 있었을 뿐이었다.

자일스가 말했다.

"이 사람들에게 연락하는 건 한참 후에 해도 괜찮아. 그리고 탐정 사무소에 맡기려면 일류를 쓰자고. 편지로 광고하는 곳이 아니라.

하지만 우리가 하는 것 이상으로 꼭 그들이 잘할 것 같지도 않아."

그의 낙천주의, 혹은 자만심은 이삼 일 뒤에 1통의 편지를 통해 입증되었다. 그 편지는 지적인 직업을 가진 사람임을 나타내는, 달필이지만 좀 읽기 어려운 필적으로 씌어 있었다.

《타임스》에 실린 귀하의 광고를 보고 답변드립니다.

헬렌 스펜러브 케네디는 제 여동생입니다. 저는 오랜 세월 동안 동생의 소식을 듣지 못했습니다. 그러니 동생에 대한 소식을 들을 수 있다면 큰 기쁨이겠습니다.

의학 박사 제임스 케네디
우들리볼튼의 골즈힐 저택 거주.

"우들리볼튼? 그리 멀지 않은 곳이야. 우들리 캠프장이라고 잘 알려진 소풍 장소가 있지. 황무지 북쪽으로, 여기서 50킬로미터쯤 될까. 케네디 박사에게 편지를 써서 우리가 만나러 갈지, 그쪽이 올 건지 물어보자고."

케네디 박사로부터 다음 수요일에 와 달라는 답장이 와서 그들은 곧 출발했다.

우들리볼튼은 언덕 비탈에 집이 여기저기 흩어져 있는 마을이었는데, 골즈힐은 높은 지대 맨 꼭대기에 있는 가장 높은 집이었다. 거기서 우들리 캠프와 바다를 향해 펼쳐진 황무지를 볼 수 있었다. 그웬다가 몸을 떨며 말했다.

"왠지 황폐한 곳이야."

집은 분명 황폐했다. 케네디 박사는 중앙난방 같은 신식 설비를 경멸하고 있음이 분명했다.

문을 열어 준 여자는 우울한 인상에 접근하기 어려운 느낌의 사람이었다. 그녀는 텅 빈 홀을 지나 두 사람을 서재로 안내했다.

케네디 박사는 일어나 두 사람을 맞았다. 그곳은 좁고 길며 천장이 높은 방으로, 빽빽이 들어찬 책장이 죽 늘어서 있었다. 케네디 박사는 은발의 나이 지긋한 남자로 짙은 눈썹 밑에 날카로운 눈이 빛나고 있었다. 그는 예리하게 두 사람을 번갈아 보았다.

"리드 부부시군요? 앉으십시오, 리드 부인. 이게 아마 우리 집에서 제일 편한 의자일 겁니다. 그나저나 도대체 어떻게 된 일입니까?"

자일스는 막힘없이 미리 준비했던 이야기를 꺼냈다. 자신과 아내는 얼마 전 뉴질랜드에서 결혼했으며, 어릴 적 아내가 살던 영국으로 건너와 옛날 친구들이나 친척을 찾고 있는 거라는 얘기였다.

케네디 박사는 엄격하고 뻣뻣한 태도를 바꾸지 않았다. 그는 여전히 공손한 태도 아래 가족 관계에 얽매이는 감상주의에 대한 적개심을 품고 있는 게 분명했다.

그는 정중하지만 약간 적의가 담긴 말투로 입을 열였다.

"그래서 당신은 내 여동생, 실은 배다른 여동생이지만 말이죠, 그리고 어쩌면 나 자신이 당신들과 친척 관계일지 모른다는 거군요?"

"그분은 제 새어머니셨어요. 아버지의 두 번째 아내였지요. 실은 전 그때 너무 어렸던지라 그분을 자세히 기억하지 못한답니다. 제

처녀 때 성은 핼리데이예요."
 케네디 박사는 그웬다를 뚫어지게 바라보았다. 별안간 그의 얼굴이 미소로 밝아지고 딱딱한 태도가 사라지더니 그는 완전히 딴사람이 되었다.
 "세상에나, 네가 그웨니였구나!"
 그웬다는 힘차게 고개를 끄덕였다. 오랫동안 잊고 있던 그웨니라는 애칭이 그녀에게 흐뭇한 친근감을 가져다 주었다.
 "예, 제가 그웨니예요."
 "정말 놀랍군. 이렇게 다 커서 결혼을 했다니. 시간이 빠르기도 하지! 거의 15년……. 아니, 그보다 더 옛날일 거야. 너는 날 기억 못하겠지?"
 그웬다는 고개를 끄덕였다.
 "아버지도 기억 못하는걸요. 다 희미하기만 해요."
 "그럴 테지. 핼리데이의 첫 아내는 뉴질랜드 사람이었지. 그가 그렇게 말한 기억이 나. 분명 좋은 나라일 테지."
 "세상에서 제일 사랑스러운 나라예요. 하지만 저는 영국도 아주 좋아해요."
 "잠시 머무는 거니, 아니면 정착해 살려는 거니? 아, 차를 내 오마."
 그는 벨을 누르며 말했다.
 키 큰 여자가 들어오자 그가 말했다.
 "차를 부탁해요. 그리고 에…… 뜨거운 버터 토스트와 음…… 케이크 같은 걸 줘요."

체구가 당당한 가정부는 불퉁한 입모양을 했으나 곧 "네, 주인님." 하는 대답과 함께 나갔다.

케네디 박사가 설명하듯 말했다.

"나는 평소엔 차를 안 마신단다. 하지만 이 자리를 기념해야지."

"정말 감사합니다. 저희는 관광 온 게 아니에요. 집을 샀거든요."

그녀는 잠시 말을 끊었다가 덧붙였다.

"집 이름은 힐사이드예요."

"오, 그렇구나. 편지에 쓴 딜머스의 거기 말이지."

그웬다가 말했다.

"정말 신기한 우연이었어요. 그렇지, 자일스?"

자일스가 말했다.

"그렇지. 정말 너무너무 놀랍습니다."

무슨 말인지 몰라 어리둥절한 표정을 짓는 케네디 박사에게 그웬다가 설명했다.

"그 집이 바로 제가 옛날에 살던 집이에요. 마침 전 주인이 팔려고 내놓았더라고요."

케네디 박사는 이맛살을 살짝 찡그렸다.

"힐사이드? 하지만 분명…… 아, 그렇군. 소유주가 집 이름을 바꿨다는 얘길 들었어. 전에는 세인트 뭐라는 이름이었지. 만약 내 기억이 맞다면, 리햄턴 거리를 시내 쪽으로 내려가서 오른쪽에 있는 곳일 테지?"

"예."

"그래 그 집이야. 집 이름을 잊어버리다니 나도 참 한심하지. 잠깐만…… 세인트캐서린! 맞아, 전엔 그 이름이었어."

"거기서 제가 살았었지요?"

"그럼, 그럼. 넌 거기 살았어."

그는 유쾌한 듯 그웬다를 지그시 바라보며 말을 이었다.

"왜 거기로 돌아갈 생각을 한 거니? 그 집에 대한 별다른 기억도 없을 텐데?"

"그렇긴 하죠. 하지만 왠지 모르게 내 집 같았어요."

케네디 박사가 그 말을 되풀이했다.

"내 집 같았다라…….

박사는 말을 되풀이했다. 그 말에는 아무 감정이 담겨 있지 않아서, 자일스는 문득 그가 무슨 생각을 한 것인지 궁금해졌다.

"그래서 이야기를 해 주셨으면 해요. 아버지와 헬렌에 관해서, 그리고…… 모든 일에 관해서요."

그웬다는 어물어물 말을 끝냈다.

"뉴질랜드에 있었다면 사람들도 자세한 것은 몰랐겠군. 알 수가 없었을 테지. 그래, 뭐 이야기할 만한 것도 없지만. 헬렌은 네 아버지와 같은 배를 타고 인도에서 돌아오던 참이었다. 어린 여자아이를 데리고 있는 홀아비, 즉 네 아버지에게 헬렌이 연민 혹은 사랑의 감정을 느낀 게야. 그리고 네 아버지 역시 쓸쓸했거나 헬렌에게 반했거나 둘 중 하나였을 테고. 그런 일은 제3자가 잘 알 수 없으니까 말이다.

그들은 런던에 도착하자마자 결혼했다. 그러고는 내가 사는 딜머스로 찾아오더군. 나는 그 무렵 거기서 병원을 개업하고 있었거든. 켈빈 핼리데이는 조금 신경질적이고 지쳐 보였지만, 그래도 좋은 사람 같았다. 그 무렵 두 사람은 함께 있는 것만으로도 무척 행복해 보였지."

그는 잠시 입을 다물었다가 덧붙였다.

"그런데 1년도 채 못 되어 내 여동생이 다른 남자와 함께 달아나 버린 거야. 너도 그건 알고 있겠지?"

"누구와 달아났나요?"

그는 날카로운 눈을 그녀에게로 돌렸다.

"헬렌은 내게 말해 주지 않았어. 오빠인 나에게조차 마음을 터놓고 싶지 않았는지도 모르지. 하지만 동생과 켈빈 사이가 좋지 않았다는 건 내심 알 수 있었단다. 왜인지는 몰라. 나는 부부 사이에는 믿음이 있어야 한다고 믿는 고지식한 사람이지만, 헬렌은 일이 그렇게 된 곡절을 내게 알리고 싶지 않았겠지. 그저 떠도는 소문으로 들었을 뿐이야. 상대 남자의 이름은 끝내 알 수 없었다. 동생 부부는 런던이며 영국 여러 곳에서 많은 손님을 초대하곤 했으니 그중 한 사람이었을 거라 짐작할 뿐이지."

"두 사람이 이혼한 건 아니고요?"

"헬렌은 이혼을 바라지 않았다고 해. 켈빈에게 전해 들은 거다. 그래서 나는 상대가 유부남이었을 거라 생각했단다. 가톨릭 신자 아내를 두어 이혼이 곤란한 남자가 아니었을까. 내 생각이 틀렸을 수도 있지만."

"그래서 아버지는요?"

케네디 박사는 좀 퉁명스럽게 말했다.

"켈빈도 이혼을 바라지 않았어."

"아버지 이야기를 해 주세요. 어째서 아버지는 저를 갑자기 뉴질랜드로 보내셨을까요?"

케네디 박사는 조금 사이를 두었다가 말했다.

"필시 너희 친척들이 아버지를 압박한 게 아닐까? 두 번째 결혼이 잘못되자 네 아버지는 그게 제일 좋은 방법이라 생각한 것 같다."

"그런데 왜 아버지는 절 뉴질랜드로 직접 데려가시지 않았을까요?"

케네디 박사의 눈길은 벽난로 선반 위를 헤매고 있었다.

"글쎄, 모르겠구나……. 켈빈의 건강이 좀 좋지 않았다."

"아버지께 무슨 일이 있었나요? 무슨 원인으로 돌아가셨지요?"

이때 문이 열리며 가정부가 경멸하는 듯한 태도로 쟁반을 들고 나타났다.

쟁반에는 버터 바른 토스트와 잼이 올라 와 있었으나 케이크는 없었다. 케네디 박사는 애매한 몸짓으로 그웬다에게 차를 따르도록 했다. 그녀는 잠자코 따랐다. 모두에게 찻잔이 건네지고 그웬다가 토스트를 한 조각 집어 들자 케네디 박사는 억지로 쾌활한 듯 말했다.

"그래, 너희들은 그 집을 어떻게 바꿨니? 이것저것 수리하고 바꾸기도 했겠지? 이제는 내가 봐도 못 알아보는 것 아닐까?"

자일스가 고개를 끄덕였다.

"욕실에다 여러 가지 장난을 좀 쳤습니다."

그웬다는 박사에게 시선을 보내며 물었다.

"아버지는 무엇 때문에 돌아가셨나요?"

"나도 정확히는 몰라. 아까 말했듯 네 아버지는 건강이 안 좋았단다. 그래서 동부 해안 근처의 요양원에 들어갔지. 그 후 2년 뒤에 돌아가신 거다."

"그 요양원은 정확히 어디였나요?"

"미안하구나. 기억이 안 난다. 그냥 동부 해안이었던 것 같다는 기억뿐이야."

분명 이 이야기를 피하고 싶다는 태도였다. 자일스와 그웬다는 잠깐 서로 얼굴을 마주 보았다.

자일스가 말했다.

"적어도 그분의 묘소가 어디인지는 아시겠지요? 당연한 일이지만, 그웬다는 아버님을 찾아 뵙고 싶어 합니다."

벽난로 쪽으로 몸을 숙여 펜나이프로 담배 파이프를 청소하고 있던 케네디 박사는 약간 애매하게 말했다.

"나는 과거에 집착해서는 안 된다고 생각하네. 조상 숭배는 잘못된 일이지. 미래야말로 중요한 거지. 두 사람은 젊고 건강해. 이 세상이 당신들 앞에 열려 있잖나. 진취적으로 생각하게나. 잘 알지도 못했던 누군가의 무덤에 꽃을 바쳐 봤자 소용없는 일이야."

그웬다는 반항적으로 말했다.

"전 아버지의 무덤을 보고 싶어요."

"도와주지 못해 미안하구나."

케네디 박사의 말투는 다정했지만 차가웠다.

"워낙 오래된 일이고, 내 기억력도 옛날 같지 않아. 네 아버지가 딜머스를 떠난 뒤로는 연락을 주고받은 일이 없다. 요양원에서 보내온 편지를 한 번 받았을까, 아까 말한 동부 해안 어디서 말이야. 그 외엔 하나도 모르겠어. 난 네 아버지의 무덤이 어디에 있는지 아는 게 없다."

"이상한 일이네요."

자일스가 말했다.

"그렇지도 않네. 그와 나 사이의 연결점은 헬렌뿐이었지. 나는 헬렌을 무척 아꼈어. 배다른 남매에다 나이차도 많이 났지만, 나는 그 애를 돌봐 주기 위해 많은 노력을 했어. 좋은 학교도 찾아 주고 말이야.

그러나 헬렌이, 그래, 내 여동생이 결코 야무진 성격이 아니었던 건 어떻게 바꿀 수 없던 일이었다네. 동생은 그 전에도 별로 바람직하지 못한 청년과 문제를 일으킨 적이 있었어. 그때의 일도 나는 무사히 수습해 주었지.

그러자 여동생은 인도로 가서 월터 페인과 결혼하게 되었다네. 뭐, 잘된 일이었지. 괜찮은 청년이었으니까. 월터 페인은 딜머스의 유력한 변호사 아들이었어. 하지만 아주 솔직히 말하면 둔하기 짝이 없었다네.

그 친구는 내내 헬렌을 따라다녔지만 여동생은 그를 싹 무시했어. 그런데 마음이 바뀌어 그 젊은이와 결혼하러 인도로 떠난 걸세. 한데 월터 페인을 실제로 보고 나니 또 한 번 변심을 하고 만 거야.

동생은 내게 전보를 쳐서 돌아올 경비를 보내 달라고 했네. 나는 즉시 송금했지. 그런데 돌아오는 배 위에서 헬렌은 켈빈을 만나게 된 걸세. 그 후 내가 아무것도 모르는 사이 둘은 서둘러 결혼했더군. 하지만 나는 동생의 그런 성격 때문에 켈빈에게 좀 미안한 감정을 갖고 있네. 헬렌이 사라진 뒤 켈빈과 관계를 끊은 것도 그 때문이야."

그가 갑자기 덧붙였다.

"지금 헬렌은 어디 있지? 자네들은 아는가? 동생과 연락하고 싶은데."

그웬다가 말했다.

"저희도 몰라요. 전혀 몰라요."

그는 갑자기 호기심이 생겨 두 사람을 바라보았다.

"하지만 너희들의 광고를 보면……. 말해 보렴. 왜 그런 광고를 낸 거니?"

"우리는 사람을 찾고 있었어요."

그웬다가 말을 멈추자 케네디 박사는 이상하다는 표정을 지었다.

"네가 거의 기억하지도 못하는 사람을 말이냐?"

그웬다가 재빨리 말했다.

"전…… 그냥 새어머니와 연락이 되면 제 아버지에 대해 들을 수 있을 거라고 생각했어요."

"음, 그렇지. 알겠다. 도움이 못 되어 미안하구나."

자일스가 말했다.

"적어도 무슨 요양원이었는지는 아시겠지요? 결핵이었습니까?"

케네디 박사는 갑자기 다시 무표정해졌다.

"그렇다네, 분명 결핵이었을 거야."

자일스가 말했다.

"그럼, 찾는 것도 어렵지 않을 겁니다. 얘기해 주신 것 모두 정말 감사드립니다."

그는 자리에서 일어났고 그웬다도 그를 따랐다. 그녀는 말했다.

"정말 고맙습니다. 힐사이드로 놀러 오세요."

두 사람이 방을 나올 때 그웬다는 마지막으로 어깨 너머로 흘끗 돌아보았다. 케네디 박사는 벽난로 곁에서 걱정스러운 표정으로 회색 콧수염을 비틀고 있었다.

그웬다는 자동차에 올라타며 말했다.

"저분은 뭔가 알고 계시지만, 우리에겐 이야기하고 싶지 않으신 것 같아. 뭔가가 분명히 있어. 아, 자일스! 이런 일 시작하지 말 걸 그랬어……."

그들은 서로 얼굴을 마주 보았다. 뚜렷이 알지는 못했지만 두 사람의 마음에 똑같은 두려움이 솟아올랐던 것이다. 그웬다가 말했다.

"마플 양의 말씀이 옳았어. 지난 일은 내버려두는 건데 그랬어."

자일스도 애매하게 말했다.

"더 이상 알아볼 필요는 없을 것 같아. 그웬다, 이제 그만두는 게 좋을까?"

그웬다는 고개를 저었다.

"아니, 자일스. 지금 그만둘 수는 없어. 괜한 의혹과 상상이 꼬리를 물 거야. 우린 계속해야 해. 케네디 박사님은 선량한 의도에서 말을 아끼셨던 거겠지. 하지만 잘못 짚으셨어. 우리는 실제로 일어난 일이 무엇이었는지 밝혀내야 해. 만약…… 만에 하나 우리 아버지가……."

그러나 그웬다는 그 말을 맺지 못했다.

켈빈 핼리데이의 망상

다음 날 아침 코커 부인이 자일스와 그웬다가 있는 정원을 찾았다.
"실례합니다. 케네디 박사라는 분이 두 분을 전화로 찾으시는데요."
그웬다는 포스터 노인과 의논을 하도록 남겨 두고, 자일스는 집 안으로 들어가 수화기를 들었다.
"자일스 리드입니다."
"케네디일세. 어제 한 이야기를 곰곰이 생각해 봤는데, 아무래도 자네들이 알아 둬야 할 게 있는 것 같아. 오늘 오후 찾아갈까 하는데 집에 있을 예정인가?"
"그렇습니다. 몇 시쯤 오시죠?"
"3시가 어떤가?"
"좋습니다."
정원에서 포스터 노인이 그웬다에게 말하고 있었다.

"웨스트클리프에 내내 사시던 그 케네디 선생님인가요?"

"그럴 거예요. 그분을 아세요?"

"이 근방 최고의 의사였지요. 레즌비 선생님 쪽이 좀 더 인기가 있었긴 했지만. 항상 웃는 레즌비 선생님은 같이 있으면 즐거운 사람이었어요. 반면 케네디 선생님은 늘 무뚝뚝하고 건조했죠. 그러나 자기 직업에선 최고였어요."

"그분이 진료를 그만두신 건 언제부터였나요?"

"꽤나 오래됐습니다. 15년 전쯤 될 겁니다. 건강이 나빠지셨다고 하는 말을 들었네요."

자일스가 테라스로 나와 그웬다가 묻지도 않은 질문에 대답했다.

"박사님이 오늘 오후에 찾아오신다는군."

"아하."

그녀는 다시 포스터에게로 돌아섰다.

"혹시 케네디 박사님의 여동생을 아세요?"

"여동생요? 자세하다고 할 정도는 아니지만 대충 압니다. 아직 그녀가 어렸을 때 먼 학교로 떠났다가 다시 외국으로 나갔지요. 결혼한 뒤 잠시 이 고장에 돌아왔다는 말을 들었습니다만, 그러나 그 뒤 어떤 젊은이와 눈이 맞아 도망갔다죠? 천성이 좀 다듬어지지 않은 여자라고들 합니다. 내가 직접 그녀를 지켜본 일은 없습니다. 플리머스에 일 때문에 나가 있었으니까요."

그웬다는 테라스 끝으로 걸어가며 자일스에게 말했다.

"박사님은 왜 오신다고 해?"

"3시면 알게 되겠지."

케네디 박사는 약속 시간에 맞춰 도착했다. 그는 응접실을 둘러보며 말했다.

"여기 다시 찾아오다니 좀 묘한 기분이구나."

그러고서 그는 뜸을 들이지 않고 곧장 요점으로 들어갔다.

"너희들은 켈빈 헬리데이가 죽은 요양원을 찾아서 그가 무슨 병으로 죽었는지를 알아보려 했겠지?"

그웬다가 대답했다.

"맞아요."

"그렇다면 수고를 덜어 주마. 너희들의 충격을 덜어 주자는 생각도 들었고 말이야. 이걸 말해야 한다는 건 나로서도 괴로운 일이다. 이 진실은 너희들은 물론 다른 누구에게도 도움이 안 되는 것이니까. 아니, 거꾸로 그웨니 넌 매우 고통스러울 거다. 그러나 이젠 말하마. 네 아버지는 결핵에 걸린 게 아니었다. 그 요양원이란 실은 정신 병원이었어."

그웬다의 얼굴에서 핏기가 사라졌다.

"정신 병원요? 아버지가 미쳤었다는 얘긴가요?"

"정신 이상 판정을 받은 적은 없어. 흔히 말하는 '미치광이'는 아니었던 것 같다. 다만 아주 심한 신경 쇠약에 걸려 일종의 망상성 강박 관념으로 괴로워한 모양이야. 그는 자청해서 요양원에 들어갔고, 나오고 싶을 때에는 언제라도 퇴원할 수 있었다. 그러나 증세가 나아지지 않은 채로 거기서 죽은 거지."

자일스는 되묻듯 그 말을 되풀이했다.

"망상성 강박 관념이라고요? 어떤 망상이었습니까?"

케네디 박사는 성마르게 말했다.

"자기가 아내를 목졸라 죽였다는 망상에 사로잡혀 있었네."

그웬다가 신음을 삼켰다. 자일스가 재빠르게 손을 내밀어 그녀의 싸늘한 손을 잡았다.

자일스는 물었다.

"그래서 그게⋯⋯. 진짜였나요?"

"뭐?"

케네디 박사는 그를 뻔히 쳐다보았다.

"아니지! 당연히 사실이 아니네. 말도 안 되는 소리야."

"하지만 어떻게 아세요?"

그웬다의 목소리는 불안에 떨고 있었다.

"얘야, 그럴 리는 절대 없다. 헬렌은 다른 남자를 따라가려 남편을 버렸어. 그렇지 않아도 네 아버지는 한동안 아주 불안정한 정신 상태에 있었지. 악몽을 꾸는가 하면 헛것을 보기도 했다는구나. 그런데 거기에 내 동생이 사라지자 결정타가 된 것이란다.

내가 물론 심리학자는 아니다. 심리학자라면 이런 문제를 잘 설명할 수 있을 테지. 어떤 남자의 경우 아내가 부정을 저질렀다고 생각하기보다 차라리 죽었다고 믿기를 바라는 경우가 있다고 한다. 심지어는 자기가 아내를 죽여 버렸다고 생각하기까지 하지."

자일스와 그웬다는 조심스럽게 경계하는 눈길을 서로 주고받았다.

자일스가 조용히 말했다.

"그렇다면 선생님께선 그웬다 아버님의 주장은 분명 거짓이라고 확신하신단 말씀이지요?"

"당연하지! 나는 헬렌에게서 편지를 2통 받았네. 처음 1통은 그 아이가 집을 나간 지 일주일 후 프랑스에서 온 것이고, 또 1통은 그로부터 6개월 후에 온 거였어. 그러니 모든 게 망상이었다는 사실이 간단히 증명되지 않나."

그웬다는 숨을 깊게 들이마셨다.

"제발, 전부 다 얘기해 주시면 안 될까요?"

"이야기할 수 있는 것은 뭐든지 다 하마. 켈빈은 당시 특수한 신경증에 걸려 있었단다. 그 일 때문에 나를 찾아오기도 했지. 악몽에 시달렸다는데, 그의 말로는 꿈의 내용과 결말이 언제나 똑같았다는 거야. 자기가 헬렌의 목을 조른다는 거지.

나는 그가 가진 문제의 원인을 알아내려 했다. 틀림없이 유년기의 상처 때문일 거라 예상하면서. 그의 부모는 아무래도 행복한 부부가 아니었던 것 같았으니까······. 뭐, 그 일은 너무 깊이 들어가지 말자꾸나. 그저 의료인으로서 흥미가 있었을 뿐이야.

나는 켈빈에게 심리학자의 진단을 받아 보기를 권했다. 그러나 일류 의사를 소개해 줘도 그는 내 말을 듣지 않더군.

그와 헬렌 사이의 불화는 분명 갈수록 깊어지는 눈치였지만, 그는 거기에 대한 구체적인 말을 전혀 하지 않았고 나도 묻지 않았다. 파국의 절정은 어느 날 저녁 그가 우리 집으로 걸어서 찾아왔을 때 일어났다. 금요일이었던 것 같구나.

내가 병원에서 돌아오자 그가 진찰실에서 날 기다리고 있었단다. 15분 정도 기다렸다고 했지.

나를 보자마자 그가 고개를 들며 말했다.

'드디어 헬렌을 죽이고 말았습니다.'

나는 한동안 아무 생각도 할 수 없었다. 반면 그는 아주 냉정하고 담담했지. 내가 말했다.

'그 말은…… 또 꿈을 꾼 건가요?'

'이번에는 꿈이 아닙니다. 사실입니다. 그녀는 목졸려 쓰려져 있었습니다. 내가 목을 졸라 죽인 겁니다.'

그는 매우 냉정하고 이성적으로 덧붙였지.

'저와 같이 집으로 가 주십시오. 그 뒤 경찰에 전화하겠습니다.'

나는 어떻게 생각해야 할지 알 수가 없었다. 나는 자동차를 타고 그와 같이 이 집으로 왔다. 조용하고 어두운 집 안을 걸어 침실로 올라갔지."

"침실로요?"

그웬다는 정말로 놀란 기색이었다.

"그래, 그래. 모든 일이 거기서 일어난 거야. 하지만 당연히 거기엔 아무것도 없었어! 침대에 여자가 죽어 있기는커녕, 어질러진 흔적조차 아무것도 없었지. 침대보에 구김 하나 없었다. 모든 게 환각이었던 거다."

"아버지께서는 뭐라고 하시던가요?"

"허, 계속 했던 얘기를 반복하더구나. 정말로 그렇게 믿고 있었던 거야. 나는 그를 설득해서 진정제를 먹이고 화장실 침대에 눕혔다. 그 후 집 안을 샅샅이 살펴보았지. 그랬더니 응접실 휴지통 속에서 구겨진 쪽지를 찾았지 뭐냐. 헬렌은 거기에 이런 말을 써 놓았더구나.

　　이젠 작별이에요. 미안해요. 우리의 결혼은 처음부터 실수였어요. 나는 내가 유일하게 사랑했던 사람과 떠날 거예요. 부디 날 용서해 줘요.
　　　　　　　　　　　　　　　　　　　　　　　　헬렌

　　분명 켈빈은 응접실에 들어갔다가 그녀가 써 놓은 편지를 읽은 후 2층으로 올라갔겠지. 그러고는 일종의 정신 착란을 일으켜 내게 와서 자신이 헬렌을 죽였다고 믿기 시작한 거야.
　　나는 곧 하녀에게 물어보았다. 하녀가 쉬는 날이라서 그날 늦게 돌아오더구나. 나는 그녀를 헬렌의 방으로 데려가 옷가지 따위를 살펴보게 했지.
　　상황은 아주 명백했어. 헬렌은 여행용 큰 가방에 짐을 챙겨 떠난 거였다. 아무리 집 안을 훑어도 달라진 곳은 없었지. 여자가 목 졸려 죽은 흔적 따위는 전혀 없었고말고.
　　켈빈에겐 아주 힘든 일이었겠지만, 다음 날 아침엔 그도 모든 게 자신의 망상이었음을 납득했단다. 적어도 말로는 그렇다고 인정했지. 요양원에 들어가는 데도 동의했고 말이야.

그리고 일주일 뒤 나는 헬렌의 편지를 받았다. 비어리츠에서 보낸 거였는데, 스페인으로 가는 중이라고 하더구나. 자기는 이혼을 바라고 있지 않으며, 되도록 빨리 자기를 잊어 주었으면 좋겠다는 말을 전해 달라면서. 켈빈에게 그 편지를 보여 줬지만, 그는 거의 아무 말도 하지 않았단다. 그냥 자기 나름의 계획이 있다고 했어. 먼저 뉴질랜드에 있는 첫 아내의 언니에게 전보를 쳐서 아이를 맡아 달라고 부탁했지. 그러고는 신변을 정리한 후 우수한 사립 요양원에 입소하여 알맞은 치료를 받기 시작했다. 결국 치료는 효과를 보지 못했지. 2년 뒤 그가 세상을 떠나고 말았으니까. 병원이 어디에 있는지 가르쳐 주마. 노포크란 곳이다. 당시 담당을 젊은 의사가 맡았는데, 그가 아버지의 증세에 대해 자세한 걸 모두 이야기해 줄 거다."

그웬다가 물었다.

"그런데 박사님은 여동생으로부터 이후 또 편지를 받으셨다고 하셨죠?"

"아, 그래. 6달 정도 뒤였지. 플로렌스에서 온 거였어. 주소는 우체국 사서함으로 되어 있었고, '케네디 양'이라는 이름으로 왔다. 헬리데이의 성을 계속 쓰는 건 켈빈에게 미안해서 그랬다더구나. 자긴 그래도 이혼은 원하지 않지만, 켈빈이 이혼하고 싶어 하거든 그에 필요한 수속을 해 주겠다는 말도 있었어.

나는 동생의 편지를 켈빈에게 갖다주었다. 그도 역시 이혼을 바라지 않는다고 말하기에 동생에게 그런 내용을 답장으로 보냈고 말이다.

그런 뒤로는 아무 연락도 없었어. 동생이 어디 살고 있는지, 살았는지 죽었는지조차 알 수 없었지. 그게 바로 내가 너희들의 광고를 보고 연락했던 이유다. 헬렌의 소식을 알고 싶었거든."

그는 부드럽게 덧붙였다.

"그웨니, 정말 유감이다. 하지만 너도 알아야 할 사실이라는 생각이 들어 그랬다. 네가 그저 모든 걸 덮어 두었다면 좋았으련만……."

미지의 인물?

I

자일스가 케네디 박사를 배웅하고 돌아온 후에도 그웬다는 자리에 계속 앉은 채였다. 그녀의 두 눈은 빛났고, 뺨에는 홍조가 올라 있었다. 그웬다가 목멘 소리로 말했다.

"그 오래된 격언이 뭐였지? 죽음이냐 광기냐, 무엇을 어느 것을 택할 것인가? 바로 이런 경우를 두고 한 말이구나. 죽음이냐, 광기냐……."

"사랑해, 그웬다."

자일스는 그녀에게 다가가 팔을 둘러 안았다. 그녀의 몸은 뻣뻣하고 딱딱하게 굳어 있었다.

"왜 우린 그걸 내버려두지 않은 걸까? 무엇 때문에? 그녀를 목졸라 죽인 사람은 바로 내 친아버지였어. 그 말은 아버지가 한 것이었다고. 내 기억이 되살아난 것도 당연해. 너무나 큰 충격이었을 테니까……. 내 친아버지가!"

"그만, 그웬다. 아직은 잘 모르는 일이야."

"잘 알아! 아버지가 케네디 박사님께 가서 아내를 목졸라 죽였댔잖아?"

"그렇지만 케네디 박사님은 아버님이 한 일이 아니라고 했어."

"시체를 보지 못했기 때문이겠지. 하지만 시체는 분명히 있었어. 난 봤다고."

"당신은 홀에서 그걸 보았다고 말했어. 침실이 아니라 홀에서."

"그게 무슨 차이가 있지?"

"이상하잖아? 살인이 홀에서 벌어졌다면 아버님은 왜 침실에서 죽였다고 했겠어?"

"오, 모르겠어. 사소한 차이일 뿐이야."

"그렇지 않아. 마음 단단히 먹으라고, 그웬다. 전체 상황을 보면 말이 안 되는 구석이 많다고. 당신 말대로 아버님이 정말로 헬렌을 목졸라 죽였다고 해 보자고. 홀에서 말이야. 그러면 그다음에는 무슨 일이 일어났을까?"

"아버지가 케네디 박사님을 찾아갔지."

"그러고는 자기가 침실에서 아내를 목졸라 죽였다고 말하면서 박사님을 데리고 돌아왔지. 그러나 홀에는 물론 침실에도 시체는 없었어. 시체 없는 살인이란 게 가능한 일이야? 대체 아버님이 시체를 어떻게 한 걸까?"

"시체는 있었을 거야. 그런데 케네디 박사님과 아버지 두 사람이 짜고 시체를 치워 버린 거지. 물론 우리에겐 사실을 감추었고."

자일스는 세차게 고개를 흔들었다.

"아니야, 그웬다. 케네디 박사님이 그랬을 것 같진 않아. 그분은 고지식하고 실용적이면서 감정에 흔들리지 않는 스코틀랜드인이야. 당신 말은 그분이 자진해서 공범자가 되는 도박에 뛰어들었다는 뜻이야. 믿기 힘든 얘기지. 오히려 아버님의 정신 상태에 대해 의사로서 성실히 증언한다면 모를까. 그런데 그분이 모든 일을 조용히 묻어 두는 쪽을 택했다고? 케네디 박사님과 당신 아버지는 친척도, 친구 사이도 아니었어. 그리고 희생자는 다름 아닌 박사님 본인이 아주 아끼던 친동생이었고. 비록 그분이 빅토리아 시대풍으로 그녀의 부정함을 좀 과장되게 비난하기는 했지만 말이야. 한편으로 당신은 그 여동생의 친딸도 아니지.

그래, 케네디 박사님으로서는 결코 살인을 은폐하는 데 찬동할 이유가 없어. 만일 그럴 생각이 있었다고 하면 그분이 할 만한 일은 하나뿐이지. 바로 그녀가 심장마비나 다른 병으로 죽었다는 사망진단서를 쓰는 것……! 하지만 그분은 그렇게 하지 않았어. 교구의 사망자 등록부에 헬렌의 죽음에 대한 기록은 없었으니까. 아니면 그분이 직접 우리에게 자기 여동생이 죽은 경위를 말해 줬겠지.

그러니 그웬다, 그 지점에서부터 다시 시작해 보자고. 바로 '시체는 어떻게 되었나?' 하는 점 말이야."

"아버지가 어딘가에 묻은 게 아닐까? 예를 들면 정원에?"
"그런 다음 박사님에게로 가서 아내를 목졸라 죽였다고 실토한다? 왜? 왜 당신은 그녀가 남편을 '떠났다'라는 말은 믿지 않지?"
그웬다는 이마에 흘러내린 머리칼을 쓸어 올렸다. 그녀의 태도는 아까보다 훨씬 누그러져 있었다. 볼의 홍조도 엷어져 있었다.
"모르겠어. 당신이 그렇게 말하는 걸 들으니 좀 이상하다는 생각이 들기도 해. 당신은 케네디 박사님이 사실을 말했다고 생각해?"
"응, 난 믿어. 거의 확신하는 정도지. 그분의 관점에서 보면 아주 합당한 이야기들이야. 꿈, 그리고 환각. 케네디 박사님은 그것을 분명히 환각이라고 생각했어. 아까도 말했듯 시체 없는 살인은 불가능하니까. 그런데 거기서 우리는 그와 다른 입장에 선 거지. 우리는 시체가 있었다는 걸 알고 있으니 말이야."
자일스는 잠깐 사이를 두고 나서 다시 말을 이었다.
"박사님이 본 시점으로는 모든 게 다 들어맞아. 없어진 옷가지와 여행 가방, 작별의 말을 써놓은 쪽지 등등 전부 다. 또 나중에 날아왔다는 여동생의 편지 2통도 그래."
그웬다는 조바심했다.
"그 편지 말인데, 그 편지는 어떻게 설명하겠어?"
"아직은 몰라. 하지만 설명해 내야겠지. 만약 케네디 박사님이 진실을 말한 거라면(나는 꽤 확신하지만), 우리는 그 편지를 설명할 수 있어야 해."
"편지는 분명 여동생의 필적이었겠지? 박사님이 그걸 확인했을까?"

"그분이 글씨체를 신경 썼을 것 같진 않아, 그웬다. 그건 수상한 수표를 검사하는 것과는 다르니까. 만약 그 여동생의 필적을 흉내 낸 가짜 글씨로 편지가 쓰어져 있었다고 해도 그분은 필시 의심할 생각도 안 했을 거야. 박사님은 여동생이 어떤 남자와 함께 달아났다는 선입견을 이미 가지고 있었거든. 편지가 그 믿음을 더 굳게 만들었겠고. 만일 그녀의 소식을 전혀 듣지 못했다면 박사님도 이상하게 여겼을지 몰라.

다만, 그분은 그냥 넘겼을지 몰라도 나는 그 편지에 관해 마음에 걸리는 점이 몇 가지 있어. 먼저 익명이나 마찬가지였다는 점이야. 주소는 우체국 사서함뿐이었고, 헬렌의 상대 남자가 누구인지도 없었지. 분명한 것은 옛 관계를 깨끗이 끊어 버리고 싶다는 결의뿐이었어. 한마디로 살인자 자신이 희생자 가족의 의심을 다른 곳으로 돌리기 위해 꾸민 편지 같다는 심증을 주지. 옛날에 크리펜(불륜에 빠져 아내를 살해한 의사로 극적인 범행과 도주 행각으로 유명해졌다—옮긴이)이 쓴 방법이야. 편지는 외국에서도 보낼 수 있지."

"당신은 우리 아버지가······."

"아니, 그렇게 생각한 적 없어. 그저 가능성일 뿐이야. 만일 자기 아내를 없애려는 남자가 있다고 해 봐. 그는 먼저 아내의 부정에 대한 소문을 퍼뜨려. 아내가 도망갈 분위기를 조성하는 거지. 남겨진 편지, 없어진 옷가지, 신중히 간격을 두고 외국에서 날아온 편지들.

하지만 실제로는 아내가 남편에게 몰래 살해되어 다락방 아래라도 감춰진 거야. 곧잘 행해지는 살인의 형태 중 하나지. 하지만 그런 살인자 중 누가 급히 아내의 오빠 집으로 달려가 자신이 아내를 죽였다고 자수한다느니 호들갑을 피우겠어?
 혹은 당신 아버님이 감정에 휩쓸려 충동적으로 사람을 죽였다고 해도 문제는 남아. 아내를 너무 사랑한 나머지 질투에 눈이 멀어 목을 졸라 죽인다? 이건「오셀로」식이고, 당신이 들은 그 대사와도 비슷하지만……. 그런 살인자들은 미리 옷가지를 빼돌리고 편지를 언제 보낼지 미리 계획하는 따위의 행동은 하지 못해. 사건을 덮어 주지 않을 제3자에게 자기 범죄를 떠벌리는 일은 더욱 하지 않을 거고. 전부 해당 사항이 없어, 그웬다. 전부 틀렸다고."
 "그럼 자일스, 당신은 뭘 찾으려는 거야?"
 "모르겠어. 다만 이 사건 전체를 통해 우리가 모르는 미지의 인물이 있는 것 같아. 그 사람을 X라고 하자고. 아직 나타나지 않은 누군가. 다만 그의 수법만은 엿볼 수 있을 테지."
 "X? 그냥 날 위로하려고 당신이 만들어 낸 거지?"
 그웬다는 의심스럽게 되물었다. 그녀의 눈빛이 어두워졌다.
 "절대 아냐! 당신도 지금까지의 사실에 모두 들어맞는 만족스러운 줄거리는 만들어 낼 수 없을걸? 우린 헬렌 핼리데이가 목졸려 죽었다는 걸 알아. 왜냐하면 당신은 그걸 보았으니까!"
 그는 잠시 말을 멈췄다가 계속했다.
 "세상에! 내가 바보였어. 이제 알겠군! 모든 게 들어맞아. 당신이 옳았어. 케네디 박사의 말도 옳았고 말이야. 들어 봐, 그웬다. 헬렌은 애인과 달아날 준비를 하고 있었어. 아직 우리가 모르는 애인."

"그게 X?"

자일스는 답답하다는 듯이 손을 휘휘 저었다.

"그녀는 남편에게 편지를 쓰고 있었어. 그런데 그때 마침 남편이 들어와 그녀가 쓰고 있는 것을 읽고 격분한 거지. 그는 종이를 난폭하게 구겨 휴지통에 던지고 그녀에게 다가갔어. 그녀는 겁먹고 얼른 홀로 달아났지만, 남편이 뒤를 따라가 목을 조른 거지. 그런 다음 두세 걸음 떨어진 곳에 서서 「맬피 공작부인」의 대사를 중얼거린 거야. 마침 그때 2층의 아이가 난간 앞까지 기어 나가 아래를 내려다보았지."

"그래서?"

"가장 중요한 점은, 그녀가 '죽지 않았었다'는 거야. 남편이 여자가 죽었다고 믿었던 것과는 반대로. 그녀는 그냥 의식을 잃은 것뿐이었어. 그때 아마 그녀의 애인이 찾아왔겠지. 남편이 한껏 흥분해서 마을 반대편에 있는 의사 집으로 달려간 사이에 말이야.

아니면 혼자 깨어났는지도 몰라. 아무튼 제정신으로 돌아온 그녀는 곧바로 집을 나가 도망가 버렸어. 아주 잽싸게.

이걸로 모든 게 설명되잖아? 당신 아버님이 아내를 죽였다고 믿었던 일도, 옷가지가 없어졌던 일도. 헬렌은 그 전에 이미 짐을 꾸려서 보냈거든. 그리고 시간이 흐른 후 헬렌은 편지를 부쳤던 거지. 어때? 모든 게 들어맞아."

그웬다가 천천히 말했다.

"하지만 왜 아버지가 그녀를 침실에서 목졸랐다고 말했는지는 설명되지 않아."

"너무 흥분해서 장소를 착각했던 거야."

"나는 당신 말을 믿고 싶어. 정말 믿고 싶어……. 하지만 아직 난 확신하고 있어. 그때 그녀는 정말로…… 정말로 죽어 있었다고."

"당신이 어떻게 그걸 안단 말이야? 겨우 3살밖에 안 된 아이가."

그녀는 기묘한 눈길로 그를 보았다.

"알 수 있다고 생각해. 그런 건 어른보다 애들이 더 잘 알걸. 마치 개들처럼. 개들은 죽음을 본능적으로 감지하고 고개 들어 짖잖아? 난 애들도 그럴 거라고 믿어……."

"말도 안 돼. 어이가 없군."

이때 현관 벨소리가 울려 그의 말을 가로막았다.

"누구지?"

그웬다가 당황하여 말했다.

"까맣게 잊고 있었네. 마플 양이야. 차 드시러 오라고 내가 초대했어. 사건과 관련된 얘기는 절대 하지 않기로 해."

II

그웬다는 이번 손님 접대가 아주 어려운 일이 아닐까 걱정했다. 그러나 다행스럽게도 마플 양은 이 여주인이 빠르고 흥분된 말투로 이야기하는 것도, 그 밝은 태도가 억지로 꾸민 듯하다는 사실도 알아차리지 못한 것 같았다.

마플 양은 싹싹하고 수다스럽게 말했다. 딜머스에서의 생활이 매우 즐겁다, 정말 재미있는 곳 아니냐, 친구의 친구가 딜머스의 지인을 소개시켜 줘서 정말 고맙고 행복한 초대를 많이 받았다 등등.

"정말 외지인이란 사실을 깜빡 잊을 정도라니까요. 무슨 뜻인지 알 만하죠? 오랫동안 이곳에서 살아온 사람들과 어울리니까 그렇게 되더라고요. 이번에는 페인 부인 댁을 찾아가 함께 차를 마실 생각이에요. 이 고장에서 제일가는 변호사 사무소 소장 미망인이시죠. 대를 이어 운영하는 전통적인 가족 기업인데, 지금은 그녀의 아드님이 소장이래요."

부드러운 목소리로 늘어놓는 수다가 계속되었다.

"우리 하숙집 여주인은 퍽 친절해서 조금도 불평할 일이 없어요. 요리도 썩 잘하고요. 내 오랜 친구 밴트리 부인 댁에서 다년간 일한 사람인데, 이 고장 출신은 아니나 친척이 여기서 오래 사셨기 때문에 휴가 때마다 부부 동반으로 곧잘 왔었다는군요. 그래서 이 고장의 이야깃거리를 많이 알고 있어요. 그건 그렇고, 아가씨네 정원사는 괜찮은가요? 일보다 잡담을 좋아한다는 평판이 돌던데요."

자일스가 말했다.

"잡담과 차 마시기가 그 사람의 특기죠. 하루에 5번쯤 차를 마시는 사람이랍니다. 하지만 우리가 지켜보는 동안엔 일을 훌륭히 해주고 있어요."

그웬다가 말했다.

"밖으로 나가셔서 정원을 구경하세요."

그웬다와 자일스는 집 안과 정원을 안내했다. 마플 양은 이것저것 느낀 점을 이야기했다. 그웬다가 마플 양이 그 날카로운 주의력으로 이상한 점을 집어낼까 두려워했다면 그건 공연한 걱정이었었다. 마플 양은 특이한 뭔갈 발견한 것 같은 티는 전혀 내지 않았다.

오히려, 낯선 태도를 보인 것은 이상하게도 그웬다였다. 그녀는 마플 양이 어떤 아이를 만나 조개에 대해 이야기했다는 사소한 일화 중간에 갑자기 끼어들어 숨 가쁘게 자일스에게 말했다.

"난 상관없어……! 마플 양께 다 말씀드리자."

마플 양이 의미심장하게 고개를 돌렸다. 자일스는 망설이다가 마침내 입을 열었다.

"그래, 이건 그웬다 당신의 아버님에 관한 거니까."

그리고 그웬다는 모든 것을 다 쏟아 내었다. 케네디 박사를 찾아간 일, 그 후 그가 찾아온 일, 그리고 그가 이야기해 준 것 모두. 그웬다는 숨을 몰아쉬었다.

"런던에서 말씀하신 의미가 이것이었죠? 우리 아버지가 관련 있을 거라 생각하셨던 거지요?"

마플 양이 부드럽게 말했다.

"하나의 가능성으로서 떠올랐더랬죠. 그래요. '헬렌'은 아마 젊은 새어머니일지도 모르겠다고. 그리고 그…… 교살의 경우엔 남편이 관련된 경우가 자주 있으니까요."

마플 양은 놀라움이나 다른 감정을 표현하지 않고 마치 자연 현상을 관찰하고 있는 것처럼 이야기했다.

"아주머니께서 어째서 내버려 두라고 충고하셨는지 알겠어요. 아아, 그랬어야 했다는 후회가 막심해요. 하지만 돌이킬 순 없죠."

"그래요, 돌아갈 순 없어요."

"이번에는 자일스의 이야기를 들어 보세요. 이 사람은 내 말을 반박하고 추리를 짜기도 한답니다."

자일스가 말했다.

"제가 말씀드릴 건, 사실들이 들어맞지 않는다는 겁니다."

그는 조금 전에 그웬다에게 설명한 문제점을 알기 쉽고 뚜렷하게 거듭 말한 후, 자신의 마지막 추리를 펴 보였다.

"이게 상황을 풀어낼 수 있는 유일한 설명이라고 그웬다에게 확신시켜 주셨으면 합니다."

마플 양은 그웬다에게로 눈길을 옮겼다가 다시 자일스를 보았다.

"정말이지 논리 정연한 가설이군요. 리드 씨, 당신 자신이 지적한 대로 X라는 인물이 존재할 가능성은 충분해요."

"X?"

그웬다가 외쳤다. 마플 양은 말했다.

"미지의 인물이지요. 아직 모습을 나타내지 않았지만……. 명백한 사실들 뒤에서 그 존재를 추측할 수 있는 사람."

그웬다가 말했다.

"저희는 아버지가 돌아가신 노포크의 요양원에 가 볼 생각이에요. 거기서 뭔가 찾아낼 수 있겠죠."

어느 병원의 기록

I

솔트마시 하우스는 바닷가에서 10킬로미터쯤 들어간 내륙에 위치한 건물이었다. 8킬로미터 떨어진 사우스베넘에서 런던까지 기차로 다닐 수 있었다.

자일스와 그웬다가 안내받은 곳은 크고 바람이 잘 통하는 응접실로 의자에 꽃무늬 사라사 덮개가 씌워져 있었다. 머리가 하얗게 센 우아한 노부인이 우유가 담긴 잔을 들고 들어왔다. 그녀는 두 사람에게 고개를 끄덕이고 벽난로 근처에 앉았다. 그웬다가 걱정스럽게 바라보자 그녀는 갑자기 몸을 내밀고 속삭이듯 물었다.

"당신의 가엾은 아이인가요?"(요양원을 배경으로 한 『엄지손가락의 아픔』에도 등장하는 말 — 옮긴이)

그웬다는 뒤로 팔짝 뛸 뻔했다. 그녀는 조심스럽게 대답했다.

"아니, 아니에요."

"아, 난 혹시나 하고."

노부인은 고개를 끄덕이며 우유를 마셨다. 그런 다음 아무렇지도 않게 말했다.

"10시 30분이에요. 항상 10시 30분으로 정해져 있지요. 특이하기도 하지."

그녀는 또 다시 목소리를 낮추고 몸을 앞으로 내밀었다. 그리고 소곤거렸다.

"벽난로 뒤랍니다. 하지만 내가 얘기했다고는 하지 말아요."(이 역시 『엄지손가락의 아픔』의 패러디 ― 옮긴이)

그때 흰 제복 차림의 간호사가 방으로 들어와 두 사람에게 따라오라고 말했다. 그들은 펜로즈의 연구실로 안내되었다. 그는 자리에서 일어나 두 사람을 맞았다.

펜로즈를 보자 곧 그웬다는 그가 좀 이상한 사람이 아닌가 여기지 않을 수 없었다. 그는 응접실에 있던 멋진 노부인보다 훨씬 비정상인 것처럼 보였다. 정신과 의사란 원래 좀 미쳐 보이는 것인지도 모르지만.

펜로즈가 말했다.

"두 분과 케네디 박사가 보낸 편지는 잘 받았습니다. 그래서 부친의 병력에 대해 알아보았죠. 물론 부친의 상태는 잘 기억하고 있지만, 무슨 질문에도 다 대답할 수 있도록 기억을 새롭게 해 두려는 의도였습니다. 두 분은 최근에야 속사정을 알았다는데, 맞습니까?"

그웬다는 자신이 뉴질랜드의 이모 밑에서 자랐으며, 아버지에 대해서는 영국의 요양원에서 세상을 떠났다는 것밖에 몰랐었다고 이야기했다.

펜로즈 박사는 고개를 끄덕였다.

"그러셨군요. 리드 부인, 부친의 증세는 아주 특별했습니다."

"어떻게 말이죠?"

자일스가 물었다.

"글쎄요, 강박 관념이랄까, 망상이랄까. 그게 아주 강했지요. 핼리데이 소령은 명백히 신경과민 상태였는데, 자신이 질투에 눈이 멀어 재혼한 아내를 목졸라 죽였다고 굳게 믿었습니다.

그런데 일반적인 신경과민 환자한테서 나타나는 여러 징후가 전혀 보이질 않는 거예요. 솔직히 핼리데이 부인이 살아 있다는 케네디 박사의 보증이 없었다면, 나는 그 시점에서 당신 부친의 주장을 그대로 믿었을지도 모릅니다."

"그분이 실제로 아내를 죽였다는 인상을 받으셨단 말씀이군요."

"내가 분명 '그 시점에서'라고 말씀드렸지요? 핼리데이 소령의 성격과 정신 구조를 점점 알게 되면서, 나는 내 의견을 바꾸었습니다.

리드 부인, 당신 부친은 결코 편집증 환자가 될 유형이 아니었습니다. 피해망상, 폭력과는 거리가 멀었지요. 소위 말하는 미친 사람도, 위험한 사람도 아닌, 점잖고 친절하며 절제된 인간형이었죠.

다만 핼리데이 부인의 죽음에 관해 굳은 고정 관념에 사로잡힌

게 문제였는데, 나는 그 원인을 밝히기 위해선 훨씬 과거, 그가 어렸을 때 체험한 일까지 거슬러 살펴봐야 한다는 결론에 이르렀지요.

그러나 정신분석학의 온갖 방법을 다 써 보아도 도저히 실마리를 찾을 방법이 없었던 겁니다. 환자의 저항심을 없애는 것만 해도 아주 긴 작업이니까. 몇 년 이상 걸리기도 하죠. 그런데, 부친의 경우에는 시간이 부족했던 거예요."

그는 잠시 사이를 두었다가 날카롭게 올려다보며 말했다.

"핼리데이 소령께서 자살하신 건 이미 알고 계시려나요?"

그웬다가 외쳤다.

"저런! 세상에, 몰랐어요!"

"죄송합니다, 리드 부인. 아시는 줄로만 알았군요. 우리를 비난해도 할 말이 없습니다. 경계를 철저히 했다면 그런 일을 막을 수 있었을지도 모르니까. 그러나 솔직히 핼리데이 소령은 자살하려는 사람의 신호를 전혀 보이지 않았습니다. 우울증이나 낙담한 기색이 없었으니까요. 다만 불면증을 호소하길래 내 동료 의사가 수면제를 일정량 처방한 일은 있습니다. 그런데 그게 실은 연극이어서, 그는 약을 치사량이 될 때까지 모아 두었던 모양입니다……."

박사는 손을 쭉 펴 보였다.

"아버지는 왜 그토록 괴로워하셨을까요?"

"아니, 괴로움과는 달랐다고 생각해요. 그보다는 죄의식, 죗값을 받아야 한다는 마음이 강했던 겁니다. 처음 얼마간 그는 경찰을 불러 달라고 소동을 피우는가 하면, 그럴 필요가 없다, 죄를 저지르지 않았다고 아무리 설득해도 요지부동이었어요. 그러나 수없이 거듭 신신당부하는 동안 마침내 부친께서도 자신이 실제로 살인을 한 기억이 없다는 것을 인정하지 않을 수 없었지요."

펜로즈 박사는 자기 앞에 있는 서류를 둘둘 말았다.

"문제의 그날 밤 있었던 일에 대한 부친의 기억은 전혀 바뀌지 않았습니다. 집에 들어오니 집 안이 어두웠다죠. 하인들은 아무도 없고, 식당에 가서 평소처럼 술을 따라 마셨다고 했어요. 그리고 응접실로 통하는 문을 지났는데…… 그 후엔 아무 기억이 없다는 거예요. 침실에서 교살당해 죽은 아내를 내려다보는 장면 전까지는 아무것도! 그리고 그 순간 그게 자신이 한 짓이란 걸 알았다고 말이죠."

자일스가 그 말을 가로막았다.

"실례합니다, 펜로즈 박사님, 아버님은 자기가 살인을 했다는 걸 '어떻게' 알았을까요?"

"의심의 여지가 없지요. 그는 그때까지 여러 달 동안 멜로드라마적 의심과 질투, 거친 복수자의 이미지에서 일종의 쾌감을 느꼈던 겁니다. 그는 심지어 아내가 자기에게 약을 먹이고 있었다는 얘기까지 했어요. 그가 인도에 살았던 적이 있고, 그 나라에는 남편에게 나팔꽃 독을 먹여 미치게 만든 아내들 이야기가 자주 떠돈다는 사실이 영향을 주었겠죠. 소령은 환각에 시달린 나머지 시간과 장소에 대해 종종 혼란을 겪었던 겁니다. 그는 아내의 부정을 의심한 일이 없다고 했지만, 나는 그게 문제를 일으킨 원인이라고 생각해요. 부친께서는 응접실에 들어가 헤어지자는 아내의 편지를 읽고, 이

고뇌에서 벗어나기 위해 그녀를 '죽여' 버리는 편이 낫다고 생각했지요. 여기까지는 실제로 발생한 일로 여겨집니다. 그런데 이후 환각이 시작된 겁니다."

"사실은 아버님이 새어머니를 깊이 사랑하셨다는 뜻인가요?"

그웬다가 물었다.

"그건 명백합니다, 리드 부인."

"그리고 아버지는 새어머니를 죽인 게 환각이란 걸 결코 인정하지 않으셨다고요."

"끝내는 인정하지 않을 수 없었지요. 하지만 마음속 확신은 바뀌지 않았던 것 같습니다. 이성으로는 설명될 수 없는 강박 관념이었죠. 잠재의식 속 유년기의 심리적 외상을 밝혀낼 수만 있었다면……."

그웬다가 끼어들었다. 그녀는 유년기의 상처 같은 것에는 흥미가 없었던 것이다.

"그래서, 박사님께선 아버지가 진짜 살인은 범하지 않았다고 확신하시나요?"

"아, 그게 마음에 걸렸다면 염려 놓으십시오, 리드 부인. 캘빈 핼리데이 소령은 질투는 느꼈을지언정, 살인자는 절대 아닙니다."

펜로즈 박사는 헛기침을 한 다음 낡아 빠진 검고 작은 수첩을 꺼냈다.

"원하신다면 이건 부인이 가지시는 게 좋겠군요. 이 수첩의 여러 글들은 당시 부친이 이곳에 계시는 동안 쓰신 겁니다. 유품을 지정

된 유언 집행자인 어느 변호사 사무소로 넘겨주었을 때 병원장이던 맥과이어 박사가 환자 기록의 일부로서 보존해 두었던 것이죠. 부친의 기록은 K. H.라는 머릿글자만으로 맥과이어 박사의 진료 기록에 들어 있습니다. 일기를 보기 바라신다면……."

그웬다는 얼른 손을 내밀었다.

"감사합니다. 큰 도움이 될 거예요."

II

런던으로 돌아오는 기차 안에서 그웬다는 낡아 빠진 작은 수첩을 꺼내 읽기 시작했다. 그녀는 페이지를 아무렇게나 펼쳤다. 켈빈 핼리데이가 쓴 내용은 다음과 같았다.

   이곳 의사 나부랭이들은 자기들이 뭘 하는지 알고나 있는 걸까? 그들이 하는 말은 모두 터무니없는 것뿐이다. 내가 어머니를 사랑하고 아버지를 미워해서 그런 거라고? 말도 안 되는 소리…….
   이번 일은 단순한 형사 사건으로 봐야 한다. 형사 법정에서 다룰 문제이지, 미치광이 수용소의 문제가 아니다. 물론, 여기에 있는 환자 일부는 아주 정상적이고 이성적이며 다른 일반 사람과 조금도 다르지 않다. 다만 갑작스럽게 묘한 발작에 사로잡히는 게 문제이지만. 음, 그렇다면 나 역시 그런 묘한 발작을 가진 것일까…….

제임스에게 편지를 썼다. 헬렌과 꼭 연락이 되었으면 좋겠다고. 만일 그녀가 살아 있다면 살아 있는 모습으로 만나러 오게 해 달라고. 그는 그녀가 어디 있는지 모른다고 한다. 그것은 이미 헬렌이 죽었다는 것, 내가 죽인 것을 알고 있기 때문이 아닐까? 그는 좋은 친구다. 하지만 난 속지 않는다. 헬렌은 죽었다…….

언제부터 헬렌을 의심하기 시작했을까? 아주 오래전부터다. 딜머스에 도착하고 나서 곧 그녀의 태도는 변했다. 그녀는 뭔가를 감추고 있었다. 나는 그녀를 지켜봤고, 그래, 그녀도 나를 지켜보고 있었다.

그녀가 내 식사에 약을 넣었을까? 내가 밤마다 꾸는 끔찍한 악몽들……. 정상적인 꿈이 아니다. 생생한 악몽! 나는 그게 약 때문이라는 걸 안다. 그렇게 할 수 있는 것은 그녀뿐이다. 그러나 왜? 남자가 있는 것이다. 그녀가 두려워하는 남자가…….

솔직하게 말하겠다. 나는 그녀에게 애인이 있다고 의심했다. 누군가 있었다. 누군가 있었던 것을 알고 있다……. 그녀가 배 위에서 내게 말해 주었던, 사랑하지만 결혼할 수 없었다던 그 남자……. 그것은 우리 둘 다 마찬가지였다. 나 역시 메건을 잊을 수 없었다. 어린 그웨니는 가끔씩 정말로 메건을 쏙 닮아 보인다. 헬렌은 배 위에서 너무나 다정하게 그웨니와 놀아 주었다. 헬렌, 당신은 정말로 사랑스러워. 헬렌…….

헬렌은 살아 있는가? 아니면 내가 그녀의 목을 졸라 목숨을 빼앗았는가? 나는 응접실 문을 지나서 그 쪽지를 보았다. 그리고 그다음, 그다음은…… 모든 것이 캄캄하다. 정말이지 캄캄하다. 그러나 의심의 여지가 없다. 내가 그녀를 죽였다. 천만다행히도 그웨니는 지금 무사히 뉴질랜드에 있다. 그곳엔 좋은 사람들이 있다. 메건을 위해서라도 그웨니를 사랑해 줄 것이다. 메건, 메건······. 당신이 여기에 있다면······.

최선의 선택이었다. 아이들은 추문과 관련되지 않는 편이 가장 좋다. 그리고 나는 더 이상 살아 있어선 안 된다. 지름길로 떠나야 하는 것이다. 그웨니는 이 일에 대해 아무것도 알지 못할 것이다. 그 애는 아버지가 살인자였다는 것을 영원히 모를 것이다······.

그웬다의 눈에서 눈물이 쏟아졌다. 그녀는 맞은편에 앉은 자일스를 바라보았으나, 자일스의 시선은 반대편 구석에 못박혀 움직이지 않았다.

그웬다의 시선을 느끼고 그는 머리를 조금 움직였다. 그들과 같은 자리에 앉은 승객이 석간을 읽고 있었다. 그 바깥쪽 페이지, 그들에게 똑똑히 보이는 곳에 신파조의 기사 제목이 실려 있었다.

'그녀 인생의 남자들은 누구인가?'

천천히, 그웬다는 고개를 끄덕였다. 그녀는 다시 일기로 눈을 향했다.

'누군가 있었다. 누군가 있었던 것을 알고 있다······.'

그녀 인생의 남자들

I

마플 양은 해변 산책로를 건너 포어가(街)를 따라 걷다가 언덕 쪽으로 올라갔다. 그곳의 상점들은 전부 옛날식이었다. 양모점과 수예용품점, 과자점, 빅토리아 시대풍 여성 장신구점, 의류점, 그 밖에 비슷비슷한 느낌을 주는 가게들이 늘어서 있었다.

마플 양은 수예용품점의 유리벽을 들여다보았다. 젊은 직원 둘이 손님을 응대하고 있었으나, 가게 안쪽에 있는 나이 지긋한 부인은 한가히 앉아 있었다.

마플 양은 문을 밀고 안으로 들어갔다. 카운터에 앉아 있던 은빛 머리의 인상 좋은 여직원이 물었다.

"뭘 도와드릴까요, 부인?"

마스 마플은 아기용 재킷을 짤 파란색 양모 털실을 달라고 말했다. 쇼핑은 아주 여유롭고 천천히 진행되었다. 두 사람은 뜨개질 방식에 대해서도 여러 이야기를 나누었다. 유아용 편물 책을 보며 조카들 얘기를 하기도 했다.

두 여인 다 서두르는 빛을 보이지 않았다. 이 가게 여직원은 오랜 세월 동안 마플 양 같은 손님을 상대해 왔다. 자신에게 무엇이 필요한지도 모르면서 싸고 천박한 것에 혹하는, 불손하고 참을성 없는 젊은 어머니들보다는 수다를 좋아하는 온화한 노부인 쪽이 훨씬 좋았던 것이다.

"좋아요. 이게 좋을 것 같아요. 스토크랙 상표라면 언제나 믿을 만하죠. 빨아도 줄지 않고. 2온스 더 살까 봐요."

직원은 물건을 싸면서 오늘은 바람이 매우 차다고 말했다.

"정말 그래요. 길을 걸어오면서 저도 그렇게 생각했더랬죠. 딜머스도 참 많이 달라졌어요. 오랜만에 왔는데, 음…… 거의 19년 만이려나요."

"어머, 그러세요 부인? 그럼 낯선 것도 당연하죠. 당시엔 저기 수퍼브 건물도, 사우스뷰 호텔도 아직 없었던 때니까요."

"그러게요. 그땐 정말 작은 마을이었는걸요. 그땐 친구네 집에 놀러왔던 거였는데, 세인트캐서린이라고 불리는 집이었어요. 혹시 아세요? 리햄턴 거리에 있는데."

그러나 직원은 딜머스에 온 지 아직 10년도 되지 않았던지라 알지 못했다.

마플 양은 고맙다고 말하며 털실 꾸러미를 받아 들고 바로 옆집인 장식품 가게로 갔다. 여기서도 그녀는 또 나이 지긋한 직원을 선택했다. 그녀는 여름 조끼에 대해 이야기하며 앞서와 같은 과정을 반복했다. 이번 직원은 적극적인 반응을 보였다.

"그게 아마 예전엔 핀디슨 부인 댁이었을 거예요."

"아, 네, 그래요. 내 친구가 가구째로 세 들어 살았지요. 핼리데이 소령 부부와 여자 아기였어요."

"맞아요, 부인. 그분들은 한 1년쯤 거기서 살았던 것 같네요."

"그랬어요. 소령은 그때 인도에서 돌아온 참이었지요. 그 댁에 아주 훌륭한 요리사가 있었어요. 제게 사과 푸딩 만드는 법을 가르쳐 주었지요. 그리고 뭐더라…… 진저 브레드도요. 지금도 종종 그 사람이 어떻게 지낼지 궁금하답니다."

"이디스 패짓을 말씀하시는 것 같네요, 부인. 그 사람 아직 딜머스에 살고 있는데요. 지금은 윈드러시 저택에서 일하고 있지요."

"그리고 그 밖에도 몇 명이 더 있었는데 말이죠. 성이 '페인'이었고, 아마 변호사였다고 생각되는데요."

"페인 소장님은 몇 년 전에 돌아가셨어요. 아드님인 월터 페인 씨가 쭉 독신인 채 어머니와 함께 살고 있지요. 지금은 대를 이어 소장님이 되었답니다."

"정말요? 전 월터 페인 씨가 인도로 가 버린 줄로 알았어요. 차 재배인지 뭔지를 하러 말이죠."

"젊었을 때 잠깐 그러려던 시기도 있었죠. 하지만 1년인지 2년 뒤 돌아와 변호사 사무소에 들어갔답니다. 그 방면에서는 제일 잘나가는 사무소였지요. 소속 변호사들이 다들 평판이 높아요. 게다가 월터 페인 씨는 인품이 훌륭하고 점잖아서 다들 그분을 좋아한답니다."

마플 양은 큰 소리로 말했다.

"그럼요. 그가 아마 케네디 양과 약혼했었지요? 그랬는데 약혼녀가 약속을 깨고 핼리데이 소령과 결혼했다고요."

"맞아요, 부인. 그 여자는 페인 씨와 결혼하러 인도까지 갔다가 그만 마음을 바꿔 먹고 다른 남자와 결혼한 모양이더군요."

직원의 목소리는 좀 비난하는 기색이었다. 마플 양은 몸을 앞으로 내밀고 목소리를 낮추었다.

"나는 항상 그 불쌍한 핼리데이 소령(그의 어머니와 저는 아는 사이랍니다)과 그의 어린 딸이 걱정되었더랬죠. 그런데 케네디 양은 훗날 소령마저 떠났다지요? 누구 다른 남자와 함께 달아났다는데, 좀 바람기 있는 사람이었나 보네요."

"네, 바람둥이였어요. 그렇게 훌륭한 의사 오빠를 두고서도 말이죠. 케네디 박사님이 내 무릎의 류머티즘을 깨끗이 고쳐 주셨지요."

"그녀는 대체 누구와 달아났나요? 그건 못 들었는데."

"글쎄요, 저도 모르겠어요. 여름에 그 집에 묵었던 손님 중 하나라는 얘기도 있었지요. 아무튼 핼리데이 소령은 상심이 무척 컸어요. 그 여자가 집을 나간 뒤로 건강을 해쳤다지요. 여기 거스름돈 있습니다."

마플 양은 거스름돈과 물건을 받아 들었다.

"이디스 패짓이라고 했었지요? 진저 브레드 조리법은 여전할지 모르겠군요. 전에 메모해 둔 걸 잃어 버렸지 뭐예요. 어쩌면 우리 하녀가 덤벙대다 잃어버린 건지도 모르지만. 난 진저 브레드를 굉장히 좋아한답니다."

"그럴 거예요, 부인. 실은 우리 옆집에 그녀의 언니가 살고 있거든요. 제과점을 하는 마운트포드 씨와 결혼했답니다. 이디스는 외출하는 날이면 대개 그 댁에 오곤 하니까, 마운트포드 부인에게 말해 두면 틀림없이 전해 줄 거예요."

"아주 좋은 생각이군요. 여러 가지로 정말 고마워요."

"천만에요, 부인."

마플 양은 밖으로 나왔다. 그녀는 혼잣말을 했다.

"멋진 옛날식 가게야. 이 조끼도 정말 멋있고. 내가 돈을 헛되게 쓴 건 아닌 것 같아."

그녀는 옷 끝에 핀으로 달아 놓은 연한 푸른빛 에나멜 회중시계를 흘끗 보았다.

"'진저캣'에서 그 두 젊은이를 만날 시간까지 꼭 5분 남았군. 요양원에서 언짢은 일이나 없었으면 좋으련만."

II

자일스와 그웬다는 진저캣의 구석 테이블에 나란히 앉아 있었다.

둘 사이의 테이블 위에 작고 검은 수첩이 놓여 있었다.

마플 양은 큰길에서 들어와 그 테이블에 앉았다.

"뭘 드시겠어요, 마플 양? 커피 괜찮으세요?"

"그러죠. 아, 케이크는 없어도 돼요. 버터 바른 스콘이면 충분해요."

자일스가 주문했다. 그웬다는 작고 검은 수첩을 마플 양 앞으로 밀어 놓았다.

"먼저 이걸 좀 읽어 보세요. 말씀은 그 다음에 드리죠. 아버지가 요양원에 계시는 동안 손수 쓰신 내용이에요. 아, 하지만 자일스, 그 전에 펜로즈 박사님이 한 말을 그대로 마플 양에게 전해 드리는 게 좋을 것 같아."

자일스의 이야기를 모두 들은 마플 양은 수첩을 폈다.

여자 웨이터가 연한 커피 3잔과 버터 스콘, 케이크를 가져왔다. 자일스와 그웬다는 수첩을 읽는 마플 양을 입을 다문 채 바라보고 있었다.

조금 뒤 그녀는 수첩을 덮어 테이블 위에 놓았다. 표정이 헤아리기 어려웠다. 그웬다는 그것이 노여움이라고 추측했다. 마플 양의 입술은 굳게 닫혀 있었으며, 눈은 나이에 맞지 않게 이상할 만큼 빛나고 있었다.

"과연 그랬군."

그녀는 다시 한번 되풀이했다.

"과연 그랬어!"

그웬다가 말했다.

"아주머니가 전에 말씀하셨지요. 기억하세요? 계속 파고드는 걸 그만두라고요. 왜 그렇게 말씀하셨는지 이제야 알겠어요. 하지만 우리는 계속해 버렸어요. 그렇게 도착한 곳이 여기예요. 이제야 다시 선택할 수 있는 지점에 온 것 같아요. 우리가 끝내야 한다고 생각하세요, 아니면 계속해야 할까요?"

마플 양은 천천히 고개를 저었다. 걱정과 복잡함이 섞인 표정이었다.

"나도 잘 모르겠네요. 정말 모르겠어요. 그만두는 게 좋을 수도 있어요. 그편이 훨씬 좋을지 몰라요. 이만큼이나 오랜 시간이 흘렀으니, 두 사람이 할 수 있는 일이 아무것도 없지 않겠어요?"

"다시 말해, 시간이 너무 흘러 발견할 수 있는 게 남아 있지 않다는 말씀이신가요?"

자일스가 물었다.

"오, 아니에요. 절대 그렇진 않아요. 19년은 그리 오랜 세월이라곤 할 수 없죠. 아직 여러 가지로 기억하고 있는 사람도, 질문에 답해줄 사람도 있을 거예요. 당시 하인들이라든가, 따져 보면 많죠. 그 집에는 적어도 하녀가 둘은 있었겠고, 보육사와 정원사도 있었겠지요. 조금만 시간을 들여 애쓰면 그런 사람들을 찾아 이야기를 들을 수 있을 거예요. 사실 난 그런 사람 중 하나인, 요리사를 벌써 찾아냈어요. 내가 말하고 싶은 것은 그런 일이 아니에요. 당신들이 뛰어들어서 실제로 어떤 이득이 있는가 하는 점이에요. 나는 이렇게 말하고 싶군요. 아무 득 될 게 없다고. 하지만······."

그녀는 잠시 말을 멈췄다가 다시 이었다.

"또 '하지만'이라는 말이 나오고 마는군요. 도무지 생각이 정리되지 않아요. 여전히 뭔가가 있다는 느낌이 들기 때문이에요. 뭔가, 손에 닿지 않는 그 무언가. 위험을 무릅쓸 만한 가치가 있는 어떤 것. 누가 위험에 처할지라도 해야만 하는……. 뭐라 말로 표현하기는 힘들군요……."

"제 생각에는……."

자일스가 말을 꺼내다가 다시 입을 닫았다.

마플 양은 그를 자상하게 바라보았다.

"신사분들은 언제나 문제를 명확하게 정리하죠. 당신은 분명 결론을 내렸을 거라 생각해요."

"저는 사건을 곰곰 생각해 보았습니다. 제가 볼 땐 도달 가능한 결론이 딱 2개뿐인 것 같아요. 하나는 전에 제안 드린 내용입니다. 그웨니가 헬렌 핼리데이의 쓰러져 있는 모습을 보았을 때, 그녀는 실제로 죽은 게 아니었습니다. 그녀는 살아나서 애인과 함께 달아났습니다. 그 애인이 누구이든 말입니다.

이 생각은 우리가 알고 있는 사실과 일치합니다. 자기가 아내를 죽였다고 말하는 아버님의 고집과도 들어맞고, 없어진 여행 가방과 옷가지, 케네디 박사님이 찾은 쪽지와도 앞뒤가 맞습니다. 그러나 설명되지 않은 몇 가지 문제가 남아 있긴 합니다. 아버님이 아내의 목을 졸랐다고 믿는 장소가 왜 침실인지를 알 수 없습니다. 그리고 제 마음속을 계속 어지럽히는 의문, '헬렌 핼리데이는 지금 어디 있는가?' 하는 질문을 해결해 줄 수 없습니다.

그 후 헬렌에 대한 근황이나 소식 등이 전혀 없다는 건 정말 이해할 수 없는 일입니다. 그녀가 보내 온 편지 2통이 진짜라고 한다면, 어째서 그녀는 이후엔 편지를 쓰지 않았을까요? 그녀는 오빠와 사이가 좋았고, 케네디 박사님도 분명 여동생을 사랑했으며 그 뒤로도 내내 사랑했습니다. 여동생의 행동에 실망했을 수는 있지만, 그렇다고 헬렌이 연락하지 않을 이유는 안 됩니다. 미리 알려 드리지만 케네디 박사님 자신도 이것 때문에 고민하고 계시지요. 그분은 헬렌이 떠나고 아버님께서 정신적으로 무너진 사실엔 담담히 대응했지만, 여동생에게서 더 이상 편지가 오지 않을 거라는 예상은 하지 못했을 겁니다.

아버님은 망상에 빠져 살다가 끝내 자살해 버렸습니다. 그러자 케네디 박사님의 마음속에 끔찍한 의혹이 피어난 것이 아닐까요. '어쩌면 켈빈의 이야기가 사실이었던 게 아닐까? 켈빈이 정말로 헬렌을 죽였던 게 아닐까?' 하고요. 여동생으로부터는 아무 소식이 없습니다. 그녀가 죽었다고 하더라도, 정상적인 죽음이라면 사망 소식은 들려와야 맞는 게 아닐까요? 우리가 낸 광고를 보고 그분이 보였던 열의는 이것으로 설명됩니다. 그분은 우리의 광고를 보고 여동생이 어디 있는지, 뭘 하고 살았는지 알 수 있기를 원했습니다. 헬렌의 경우처럼, 사람이 그야말로 홀연히 사라지는 경우는 매우 부자연스러운 일이라고 전 확신합니다. 그 자체로 매우 수상하지요."

마플 양이 말했다.

"나도 동감이에요. 그렇다면 다른 하나는 어떤 거지요, 리드 씨?"
자일스는 천천히 말했다.

"저는 이후 또 한 가지 가설을 떠올렸습니다. 꽤 황당한 것인데, 조금 무서울 정도입니다. 왜냐하면 이번 건 어떤…… 뭐라고 해야 좋을까…… 일종의 악의를 담고 있거든요."

"예, 악의라는 표현이 꼭 맞아요. 정신이 어떻게 되지 않고서는……."

그웬다는 이렇게 말하며 몸을 떨었다. 마플 양이 말했다.

"그런 일도 있을 수 있어요. 사람들이 생각하는 것보다 세상엔 참으로…… 뭐랄까, 기묘한 일이 많이 일어나거든요. 나도 이제까지 몇 번 보아 왔지요."

그녀의 얼굴은 심각했다. 자일스가 말했다.

"이 가설은 전제부터 좀 비정상적입니다. 아버님은 실제로 아내를 죽이지 않았지만, 자기가 했다고 믿는 경우를 가정하는 거지요. 이것이 바로 펜로즈 씨가(그는 성실한 축 같습니다) 믿고 싶어 했던 사실입니다. 아버님은 그에게 처음부터 자기가 아내를 죽였다고 주장합니다. 이어 케네디 선생님은 거꾸로 그에게 결코 그렇지 않다, 아버님은 콤플렉스나 고정 관념(그밖에 다른 전문용어는 모르겠습니다)의 희생자라고 강조했고 말이죠.

하지만 실은 이 결론이 펜로즈 선생님의 마음에 들지 않았던 겁니다. 그는 그런 환자를 다뤄 본 경험이 많았는데, 아버님은 그들과 전혀 닮지 않은 유형이었습니다. 더욱이 아버님을 한층 더 잘 알게 됨에 따라 아무리 분노해도 여자를 목 졸라 죽일 사람은 아니라고 진심으로 확신하기에 이르렀지요.

그래서 그는 유년기의 상처가 원인일 것으로 잠정 결론을 내렸지만, 불만은 남았습니다. 그렇게 되면 이 경우 들어맞는 이론은 하나밖에 없습니다. 아버님이 스스로 아내를 죽였다고 믿도록 누군가 다른 사람이 꾸민 거지요. 여기서, 우리는 X를 만나게 됩니다.

사실을 세심하게 조사해 보면 이 가설 또한 어느 정도 신빙성을 갖추었다는 것을 알게 됩니다. 아버님 자신의 말에 의하면, 그분은 그날 밤 집에 돌아와 식당으로 향했고, 여느 때와 다름없이 술을 한 잔 마셨다고 합니다. 그리고 옆방으로 가서 책상 위에 놓인 편지를 보고는 의식을 잃었습니다."

자일스는 말을 멈췄다. 마플 양은 고개를 끄덕여 동감을 표했다. 그가 말을 계속했다.

"그런데 그건 그냥 정신을 잃은 게 아니었습니다. 약 때문이었죠. 위스키에 기절을 유발하는 약을 탄 것이었거든요. 그렇다면 다음 단계는 매우 간단합니다.

X는 우선 홀에서 헬렌을 목졸라 죽였습니다. 그런 다음 시체를 2층으로 옮겨 치정 살인으로 보이도록 교묘하게 침대 위에 눕혔고요. 아버님이 의식을 되찾은 것도 그 방이었습니다. 가엾게도 헬렌에 대한 질투로 늘 괴로워했던 그분은 자신의 소행인 걸로 알았던 겁니다. 그다음 그는 무엇을 했나요? 아내의 오빠인 케네디 선생님을 찾아갔습니다. 걸어서 이 고장 반대편까지. 따라서 X가 다음 속임

수를 쓸 시간이 생깁니다. X는 여행 가방에 옷가지를 넣어 짐을 옮기고 시체도 옮깁니다. 하지만 X가 시체를 어떻게 했는지에 대해서는……."

자일스는 답답한 듯 말을 끝맺었다.

"정말 어떻게 된 일인지 짐작도 안 갑니다."

"당신이 그렇게 말하다니 놀랍네요, 리드 씨. 그건 그리 어려운 문제가 아닌 것 같은데. 그건 그렇고, 다음 얘기를 계속해 주세요."

"그녀 인생의 남자들은 누구인가? 돌아오는 기차에서 우연히 눈에 들어온 신문 기사 제목이 이랬습니다. 그 순간 저는 이게 사건을 해결할 핵심일 것이라는 생각을 했지요. 만약 우리가 생각하는 X라는 남자가 있다고 한다면, 그는 분명 헬렌에게 미쳐 있었을 겁니다. 문자 그대로 미칠 듯이 사랑했을 거라는 뜻이죠."

"그렇기 때문에 우리 아버지를 증오했던 거고요. 괴롭히고 싶어 했을 거예요."

"우리 둘의 생각이 그 점에서 일치했습니다. 우리는 헬렌이 어떤 여자였는지 알고 있습니다……."

그는 잠시 말을 주저했다. 그웬다가 말을 받았다.

"남자에 굶주린 여자였죠."

마플 양은 뭔가 말하려는 듯 별안간 눈을 번쩍 들었으나 잠자코 있었다. 자일스가 말했다.

"……그리고 아름다웠습니다. 하지만 그녀 인생에 남편 이외에 어떤 남성이 있었는지를 알아낼 단서는 없습니다. 많은 남자가 있었을지도 모릅니다."

마플 양은 고개를 저었다.

"그렇게 보긴 힘들어요. 그녀는 매우 젊었으니까. 그리고 리드 씨, 당신 표현은 정확치 않은 게, 우리는 이미 당신이 말하는 '그녀 인생의 남자들'에 대해 아는 게 있거든요. 그녀가 결혼을 약속한 남자가 있었죠?"

"아, 예. 변호사 말이죠? 이름이 뭐였더라?"

"월터 페인이에요."

"그래요. 하지만 그를 포함시켜선 안 돼요. 말레이시아인지 인도인지에 가 있었으니까요."

"그럴까요? 그는 내내 차 밭이나 키우며 있었던 게 아니었어요. 이곳으로 돌아와 변호사 사무소에 들어갔지요. 그리고 지금은 소장이라던걸요."

"헬렌의 뒤를 쫓아 온 거겠죠?"

그웬다가 외쳤다.

"그랬을지도 모르지만, 알 수 없는 일이죠."

자일스는 궁금한 눈으로 노부인을 보았다.

"그런 것을 어떻게 알아내셨습니까?"

마플 양은 변명하듯 빙그레 웃었다.

"가게에서, 그리고 버스를 기다리면서 잠깐 수다를 좀 떨었죠. 할머니들은 원래 궁금증이 많다고 여겨지잖아요. 그러니 이 지역의 소식들을 얼마든지 물어볼 수 있어요."

자일스가 곰곰이 생각하며 말했다.

"월터 페인······. 헬렌에게 차인 후 그가 큰 원한을 품었을지도 모릅니다. 그는 결혼했답니까?"

"아니에요. 어머니와 함께 독신으로 살고 있다는군요. 주말에 그곳으로 차를 마시러 갈 예정이에요."

그웬다가 불쑥 말했다.

"그 밖에도 우리가 아는 남자가 또 있어요. 학교를 졸업할 무렵 그녀가 잠깐 사귀었다거나 빠졌다거나 했다는 남자. 케네디 박사님 말로는 별로 바람직하지 못한 남자였다고 했죠. 어떤 의미로 바람직하지 못했다는 건지 궁금했어요."

"그 사람까지 둘이군. 둘 가운데 한쪽이 원한을 품었을지도 몰라······. 젊은 때 만난 남자는 좀 불미스러운 정신과 기록이라도 갖고 있었던 게 아닐까."

자일스의 말을 듣고 그웬다가 입을 열었다.

"케네디 박사님께 물으면 가르쳐 주시겠지만, 묻기가 좀 거북해요. 거의 기억에도 없는 새어머니에 대해 뭔가 묻는 건 그나마 양해해 줄지 몰라도, 그녀의 젊었을 적 연애사까지 캐물으려면 이유가 필요해요. 타인이나 다름없는 사람에게 너무 흥미를 갖는 것으로 보이겠죠."

"달리 무슨 방법이 있을 거예요. 그럼요. 시간과 인내를 가지고 알아보면 필요한 정보를 얻을 수 있을 테지요."

자일스가 말했다.

"아무튼, 두 가지 가능성이 있는 거군요."

그러자 마플 양이 말했다.

"음, 세 번째 가능성도 있을 수 있어요. 물론 이건 어디까지나 가설이지만, 상황에 따라서는 맞는 설명이 될지도 몰라요."

그웬다와 자일스는 약간 놀라며 마플 양을 바라보았다. 그러자 마플 양은 얼굴을 살짝 붉혔다.

"그저 추측일 뿐이에요. 헬렌 케네디는 월터 페인과 결혼하려고 인도에 갔었어요. 그렇다면 그녀는 그를 열렬히 사랑하지는 않았더라도 좋아했던 것만은 틀림없으며, 평생 그와 살려고 마음먹었던 것도 사실일 거예요. 그런데 그곳에 닿자 곧 약혼을 깨고 오빠에게 돌아갈 여비를 보내 달라고 전보를 쳤다지요? 그렇다면 왜 그랬을까요?"

자일스가 대답했다.

"마음이 바뀌어서겠죠."

마플 양과 그웬다는 살짝 경멸을 담은 눈으로 그를 보았다.

"물론 마음이 달라진 거겠지요. 그건 알고 있어요. 마플 양이 말씀하신 건 어째서 마음이 달라졌는가 하는 거예요."

그웬다의 말에 자일스가 변명하듯 말했다.

"여자들이란 변덕이 심한 법 아닙니까."

"특정 상황에서는 그렇기도 하겠지요."

마플 양의 목소리에는 나이 지긋한 부인이 최소한의 말로 표현할 수 있는 신랄함이 담겨 있었다.

"혹시 어느 날 상대 남자가 뭔가……."

자일스가 애매하게 자신의 생각을 이야기하자 그웬다는 날카롭게 말을 가로챘다.

"당연하잖아요? 다른 남자가 나타난 거예요!"

그웬다와 마플 양은 서로 얼굴을 마주 보았다. 두 사람의 얼굴에는 남자를 따돌린 여자들끼리의 의리 섞인 동질감이 떠올라 있었다. 그웬다는 확신을 갖고 덧붙여 말했다.

"배 위에서! 지나가던 길에!"

마플 양이 첨가했다.

"장소의 특수성도 있죠."

"갑판 위를 달빛이 비추는 가운데 말이시죠? 그런 거예요. 단순히 혹한 게 아니라 아주 진지했을 거예요."

"그래요. 나도 진지했을 거라고 생각해요."

마플 양의 말에 자일스가 물었다.

"만일 그렇다면 어째서 그 새로운 남자와 결혼하지 않았을까요?"

"아마 남자 쪽은 진심이 아니었을지도……."

그웬다는 천천히 말하다가 고개를 저었다.

"아니, 그렇다면 헬렌은 역시 월터 페인과 결혼했겠지요. 아, 알았어요. 난 정말 바보였어. 유부남이었던 거예요!"

그녀는 의기양양한 얼굴로 마플 양을 보았다. 마플 양이 말했다.

"정확해요. 내 생각도 같아요. 둘은 사랑에 빠졌어요. 필시 열렬한 사랑이었을 거예요. 하지만 그가 유부남이었다면(틀림없이 아이도 있었겠죠?), 그리고 명예를 중시하는 유형의 사람이었다면 모든 것은 끝이었겠지요."

그웬다가 말했다.

"아무튼 그녀는 이미 월터 페인과 결혼할 마음이 없어져 버린 거죠. 그래서 오빠에게 전보를 쳐서 돌아왔지요. 그래요, 이것으로 앞뒤가 모두 들어맞아요. 그리고 돌아오는 배에서 그녀는 우리 아버지를 만난 거예요……."

그녀는 말을 멈추고 잠시 생각하다 다시 이었다.

"열렬한 사랑은 아니었지만, 그래도 끌렸던 거예요……. 두 사람 다 불행한 처지여서, 서로를 위로했겠지요. 아버지는 세상을 떠난 우리 어머니 이야기를 했을 거고요. 그래요, 틀림없이 그랬을 거예요."

그웬다는 일기의 그 부분을 가볍게 두드리며 말을 이었다.

"'누군가 있었던 것을 알고 있다……. 그녀가 배 위에서 내게 말해 주었던, 사랑하지만 결혼할 수 없었다던 그 남자…….' 그래요. 바로 이거였어요. 헬렌과 아버지는 서로 비슷한 처지에 놓여 있다고 느낀 거예요. 게다가 돌봐 줘야 할 제가 있었어요. 그녀는 아버지를 행복하게 해 줄 수 있다고 생각했겠지요. 틀림없이 결국은 자신까지도 행복해질 수 있다고 여겼을 거예요."

그녀는 말을 멈추더니 마플 양에게 힘차게 고개를 끄덕이고 밝은 표정으로 말했다.

"이상이랍니다."

자일즈는 어이없다는 표정을 지었다.

"세상에, 그웬다. 당신은 이야기를 통째로 지어내고는 실제 사건인 것처럼 말하고 있어."

"실제 일어난 일인 걸. 확실히 그랬을 거야. 이걸로 X의 정체도 밝혀진 셈이고."

"무슨……?"

"그 유부남. 그가 어떤 사람이었는지는 모르겠어. 변변치 못했을지도, 살짝 미쳤을지도 몰라. 그는 그녀를 찾아 여기까지 따라왔을지도 모르지."

"당신은 방금 그 남자는 인도로 가는 중이었다고 가정했잖아."

"하지만 인도에서는 언제라도 돌아올 수 있잖아? 월터 페인도 1년쯤 만에 그랬고. 이 남자도 그랬을 거라고 단언하진 않겠지만, 가능성은 있어.

당신은 그녀 인생의 남자들이 누굴까 계속 중얼거렸지? 이제 그 가운데 세 사람을 알았어. 월터 페인, 이름 모를 어떤 젊은이, 그리고 어떤 유부남……."

자일스가 덧붙였다.

"존재하는지 아닌지도 모를 유부남 말이지."

"찾아내게 될 거예요. 그렇죠, 제인 아주머니?"

"인내를 갖고 시간을 들여 알아본다면 많은 걸 발견할 수 있을 거예요. 나도 돕도록 하지요. 오늘 갔던 장식품 가게에선 이야기가 잘 진전되어 이디스 패짓이 아직 딜머스에 살고 있다는 것을 알았어요. 이디스는 우리가 관심 있는 그 시기에 세인트캐서린에서 요리사로 있었던 여자랍니다. 그녀의 언니는 이곳 제과점 주인과 결혼했다더군요. 그웬다, 당신은 물론 그녀를 만나고 싶겠죠? 여러 가지 얘길 들을 수 있을 거예요."

"아주머닌 대단하세요!"

그웬다는 곧 이렇게 덧붙였다.

"제게 생각이 있어요. 저는 새 유언장을 만들 생각이랍니다. 어머 자일스, 그렇게 우울한 표정 하지 말아요. 아직 당신에게 줄 돈은 남아 있어요. 다만 나는 변호사 월터 페인 씨에게 유언장 작성을 의뢰할 생각인 거죠."

자일스가 말했다.

"그웬다, 부디 신중해야 해."

"유언장을 만드는 건 아주 흔한 일 아니겠어요? 그에게 접근하는 방법으로선 아주 좋아요. 아무튼 난 그를 만나 보고 싶어요. 그가 어떤 사람이지 알고 싶고요. 분명 제 생각에는……."

그녀는 도중에 말을 끊었다. 자일스가 말했다.

"제가 놀랐던 점은 케네디 선생님 외에 아무도 우리의 광고에 답변을 보내 오지 않았다는 사실입니다. 예를 들면 그 이디스 패짓이라든가……."

"이런 시골 사람들은 그런 결심을 하려면 시간이 오래 걸리지요."

마플 양이 고개를 저으며 말했다.

"그들은 의심이 많아요. 매사를 신중히 생각하길 좋아하죠."

릴리 킴블

릴리 킴블은 프라이팬 위에서 지글거리는 감자칩의 기름을 빼기 위해 부엌 테이블 위로 헌 신문지를 두세 장 펼쳐 놓았다. 그녀는 음정이 맞지 않는 유행가 멜로디를 흥얼거리며 몸을 앞으로 내밀고는 눈앞의 신문 활자를 무심히 바라보았다.
그 순간 그녀는 노래를 멈추고 소리를 질렀다.
"짐, 짐, 들어봐. 짐?"
과묵한 중년 남자 짐 킴블은 개수대에서 설거지를 하고 있었다. 아내의 부름에 대답하기 위해, 그는 자신이 가장 좋아하는 단음절 어를 이용했다.
"허?"
"신문을 봐. '헬렌 스펜러브 핼리데이에 대해 뭔가 아시는 분은 아래로 연락해 주십시오. 사우스햄프턴 거리 리드 앤드 하디 상회'라고 썩어 있어!

내가 일하던 세인트캐서린의 핼리데이 부인을 말하는 건지도 몰라. 핀디슨 부인의 집에 세 들어 살던 사람이었지. 이름이 분명 헬렌이었을 텐데……. 맞아, 케네디 선생의 여동생이기도 했고. 나 보고 만날 편도선 수술을 하라고 잔소리하는 그 의사 말이야."

거기서 잠시 사이를 두고 킴블 부인은 익숙한 손놀림으로 튀겨낸 감자칩을 휘저었다. 짐 킴블은 두루마리 타월로 얼굴을 닦으며 헛기침을 했다.

킴블 부인이 다시 말했다.

"하긴, 꽤 옛날 신문이긴 하네."

그녀는 날짜를 확인했다.

"벌써 일주일도 더 되었네. 왜 이러는 걸까? 역시 돈이 얽힌 문제일까, 짐?"

짐 킴블은 의중을 알 수 없는 말로 답했다.

"허."

"유산 싸움 같은 걸 수도 있겠어. 아주 먼 옛날 있었던 일을 도로 캘 필요가 있었던 거지."

그의 아내는 골똘히 생각에 잠겼다.

"허."

"18년도 더 지났는데, 이제 와서 무슨 생각일까? 경찰이 하는 일 같진 않아. 그렇지, 짐?"

"알게 뭐야?"

킴블 부인은 까닭이 있는 듯한 얼굴로 말했다.

"왜, 언제나 내가 했던 말 있잖아. 요전에 산책 나가서도 얘기했고. 그 부인이 어떤 남자와 함께 달아났다는 건 꾸며 낸 거야. 남편들이 하는 말이 대개 그렇지. 실은 그건 살인이었어. 이걸 당신과 이디에게 누누이 말했지만, 이디는 도무지 믿지 않았어. 상상력이라곤 없는 사람이니까.

부인이 달아나면서 옷을 가져갔다는 얘기도 다 거짓말이야. 각종 가방이 없어진 것도 다 눈속임이고. 그래서 나는 이디에게 주인어른이 아내를 죽이고 지하실에 묻은 게 분명하다고 주장했어. 사실 정확히는 지하실이 아니었지만. 어떻게 아느냐면 스위스에서 온 보육사 레이어니가 창문에서 뭔가를 봤거든.

레이어니는 함께 영화 구경을 갔다 온 참이었어. 오다가 봤어. 그 애는 원래 아기 방을 떠나서는 안 되지만, 아기가 절대 잠을 깨지 않을 거라고 내가 부추겼어. '부인은 저녁에 아기방을 보러 오는 일이 없어. 나랑 같이 살짝 나갔다 와도 아무도 모를 거야.' 하고 말이죠. 일단 누우면 아주 얌전하게 잘 자는 아기였거든.

그런데 돌아오고 나니 그런 흉흉한 일이 일어났지 뭐야. 의사 선생이 와 있고, 주인어른은 보기 흉한 모습으로 탈의실에서 잠들어 있었지. 의사 선생이 그를 돌봐 주다가 내게 옷에 관해 질문을 했지. 그때는 아무 이상할 게 없어 보였어. 부인이 다른 남자(아마도 유부남이겠죠)에게 빠져 도망간 것뿐이라고 생각했거든. 이디는 이혼 소송에 증인으로 말려드는 일만은 피하고 싶다고 우는 소리를 했고,

그런데 그 남자 이름이 뭐였더라? 생각이 나질 않아. M으로 시작되었는지, 아니면 R로 시작되었는지. 맙소사, 내 기억력도 참 한심하지."

짐 킴블은 개수대에서 돌아와 자신에게는 별로 중요하지 않은 그런 문제를 깡그리 무시해 버린 채 저녁 식사 준비는 아직 안 되었느냐고 물었다.

"이 감자칩 기름만 빼고. 아 잠깐, 다른 신문을 가져올게. 이건 잘 넣어 둬. 정말 경찰은 아니겠지? 이렇게 오래 지났으니. 어쩌면 변호사일지도 몰라. 그렇다면 돈 문제란 말이겠지? 그렇지만 광고에는 보상에 대한 말이 없는데……. 하지만 아무려면 어때. 뭐 조언을 구할 사람이 있으면 좋을 텐데……. 런던 어딘가의 주소로 편지해 달라고 씌어 있군. 하지만 내가 정말 어쩌고 싶은지 잘 모르겠어. 그 복잡한 런던에 사는 사람들인데……. 어떻게 생각해, 짐?"

짐 킴블은 굶주린 눈으로 생선과 감자칩을 바라보며 대답했다.

"허."

논의는 연기되었다.

월터 페인

I

그웬다는 넓은 마호가니 책상 너머로 월터 페인 씨를 바라보았다. 50세 정도의 조금 지쳐 보이는 그 남자는, 점잖지만 별 특징 없는 얼굴을 하고 있었다. 우연히 만났다면 기억에 남지 않을 인상이라고 그웬다는 생각했다. 요즘 말로 개성미가 없는 사람이었다. 말할 때의 목소리는 느리고 신중하며 믿음직했다. 그웬다는 그가 분명 솜씨 좋은 변호사일 것으로 판단했다.

그웬다는 소장실을 살며시 둘러보았다. 월터 페인에게 어울리는 방이었다. 무척 고풍스럽고, 가구들도 낡았지만 훌륭한 빅토리아 풍의 멋을 갖추고 있었다. 벽에는 고객들의 자료를 담은 서류함이 여럿 놓여 있었다. 지역 명문가의 이름이 붙은 있는 서류함이었다. 존

배버수어 트렌치 경, 레이디 제섭, 고(故) 아서 풀크 등.

유리가 좀 지저분하지만 커다란 창문을 통해서는 17세기 양식으로 지어진 옆집의 튼튼한 벽과 네모난 정원이 보였다. 현대적인 것은 없지만 뒤떨어진 것도 없었다. 서류함이며 종이가 가득 올려진 책상, 선반에 아무렇게나 꽂힌 법률 서적 등 겉으로는 난잡했으나 사용자가 손을 뻗으면 즉각 필요한 것을 찾을 수 있게 되어 있는 방이었다.

월터 페인의 펜을 달리는 소리가 멎었다. 그는 호감 가는 느릿한 미소를 떠올렸다.

"이걸로 다 됐습니다, 리드 부인. 아주 간단한 유언장입니다. 서명하시러 언제 오실 건가요?"

그웬다는 언제든 그가 시간 좋을 때로 하겠다고 답했다. 특별히 급할 것은 없었다.

"우리 부부는 저 아래쪽에 집을 샀답니다. 힐사이드라고 불러요."

월터 페인은 서류를 들여다보며 말했다.

"예, 주소를 그렇게 알려 주셨죠······."

그의 테너 목소리에는 아무 변화도 없었다.

"아주 좋은 집이에요. 무척 마음에 들어요."

월터 페인이 빙그레 웃었다.

"그런가요? 바닷가인가요?"

"아니에요. 예전에 집 이름이 바뀐 적이 있대요. 원래는 세인트캐서린이라고 불렀다더군요."

월터 페인은 코안경을 벗었다. 실크 손수건으로 안경을 닦으며 그는 책상을 내려다보았다.

"오, 그렇군요. 리햄턴 거리에 있지요?"

그는 눈을 들었다. 늘 안경을 쓰고 있는 사람이 그것을 벗으면 전혀 달라 보이듯이 그도 그랬다. 아주 흐린 회색인 그의 눈은 이상할 만큼 기가 약하고 초점이 흐려 보였다. 살아 있는 사람 같지 않아 보인다고 그웬다는 생각했다.

월터 페인은 다시 코안경을 썼다. 그는 빈틈없이 꼼꼼한 변호사의 목소리로 되돌아와 말했다.

"결혼 이후 새로 유언장을 만들고 싶어진 거라고 하셨지요?"

"예. 전에는 뉴질랜드의 친척들에게 유산을 남기는 것으로 했지만 돌아가신 분이 생겨서요. 그래서 아예 유언장을 새로 만드는 편이 좋겠다고 생각했지요. 이제 영원히 영국에서 살 예정이니까요."

월터 페인은 고개를 끄덕였다.

"그렇군요. 현명한 결정입니다. 그럼, 이것으로 모두 잘 되었습니다, 리드 부인. 모레 오시면 어떨까요? 11시 괜찮으신가요?"

"네. 아주 좋습니다."

그웬다와 월터 페인은 자리에서 일어섰다. 그웬다는 미리 연습한 대로 약간 다급하게 말했다.

"저, 제가 특별히 선생님을 고른 것은……. 선생님이 제, 제 어머니와 예전에 알고 계시던 사이가 아닐까 해서였어요."

"정말입니까?"

월터 페인의 태도에 약간의 따스함이 더해졌다.

"어머니께선 이름이 어떻게 되시죠?"

"핼리데이예요. 메건 핼리데이. 듣기로는 선생님께서 예전에 저희 어머니와 약혼하셨다던데요?"

벽시계 가는 소리가 크게 들렸다. 째깍째깍, 째깍째깍. 그웬다는 자신의 심장 박동이 좀 빨라진 것을 깨달았다.

'이 사람은 어떻게 표정이 이리도 평온할까. 꼭 블라인드를 모조리 내려 버린 집을 보는 것 같아. 그건 집 안에 시체가 있기 때문일까? ……무슨 바보 같은 생각이람. 정신 차려, 그웬다!'

월터 페인은 조금도 달라지지 않은 차분한 목소리로 말했다.

"아닙니다. 저는 리드 부인의 어머님을 전혀 알지 못합니다. 다만 옛날에 아주 짧은 기간 동안 헬렌 케네디와 약혼했던 적이 있지요. 나중에 핼리데이 소령과 결혼해서 두 번째 부인이 된 여자였습니다."

"오, 그렇군요. 제가 멍청했어요. 완전히 잘못 짚었네요. 제 새어머니셨던 헬렌이었어요. 물론 제 기억보다도 더 오랜 과거의 일이지만요. 아버지의 두 번째 결혼 생활이 끝난 것도 제가 아직 무척 어렸을 때였지요.

하지만 선생님이 과거 인도 시절 핼리데이 부인과 약혼했던 사이였다는 말을 들어서 꼭 제 친어머니를 말하는 줄 알았거든요. 인도라고 해서 말이죠. 제 아버지는 인도에서 친어머니를 만나셨거든요."

"헬렌 케네디는 저와 결혼하기 위해 인도로 왔었습니다. 그런데 마음이 달라졌지요. 그리고 집으로 돌아가는 배 안에서 당신 아버지를 만난 겁니다."

감정이 담기지 않은 사실의 진술이었다. 그웬다는 다시 한번 그로부터 블라인드를 모두 내린 집 같은 인상을 받았다.

"죄송합니다. 너무 캐물어서 기분이 나쁘셨지요?"

월터 페인은 빙그레 웃음을 띠었다. 보기 좋은 느긋한 미소였다. 블라인드가 다시 걷혀 올라갔다.

"19년, 아니 20년도 더 지난 옛날 일입니다, 리드 부인. 젊었을 때의 말썽이나 잘못도 시간이 흐르면 별 의미를 갖지 못하게 되지요. 그래, 당신이 핼리데이 소령의 따님이셨군요. 아버님과 헬렌이 실제로 이 딜머스에 얼마 동안 살았던 것을 아셨나요?"

"예, 알아요. 사실 그게 우리가 이곳으로 온 이유랍니다. 물론 똑똑히 기억하고 있지는 못해요. 우리 부부는 영국에 살 곳을 정할 필요가 있어 저 혼자 먼저 딜머스로 왔지요. 실제로 어떤 곳인지 보고 싶어서였어요. 실제로 보니 한눈에 마음에 쏙 들기에 당장 이곳을 택하고 자리잡은 거였고요. 그런데 이걸 운명이라 불러야 할지, 글쎄 우리 가족이 옛날 살던 바로 그 집을 사게 된 거랍니다."

"그 집에 대해 기억하고 있습니다."

월터 페인은 다시 호감 가는 느릿한 미소를 떠올리며 말을 이었다.

"부인은 기억하지 못하겠지만, 아마 전 당신을 곧잘 업어 드리곤 했던 것 같습니다."

그웬다가 웃었다.

"정말이세요? 그럼 선생님과는 꽤 오랫동안 친구 사이였던 거네요. 비록 기억은 못하지만요. 겨우 2살 반이나 3살 때였을 테니간. 인도에서 잠깐씩 귀국하셨던 건가요?"

"아니, 인도는 영원히 버려 두고 왔지요. 차 재배 사업을 하려고 간 곳인데, 그곳 생활이 영 맞지 않더라고요. 제겐 아버지 뒤를 이어 지루하고 단조로운 지역 변호사가 되는 게 어울렸지요. 법률 시험은 전에 모두 합격해 두었기 때문에 돌아와서 이 사무소에 그냥 들어오기만 하면 되었습니다."

그는 잠시 사이를 두었다가 다시 말을 이었다.

"그 뒤로 내내 여기 살고 있죠."

다시 한번 그는 잠시 사이를 두고 낮은 목소리로 거듭 말했다.

"그래요. 그 뒤로 내내……."

'하지만 18년은 그렇게 긴 세월이라곤 할 수 없어…….'

그웬다는 생각했다.

월터 페인은 조금 전과는 다른 태도로 그웬다와 악수하며 말했다.

"우리는 오랜 친구인 모양이니 부디 언제 한번 남편과 같이 우리 집에 놀러오세요. 우리 어머니를 모시고 차라도 나누죠. 어머니께는 초대 편지를 드리라고 전해 드리겠습니다. 그럼 목요일 11시로 괜찮겠지요?"

그웬다는 사무소에서 나와 층계를 내려갔다. 층계 한구석에 거미줄이 쳐져 있었다. 거미줄 한복판에 창백한 색깔의 이름을 알 수 없는 거미가 있었다. 그웬다는 그게 꼭 가짜 거미 같다고 생각했다. 파리를 잡아먹는 살찌고 재빠른 거미가 아니라, 꼭 거미의 유령 같았다. 정말로, 그것은 월터 페인처럼 보였다.

II

자일스는 바닷가 산책로에서 아내와 만났다.
"어땠어?"
"그 사람은 당시 딜머스에 있었던 게 맞아. 진작 인도에서 돌아와 있었던 거야. 종종 나를 업어 주기까지 했다니까 말이야. 하지만 그는 아무도 죽였을 것 같지 않아. 너무 조용하고 신사적인 사람이거든. 아주 선량해서 거의 있는지조차 모를 사람, 예를 들어 파티에 왔긴 해도 언제 돌아갔는지 알 수 없는 그런 사람 말이야. 어머니께 효도하는 것 외에도 여러 훌륭한 성품을 갖춘 걸로 생각돼. 다만 여자의 입장에서 보면 몹시 지루한 사람이지. 어째서 헬렌이 그에게 매력을 느끼지 못했는지 알 것 같아. 결혼 상대로는 정말 나무랄 데 없지만 결코 결혼하고 싶지는 않은 사람이거든."
"불쌍한 사람이군. 난 그가 헬렌을 열렬히 사랑했을 걸로 믿어."
"오, 난 모르겠어. 난 별로 그랬을 것 같진 않은데……. 아무튼 우리가 찾고 있는 잔인무도한 살인자가 아닌 것만은 확실해. 내가 생각하고 있는 살인범의 이미지와는 전혀 달라."
"하지만 당신이 살인범에 대해 그리 잘 안다고는 할 수 없잖아.

안 그래?"

"무슨 뜻이야?"

"음, 리지 보든을 생각하고 있었어. 그 여자도 조용한 성격이었지. 배심원들은 그녀가 무죄라고 철석같이 믿었고 말이야. 그리고 역시 점잖았던 월러스는 어때? 배심원들은 그가 아내를 죽였다고 평결했지만, 정작 선고에선 기각되었어. 그리고 오랫동안 친절하고 겸손하다는 평판이 자자했던 암스트롱도 있지. 난 살인범이란 결코 특수한 사람이 아니라고 생각해."

"그래도 월터 페인 씨가 그랬으리라고는······."

그웬다는 말을 끊었다.

"왜 그래?"

"아무것도 아니야."

그러나 그녀는 조금 전 세인트캐서린이라는 이름을 처음으로 말했을 때 월터 페인이 코안경을 닦으며 초점이 흐려진 이상한 눈길로 허공을 지켜보던 모습이 생각났다.

그녀는 자신 없는 목소리로 말했다.

"그는 분명 헬렌을 열렬히 사랑했을 거야······."

이디스 패짓

　마운트포드 부인의 가게 안쪽 방은 편안한 응접실이었다. 테이블보를 씌운 원탁이 있고, 고풍스러운 팔걸이의자 몇 개와 딱딱해 보이지만 의외로 푹신한 소파가 벽에 기대 있었다. 벽난로 위에는 도자기로 만든 동물의 장식과 함께 엘리자베스 여왕 및 마거릿 로즈 공주의 초상이 담긴 액자가 놓여 있었다.
　반대쪽 벽에는 해군 제복 차림인 조지 국왕, 제빵사 동료들과 함께한 마운트포드 씨의 사진도 보였다. 자개로 세공한 그림과 카프리 섬의 짙은 초록빛 바다를 그린 그림도 있었다. 그밖에도 물건들이 무척 많았으나, 어느 것도 상류 귀족 계급의 아름다움을 나타내는 것은 없었다. 그저 누구나 마음 편히 앉아 얼마든지 즐길 수 있는, 행복하고 활기찬 방을 표현하고 있을 뿐이었다. 처녀 시절의 성이 패짓인 마운트포드 부인은 키가 작고 통통하며 검은 머리카락에는 흰머리가 약간씩 섞여 있는 모습이었다. 반면 동생 이디스 패짓은 까무잡잡한 얼굴에 키가 크며 날씬했다. 그녀는 이미 쉰이 다 된 나이에도 전혀 흰머리가 없었다.

이디스 패짓이 말했다.

"정말 놀랐어요, 그웨니 아가씨. 아, 이렇게 불러선 안 되는데. 죄송해요, 부인. 그렇지만 이렇게 말하니 옛날이 생각나는군요. 아가씨는 걸핏하면 제가 있는 부엌으로 오셨더랬죠. '위니'를 찾아서 말이죠. 정말 귀여웠어요. 위니라는 건 바로 건포도였는데, 아가씨가 왜 그렇게 불렀는지는 모르겠어요. 그래서 저는 씨 없는 건포도를 드리곤 했어요. 씨가 있으면 위험하니까요."

그웬다는 등을 펴고 상대방의 발그레한 뺨과 검은 눈을 유심히 바라보며 생각을 더듬었다. 그러나 아무것도 생각나지 않았다. 기억은 마음먹은 대로 되는 게 아니었다. 그웬다가 입을 열었다.

"아쉽지만 생각이 나지 않네요."

"쉬울 리가 없죠. 아주 어린, 귀여운 아기 때였으니까. 요즘은 아기 있는 집에서 일하려 하는 사람이 없어요. 왜 그러는지 모르겠어요. 아기가 있으면 온 집 안에 활기가 넘치는데. 식사할 때면 난장판을 만들곤 하지만 말이에요. 보육사들이 하는 일이란 대개 힘들기 마련이죠. 계속 쟁반을 들고서 이것저것 수발을 들어야 하니까요. 그웨니 아가씨, 레이어니 기억하세요? 아차, 미안해라. 리드 부인이라고 해야 하는걸."

"레이어니? 절 돌봐 준 사람이었나요?"

"스위스가 고향인 여자애였어요. 영어를 잘 못했고 아주 감정이 여린 아이였지요. 릴리가 조금만 약 올려도 금방 울어 버리곤 했었답니다. 릴리는 심부름꾼 일을 하는 아이로, 성은 애벗이에요. 걔도 어린 소녀로, 활달하지만 좀 제멋대로인 구석이 있었지요. 릴리와 그웬디 아가씨는 여러 장난을 함께 하며 놀았어요. 층계에서 숨바꼭질도 자주 했고요."

그웬다는 자신도 모르게 움찔했다. 층계……?

그웬다는 불쑥 말했다.

"릴리는 기억나요. 릴리가 고양이에게 리본을 달았던 일."

"어머, 세상에! 그걸 아직 기억하시다니! 아가씨의 생일날이었어요. 릴리가 토머스에게 기어이 리본을 달아 주겠다며 초콜릿 상자에서 리본을 떼어다 묶어 주었더랬죠. 토머스는 그게 너무 싫었는지 미친 듯이 법석을 피우며 정원으로 달아나 나무에 몸을 비벼 리본을 떼어 버렸고요. 고양이들은 장난감 취급 받는 걸 싫어하니까요."

"검은색과 흰색이 섞인 얼룩고양이였죠?"

"그랬어요. 가엾은 토미는 쥐를 아주 잘 잡았어요. 쥐잡기를 잘 하는, 고양이다운 고양이었지요."

이디스 패짓은 이야기를 멈추고 나지막히 기침을 했다.

"너무 수다를 떨어서 죄송하네요. 하지만 이렇게 얘기를 하다 보면 옛날 일이 생각나요. 제게 뭐 물어보고 싶은 일이 있으시댔죠?"

"옛날 일을 얘기해 주셔서 오히려 기쁜걸요. 제가 묻고 싶은 것도 바로 그런 거였어요. 전 뉴질랜드의 이모 댁에서 자라는 바람에 어릴 때 이야기를 말해 주는 사람이 없었어요. 아버지와 새어머니 사이의 얘기도 몰랐고요. 새어머닌 좋은 분이셨나요?"

"그렇고말고요. 아가씨를 아주 귀여워하셨죠. 곧잘 아가씨를 해변가로 데려가 함께 놀아 주셨답니다. 자기 자신도 소녀나 다름없이 어렸는데도 말이에요. 아가씨나 새 마님이나, 노는 게 즐거울 나이였었다고 생각해요.

새 마님은 외동딸이나 다름없이 자랐어요. 오빠인 케네디 선생님은 나이 차이가 많이 나는 데다 항상 책에 파묻혀 계셨으니까. 그래서 마님은 학교에 갈 때가 아니면 항상 혼자 놀아야 했답니다."

벽가에 앉아 있던 마플 양이 나지막이 물었다.

"당신은 내내 딜머스에서 사셨나요?"

"예, 그래요. 저희 아버지는 언덕 위에서 농장을 경영하셨더랬죠. 농장 이름은 라일런즈였는데, 우리 집엔 남자 형제가 없거든요. 그래서 아버지가 돌아가시고 난 후엔 그곳을 팔아 버리고 하이가 1번지에 조촐한 잡화점을 냈답니다. 저는 태어나서부터 계속 거기서 살았어요."

"그럼 딜머스 사람들을 모두 알겠군요?"

"그럼요. 당시 딜머스는 좁은 시골이었으니 웬만한 사람은 거의 다 알아요. 여름엔 손님이 꽤나 찾아온 편이었지만, 다들 점잖고 착한 분들이어서 요즘 관광객과는 달랐답니다. 최근의 당일치기 여행객이나 관광버스 관광객들은 천박한 사람이 많죠. 아무튼 당시엔 전부 가족 단위로 매년 같은 방을 빌려 쓰는 훌륭한 분들이었어요."
자일스가 끼어들었다.
"부인께서는 헬렌 케네디 씨가 핼리데이 부인이 되기 전부터 알고 지냈지요?"
"예. 새 마님에 대해선 전부터 들어 왔고, 만난 적도 있었어요. 하지만 그 댁에서 일하기 전까진 사실 잘 모르던 사이였죠."
"당신은 그분을 좋아하셨군요."
마플 양의 말을 듣고 이디스 패짓은 그녀 쪽으로 돌아앉았다.
"예, 부인."
이디스는 조금 반항적인 태도로 말했다.
"저는 그분을 좋아했어요. 누가 뭐래도 제게 잘해 주신 분이고요. 그분이 그런 짓을 하시리라곤 상상도 못했기에 전 정말로 놀랐답니다. 그 전에도 소문은 있었지만……."
그녀는 갑자기 얘기를 멈추고 허둥지둥 그웬다의 눈치를 살폈다. 그웬다는 참지 못하고 본능적으로 입을 열었다.
"전 알고 싶어요. 제발 부탁드립니다. 무슨 말을 해서도 전 괜찮아요. 그분은 제 친어머니도 아닌 데다……."
"확실히 그건 그렇죠, 리드 부인."
"아시다시피 우린 그분을 정말로 찾고 싶어요. 여길 떠나신 분이죠. 아주 자취를 감추어 버려서 어디 사시는지, 살아 계신지조차 알 수 없어요. 하지만 우린 그분을 찾고 싶어요. 그 이유는……."
그녀가 주저하자 자일스가 재빨리 말했다.

"법률상의 이유가 있습니다. 사망하셨는지 아닌지를 알 수가 없어 그렇습니다."

"아, 네, 선생님. 그렇다면 말씀드려야죠. 제가 도움이 될 수 있다면 아는 대로 전부 말씀드리겠어요. 두 분은 처음 만나는 느낌도 아닌 걸요. 그웨니 아가씨가 '위니'라는 말을 했을 때 얼마나 우스웠는지 몰라요."

자일스가 말했다.

"친절에 감사드립니다. 가능하면 바로 시작해 주실 수 있으실까요? 핼리데이 부인은 갑자기 집을 떠난 게 확실하지요?"

"그렇습니다. 모든 사람이 큰 충격을 받았지요. 가엾은 핼리데이 소령님이 제일 상심하셨던 건 당연하고요. 완전히 낙담에 빠지셨어요."

"솔직히 대답해 주십시오. 그녀와 함께 도피한 남자가 누구인지 짐작 가는 구석은 없으십니까?"

이디스 패짓은 고개를 저었다.

"케네디 선생님도 같은 질문을 하셨지만 대답은 '모른다'예요. 릴리도 마찬가지고, 외국인인 레이어니는 모르는 게 당연하고요."

"모두가 알지 못한다······. 짐작도 안 가셨다는 말씀입니까? 워낙 오래전 일이니 감출 것은 없습니다. 틀린 짐작이라도 괜찮으니 추측했던 바를 알려 주세요."

"음, 짐작은 했었어요. 하지만 어디까지나 짐작일 뿐, 그 이상 그 이하도 아니었죠. 실제로 눈으로 확인한 건 아무것도 없으니까. 그렇지만 예민한 소녀였던 릴리는 역시 훨씬 전부터 뭔가를 알아챈 것 같았어요. 그 애는 곧잘 이렇게 말하곤 했지요. '있잖아요, 저 남자가 우리 마님을 좋아하는 것 같아요. 부인이 차를 따르실 때 그걸 바라보는 눈빛만 봐도 알 만하죠. 그리고 그 남자의 아내 표정은 얼마나 살벌하던지!'"

"과연. 그래서 그…… 남자란 사람이 누구였습니까?"

"죄송하지만 선생님, 그 사람 이름이 도저히 기억나지 않아요. 이다지도 오랜 시간이 지났으니까요. 에스딜 대위……? 아냐. 에머리……? 이것도 아니군요. E로 시작하는 성씨였다는 인상만 있어요. 아니면 H였던가? 흔히 보는 일반적인 성은 아니었어요. 16년 동안이나 뇌리에서 밀어 둔 것이니 어쩔 수 없죠. 그 남자분은 부인과 함께 로열 클래런스 호텔에 묵었답니다."

"여름철 관광객이었나요?"

"맞아요. 그렇지만 그 부부는 전부터 헬리데이 부인과 알고 지낸 사이 같더군요. 자주 이곳으로 왔어요. 어쨌거나 릴리 말로는, 그 남자 분이 헬리데이 부인을 무척 떠받들었다는 얘기죠."

"그리고 그 남자의 아내는 그걸 싫어했고요."

"그렇죠. 하지만 강조 드리는데, 전 거기에 뭔가 잘못된 게 있었다고는 단 한순간도 생각해 본 적이 없답니다. 지금도 어떻게 생각해야 할지 모르는 건 마찬가지고 말이죠."

"그들은 그때 이곳 딜머스에 있었나요? 제 새어머니 헬렌이 사라졌을 때도 말이에요. 로열 클래런스 호텔에 계속……?"

"내 기억이 맞다면 그분 내외는 핼리데이 부인이 사라진 것과 거의 같은 시기에 떠나셨어요. 하루 정도 빨랐는지 늦었는지는 모르겠네요. 아무튼 동네 소문으로 오르내릴 만큼 거의 동시였어요. 그러나 구체적인 사실을 말하는 사람은 없었죠.

핼리데이 부인이 집을 나간 것이 워낙 갑작스러운 일이어서 오히려 사람들 소문도 곧 잠잠해졌던 것 같아요. 하지만 부인이 바람기 있는 여자라는 뒷말이 따라다녔죠. 진짜로 바람을 피우는 모습 같은 건 한 번도 본 적이 없지만. 실제로 그랬다면 주인 내외분이 함께 노포크로 이사하려 계획하지도 않으셨겠죠."

그 순간 세 사람은 눈이 휘둥그레져서 패짓을 바라보았다. 자일스가 물었다.

"노포크라고요? 두 분이 노포크로 가시려 했다고요?"

"예. 거기에 집을 사셨거든요. 일이 터지기 3주일 전에 핼리데이 부인이 말씀하셨어요. 이사를 하려는데 같이 가겠냐고. 저는 따라가겠다고 대답했지만, 결국 딜머스를 떠나지 않게 된 셈이네요. 당시엔 좀 다른 곳에 살아 보는 것도 좋겠다는 생각이었는데. 두 분을 좋아했으니까요."

자일스가 말했다.

"저흰 두 분이 노포크에 집을 사셨다는 건 몰랐는데요."

"그렇죠. 그런 얘길 들으셨다면 오히려 이상하죠. 핼리데이 부인께선 그 사실을 무척 숨기려 하셨던 것 같으니까요. 아무한테도 알리지 말라고 제게도 신신당부하셨어요. 전 물론 그 말을 따랐고요.

부인께서 딜머스를 떠나고 싶어 하신 건 좀 오래전부터였던 것 같아요. 핼리데이 소령님께 다른 곳으로 가자고 조르기도 했지만 소령님은 딜머스를 좋아하셨지요. 필시 소령님은 펀디슨 부인에게 세인트캐서린을 아주 팔 생각이 없냐고 편지로 묻기도 하셨을 거예요. 하지만 핼리데이 부인은 거기에 결사반대했고요. 딜머스에 나쁜 감정이 생기신 것처럼 말이에요. 이곳을 무서워하는 것처럼도 보였답니다."

이 말은 아주 자연스러운 말투였으나, 그걸 들은 세 사람은 긴장하며 몸을 경직시켰다.

자일스가 말했다.

"핼리데이 부인이 노포크로 가려 했던 것은 그 이름 모를 어떤 남자에게로 가까이 가기 위해서였을까요?"

이디스 패짓은 곤란한 표정을 지었다.

"저런, 선생님. 전 그렇게 생각하고 싶지 않아요. 단 한순간이라도 말이죠. 이름 모를 그 남자분의 가족들은 북부에서 오셨는데……. 아마 노섬벌랜드였던 것 같군요. 어쨌든 기후가 따뜻한 남부에서 잠시 머물다가 다시 돌아가시는 것뿐이었을 거예요."

그웬다가 말했다.

"부인이 뭘 무서워했다고 하셨죠? 제 새어머니가 말이에요."

"네, 그렇게 말씀하시니 생각나는 게……."

"어서요."

"어느 날 릴리가 부엌으로 들어왔을 때의 일이랍니다. 계단 청소를 하고 있는 참이었는데, 그 애가 갑자기 '싸움 났다!' 하고 소리치지 뭐예요. 그 아이는 가끔 상스러운 말을 쓰곤 했으니, 이해해 주세요. 그래서 제가 무슨 영문이냐고 물으니, 주인마님 내외가 거실에서 하는 대화를 열린 홀 사잇문 틈으로 엿들었다고 하더라고요. 핼리데이 부인이 '당신이 무서워요.'라고 말했다나요. 릴리는 부인이 정말 겁먹은 것 같았댔어요. 부인의 얘기를 옮기면 이렇답니다.

'전 오랫동안 당신이 무서웠어요. 당신은 미쳤어요. 정상이 아니라고요. 나가서 날 내버려 둬요. 혼자 있게 해 달라고요. 나는 무서워요. 내심 당신이 항상 무서웠어요…….'

기억이 완전히 정확하진 않겠지만 그런 식의 내용이었는데, 릴리는 저걸 아주 심각하게 받아들인 모양이더라고요. 그래서 사건이 일어난 후 걔는 곧바로…….'

이디스 패짓은 갑자기 입을 다물었다. 공포에 질린 묘한 표정이 그녀의 얼굴에 나타나 있었다. 잠시 후 그녀가 입을 다시 열었다.

"전, 절대로 그런 뜻이……. 실례했습니다, 부인. 입이 제멋대로 움직여 버렸네요."

자일스가 점잖게 말했다.

"이디스, 말씀해 주십시오. 아시다시피 정말 중요한 일입니다. 저흰 알아야 해요. 아주 오래전 일이지만, 알 필요가 있습니다."

"전 말할 수 없어요. 정말이에요."

이디스는 아주 당혹스러운 것 같았다. 마플 양이 물었다.

"릴리가 생각한, 혹은 생각하지 않은 게 무엇이었지요?"

이디스 패짓은 사과하듯이 말했다.

"릴리는 언제나 혼자 상상하길 좋아했죠. 제가 신경 쓸 일은 아니었지만요. 그 애는 영화 보는 걸 좋아해서 현실 속에서도 멜로드라마 같은 공상을 즐겼답니다. 사건이 일어났던 날 밤에도 릴리는 영화를 보러 갔어요. 혼자 간 게 아니라 레이어니까지 데려 가길래 만류했지요. 하지만 괜찮다고 버티는 거예요. '집 안에 아기만 있는 것도 아니잖아요. 이디 아주머니도 아래층 주방에 계실 거고, 주인어른 내외도 곧 돌아오시니까요. 또 우리 아기는 워낙 깊이 잠을 자니 걱정 없어요.' 라면서요. 하지만 전 그게 옳지 못한 일이라고 똑똑히 말해 두었더랬죠. 결국 레이어니도 같이 나갔다는 건 뒤에야 알았답니다. 미리 알았더라면 제가 2층에 가서 아기의 상태를 보고 있었겠죠. 아기 방의 두꺼운 문이 한 번 닫히면 부엌에선 소리가 들리지 않거든요."

이디스 패짓은 잠깐 말을 멈췄다 계속했다.

"저는 다리미질을 하고 있었어요. 그날 저녁 따라 시간이 빨리 흘렀는데, 정신을 차려 보니 케네디 선생님께서 릴리가 어디 갔냐고 묻고 계셨죠. 그날은 릴리가 밤에 쉬는 날이라고, 이제 곧 돌아올 거라고 대답했고요. 실제로 릴리는 곧 돌아왔고, 박사님이 그 애를 2층 부인 방으로 데려가셨어요. 부인이 옷을 가지고 떠났는지 알고 싶으셨던 거겠죠. 릴리는 주변을 살펴보더니 곧 달려와 제 앞에서 법석을 떨었어요. 그 애는 이렇게 말했죠.

'마님이 도망갔어요. 누구 딴 남자를 쫓아간 거라고요. 주인님은 엄청난 충격을 받고 완전히 정신이 나가 계세요. 그럴 수밖에 없죠. 주인님도 참 바보야. 이런 일이 생길 걸 예상하셔야 했는데.'

'그렇게 말하면 안 돼. 마님이 남자랑 도망갔는지 어떻게 알아? 어쩌면 친척이 병났다는 전보를 받은 건지도 모르고.'

'친척의 병 같은 소리 하시네요. 부인이 쪽지를 남겼어요.'

릴리의 말이었어요. 아까 말씀드렸듯 개 말투가 원래 이렇답니다.

'같이 달아났다는 게 누군데?'

'누구라고 생각하세요? 고지식한 페인 씨는 아니겠죠. 순한 양 같은 눈을 하고 부인 주위를 강아지처럼 따라다니기는 하지만.'

'그럼 무슨 대위라는 그 사람 말이니? 이름은 생각이 안 난다만.'

'네. 틀림없어요. 하늘에서 뚝 떨어진 다른 사람이 아니라면 말이죠.'

'난 못 믿겠어. 핼리데이 부인은 그럴 분이 아냐.'

'뭐, 현재로서는 그럴 분으로 보이는걸요.'

처음 저희 둘의 반응은 대략 이랬어요. 그런데 제가 위층 침실에서 자고 있으려니 릴리가 흔들어 깨우더라고요.

'저기 아주머니, 전부 거짓이었어요.'

'뭐가 거짓이라는 거지?'

'그 옷들 말이에요.'

'도대체 무슨 소리야?'

'이디 아줌마, 들어 봐요. 전 박사님의 부탁을 받고 처음에 마님의 옷을 살펴봤어요. 분명히 옷가방이 없어지고 그만큼의 옷도 함께

사라진 것 같았어요. 그런데 그 점이 이상하다는 거예요.'

'무슨 뜻이야?'

'마님은 회색과 은색이 섞인 이브닝드레스를 가져갔어요. 그런데 거기에 맞는 벨트와 브래지어, 슬립은 그냥 두셨더군요. 또한 그 옷엔 은색 구두를 가져가셔야 할 텐데도 금색 구두를 가져가신 거예요. 한편 초록색 트위드 옷이 없어졌는데, 그건 마님이 가을 내내 한 번도 입지 않으신 옷이에요. 그뿐이 아니에요. 최근에 산 세련된 스웨터는 그냥 두고, 마을 내에서만 입는 레이스 블라우스는 가져가고……. 아, 속옷도 싸구려만 골라 가져가셨어요. 그러니 이디 아줌마, 제 말 똑똑히 들으세요. 마님은 절대 어디로 떠난 게 아니에요. 주인님이 마님을 어떻게 한 게 틀림없어요.'

저는 그 말을 듣고 정신이 번쩍 났지요. 즉시 자세를 바로하고 앉아 대체 무슨 소리냐고 물었습니다. 릴리가 말을 계속했어요.

'《뉴스 오브 더 월드(선정적인 내용을 주로 싣는 일간지 ―옮긴이)》에서 본 얘기와 똑같아요. 주인님은 마님이 바람 피우는 모습을 보고 결국 살해한 거예요. 그러고는 지하실로 끌고 가 바닥에 묻은 게 틀림없어요. 중앙 홀에서 벌어진 일이라 아무 소리도 안 들린 거고요. 그게 주인님이 한 짓이에요. 그러고서 주인님은 옷가방을 챙겨 마님이 떠난 것으로 위장했죠. 그러나 마님은 지하실 바닥에 묻혀 있으니……. 마님은 이 집을 떠난 적이 없어요. 적어도 살아서는 말이죠…….'

저는 그때 끔찍한 소리를 한다고 그 아이를 야단쳤답니다. 하지만 솔직히 말씀드려서 다음 날 아침엔 지하실을 살펴보려 아래로 내려갔다는 사실을 고백해야겠네요. 물론 그곳은 평상시와 다름이 없었고 아무 어지럽혀진 자국도, 시체를 끈 자국도 없었어요. 바로 릴리에게 바보 같은 소리를 하지 말라고 주의를 줬죠. 그래도 그 애는 요지부동이더군요.

'기억나세요? 마님은 주인님을 죽을 만큼 무서워했어요. 그렇게 말하는 걸 직접 제 귀로 들었다고요.'

저는 이렇게 고쳐 주었답니다.

'얘, 그게 바로 잘못됐다는 거야. 그건 주인님이 아니었어. 네가 그 말을 전해 준 그날, 주인님이 골프채를 들고 집으로 돌아오시는 모습을 창문으로 내다보았단다. 그러니 응접실에서 마님과 대화하고 있던 남자는 주인님이 아니었던 거지. 다른 남자였던 거야.'"

그 마지막 단어가 안락하고 평범한 거실에서 언제까지나 메아리쳤다.

자일스가 나직하게 중얼거렸다.

"다른 남자였다고요……?"

주소

로열 클래런스는 그 마을에서 가장 오래된 호텔이었다. 호텔 정면이 활 모양으로 굽어 고풍스러운 느낌을 주었다. 현재까지도 가족 손님들이 한 달 동안 해변 관광을 목적으로 많이 찾는 곳이다.

접수 창구 뒤에 앉은 내러콧 양은 앞가슴이 풍만한 47세의 여자로 옛날식 머리 모양을 하고 있었다. 그녀는 자일스를 따뜻하게 맞았다. 그녀의 정확한 눈이 그를 '우수 고객의 한 사람'으로 판단했기 때문이었다. 한편, 언제고 원하는 만큼 설득력 있게 말할 수 있는 능력의 소유자 자일스는 이번에도 썩 훌륭한 이야기를 지어냈다. 요는 아내와 내기를 했다는 것이었다. 아내의 대모(代母)에 대한 내기였는데, 그 부인이 18년 전 로열 클래런스 호텔에 묵었던 적이 있는지가 논쟁의 발단이었다. 아내는 그 정도로 옛날의 숙박부는 이미 폐기되었을 거라고 주장했지만 자신은 그렇게 생각하지 않는다, 로열 클래런스 같이 유서 깊은 호텔은 분명 명부를 보관하고 있을 것이다. 그것도 100년 전 것까지 보관중이라 믿는다는 얘기였다.

"저런, 그 정도로 오래 보관하지는 않는답니다, 리드 씨. 하지만 저흰 분명 옛날 숙박부를 보존하고 있어요. 왜, 국왕께서 웨일스 왕자셨을 때 이곳에 묵으셨던 일, 홀슈타인 로츠 가문의 애들마르 공주님이 매년 겨울 방문하신 일도 기록으로 남아 있고 말이죠. 또 아주 유명한 소설가 선생님들도요. 초상화 전문 화가 도비 씨 이름도 남아 있지요."

자일스는 그녀의 말에 걸맞는 흥미와 존경으로 화답했다. 곧 문제의 해에 기록된 바로 그 성스러운 숙박 명부가 눈앞에 모습을 드러냈다. 이름 높은 명사들의 이름이 차례차례 소개된 후, 그는 8월의 페이지를 펼쳤다.

예상대로였다. 그곳에 틀림없이 그가 찾는 이름이 있었다.

어스킨 소령 부부. 노섬벌랜드의 데이스 지방 앤스텔 저택 거주. 7월 27일부터 8월 17일까지 숙박.

"이걸 좀 베껴 가도 될까요?"

"물론이죠, 리드 씨. 종이와 잉크를 드려야……. 아, 펜을 갖고 계시는군요. 실례, 저는 잠시 외부 사무실에 가 봐야 해서요."

그녀는 명부를 펼쳐 놓은 채 떠났고, 자일스는 작업을 시작했다.

자일스가 힐사이드로 돌아오니 그웬다는 정원에서 몸을 굽혀 꽃

담길을 보고 있었다. 그녀는 허리를 펴고 그에게 질문의 표정을 지어 보였다.

"좋은 일 있었어?"

"그럼, 좋은 일이라고 해야지."

그웬다는 나지막하게 쪽지를 읽었다.

"노섬벌랜드의 데이스 지방 앤스텔 저택? 맞아. 이디스 패짓은 노섬벌랜드라고 했어. 이 사람들이 아직 거기 살고 있을지 모르겠네."

"가서 만나 봐야지."

"그럼. 어서 가는 게 좋을 거야. 언제 가지?"

"되도록 빨리 가야지. 내일은 어때? 차를 빌려 타고 가는 거야. 당신에게 영국을 좀 구경시켜 줄 기회도 되고 말이야."

"만약 이미 죽은 사람들이거나 어디로 가 버려서 다른 사람들이 살고 있으면?"

자일스는 어깨를 으쓱했다.

"그럼 돌아와서 다른 시도를 해 봐야지. 그나저나 케네디 선생님께 편지를 썼어. 헬렌이 행방을 감춘 뒤 보냈다는 편지를 아직 갖고 있다면 좀 보내 달라고 부탁했지. 또 그녀의 필적을 알 수 있을 만한 견본도."

그웬다가 말했다.

"난 다른 하녀들과도 접촉해 보았으면 좋겠어. 고양이 토머스에게 리본을 달아 줬다던 그 릴리라든가……."

"하필이면 그 대목을 기억하다니 당신도 참 재밌군."

"그렇긴 하지. 그런데 나 역시 토미를 기억해. 하얀 얼룩이 박힌 검은 고양이였어. 귀여운 아기 고양이를 셋 낳았고."

"뭐? 토머스는 수컷 이름이잖아?"

"음, 토머스라고 이름 붙이고 살다가 나중에야 암컷인 걸 알았던 거야. 토머시나라고 후에 이름을 바꿔 주었지. 원래 고양이 성별은 잘 구분이 안 가잖아. 릴리의 소식이 궁금해. 이디스 패짓은 그녀와 완전히 소식이 끊긴 것 같고……. 릴리는 이곳 사람이 아니었어. 세인트캐서린 주민들이 뿔뿔이 흩어진 뒤 토키에 일자리를 얻은 것 같지만. 그나마 한두 번 편지가 온 후에 완전히 소식이 끊겼대. 이디스는 또 그녀가 결혼한 것만 알고 상대가 누군지는 모른다고 했어. 릴리를 만날 수 있다면 훨씬 많은 얘길 들을 수 있을 것 같은데……."

"또 스위스 소녀 레이어니를 잊지 마."

"그렇지. 하지만 그녀는 외국인이니 알고 있는 것이 적지 않았을까. 나 역시 그녀에 대해선 기억이 전혀 없어. 우리에게 도움을 줄 사람은 릴리일 거야. 릴리는 영리하기도 했으니까. 그래, 자일스, 신문 광고를 또 하나 내도록 하자. 또 한 명의 사람을 찾자고. 릴리 애벗이 그녀의 이름이었어."

"좋아. 해 볼 수 있는 건 해 봐야지. 내일은 곧장 북부로 가서 어스킨 부부에 대해 알아보고 말이야."

어머니의 아들

"앉아, 헨리."

페인 부인은 탐욕으로 눈을 빛내며 헥헥거리는 스패니얼 개에게 말했다.

"마플 양, 식기 전에 스콘 하나 더 드시지요."

"고마워요. 정말 맛있는 스콘이네요. 정말 솜씨 좋은 요리사를 두셨네요."

"루이자는 사실 솜씨가 나쁘지 않죠. 다만 요리사들이 다 그렇듯 건망증이 심하고 푸딩은 한 가지밖에 할 줄 몰라 문제지만. 그나저나 도로시 야드 부인은 요즘 신경통이 어떻대요? 정말 죽는 소리를 하던데. 분명 신경성일 테지만요."

마플 양은 어쩔 수 없이 두 사람이 가진 공통의 친구에 관한 소식을 먼저 전해 주었다. 온 영국에 흩어져 살고 있는 그녀의 친구 중 페인 부인을 아는 이를 찾아낼 수 있었던 건 분명 행운이었다. 그 친구가 페인 부인에게 편지를 써 마플 양이라는 사람이 딜머스에 있으니 잘 돌봐 달라고 부탁해 주었던 것이다.

엘리너 페인은 키가 크고 당당한 여자로 짙은 회색 눈과 버석거리는 백발, 어린애 같은 분홍빛 안색의 소유자였다. 비록 그녀를 이루는 다른 점에서는 절대 아이 같은 부드러움이 없었지만.

두 사람은 도로시의 병 또는 상상의 병에 대한 수다를 끝나고 나서 곧장 마플 양의 건강에 대한 화제로 넘어갔다. 딜머스의 공기, 최근의 젊은 세대들이 보이는 한심함 등이 뒤를 이었다.

페인 부인이 선언했다.

"요즘은 어릴 때부터 식빵 가장자리를 남겨도 된다고 가르치죠. 내가 아이들을 키웠을 때는 상상조차 할 수 없던 일이에요."

"아드님이 여럿이신가 봐요?"

"셋 있죠. 맏아들 제럴드는 싱가포르의 극동 은행에 근무하고, 로버트는 군대에 있어요."

페인 부인이 코웃음을 치며 의미심장하게 덧붙였다.

"로마 가톨릭 신자와 결혼했고 말이에요. 그게 무슨 뜻인지 아시죠? 손자들이 몽땅 가톨릭 신자로 자라고 있는 거예요! 내 남편은 자긴 모른다고 발뺌할 뿐이죠. 자긴 철저한 영국 성공회 교도이면서! 로버트는 요즘 소식도 잘 안 전해 오더라고요. 내가 자길 걱정해서 하는 말이 듣기 싫다는 거예요. 전 뭐든 생각하는 바를 성실하고 정확하게 말로 옮길 뿐인데. 내 의견은 이래요. 비록 행복한 척

위장하고 있지만, 그 애의 결혼은 큰 실수였어요. 불쌍한 녀석 같으니······. 정말로 즐거운 삶 같은 건 조금도 없겠죠."

"막내 아드님은 아직 결혼을 안 하신 것 같네요."

페인 부인의 얼굴이 기쁨으로 빛났다.

"네. 월터는 아직 집에 있어요. 섬세한 아이라서······. 어릴 적부터 그랬기 때문에 항상 건강을 챙겨 주었답니다. 고맙게도 얼마나 사려 깊고 효성스러운 앤지 몰라요. 그런 아들을 두다니 전 참 운 좋은 여자죠."

"아드님은 결혼 생각을 전혀 안 했나요?"

"월터는 요즘 젊은 여성에게 시달리는 건 질색이라고 하는 애여서요. 젊은 여자들에게선 매력을 못 느끼는 성격이에요. 월터와 제가 공통점이 많기 때문인지 집에만 틀어 박혀 있는 게 걱정될 때도 있어요. 좀 나가서 바깥 활동을 해야 할 텐데······. 저녁이 되면 월터는 제게 새커리(19세기 영국의 소설가—옮긴이)의 소설을 읽어 주기도 하고, 둘이서 피켓(카드놀이의 종류—옮긴이) 게임을 하곤 해요. 정말로 집에 있길 좋아하는 애죠."

"참 상냥한 아드님이네요. 월터 씨는 내내 변호사 사무소에서 일했나요? 누가 말하길 아드님이 차 재배 사업을 하러 인도의 실론으로 건너간 적이 있다고 하던데. 잘못 안 거겠죠?"

페인 부인은 이맛살을 살짝 찌푸렸다. 그녀는 호두 케이크를 눈앞의 손님에게 권하며 설명했다.

"아주 젊었을 때 잠깐 호기를 부린 것일 뿐이에요. 젊은 남자들은 세상을 누벼 보고 싶어 하잖아요. 실은 한 여자가 관련되었죠. 아가씨들은 참 말썽의 원인이라니까요."

"오, 맞는 말씀이에요. 제 친조카도 사실 그런 적이 있었답니다……."

페인 부인은 마플 양의 조카 이야기는 깨끗이 무시해 버렸다. 그녀는 자기 친구 도로시가 소개한 이 동정심 많은 친구를 앞에 두고 추억을 얘기할 기회를 원 없이 즐기고 있었다.

"정말 어울리지 않는 여자였어요. 하긴 흔히 있는 이야기지요. 오, 그렇지만 배우였거나 그쪽 방면 직업에 종사하는 여자는 아니었답니다. 이 지역 의사의 여동생이었는데, 거의 딸이라고 해도 좋을 정도로 젊은 여자였지요. 그 불쌍한 의사 양반은 여자애를 키우는 방법에 대해선 아무것도 몰랐을 거예요. 그런 일에 남자들은 정말 아무 소용이 없지요. 그 아가씨는 자기 멋대로 자라나서 처음엔 우리 사무소에 있던 젊은 남자와 사귀었죠. 상대는 그냥 평직원이었는데, 남자 쪽의 품성도 역시 그리 쓸 만한 것은 못 됐어요. 결국 그 남자는 사무소에서 해고되었답니다. 계속 나쁜 평판이 돌았거든요.

아무튼 헬렌 케네디라는 그 아가씨는 아주 예쁘다는 소문이었어요. 전 그렇게 생각지 않았지만. 머리를 인공적으로 손질했다고 확신했거든요. 그런데 우리 월터가 가엾게도 그 아가씨에게 홀딱 반하고 만 거예요. 바람직하지 못한 성격에, 가난한 데다 장래성도 없는, 누구라도 며느리로 받기 싫을 그 아가씨랑 말이에요. 하지만 부모가 무슨 힘이 있나요? 월터는 그 여자에게 청혼을 했는데, 그만 거절당하고 말았어요. 그러자 그 애는 인도로 가서 차 재배 사업을 벌이겠다는 바보 같은 생각을 하게 된 거죠.

저희 남편은 '하고 싶은 대로 보내 줘라'라고 했지만 아주 실망한 것 같았죠. 남편은 그 후로도 월터와 함께 변호사 사무소에서 일하게 될 날을 끈기 있게 기다렸답니다. 월터는 이미 변호사 시험에 합격한 상태여서 아무 문제될 게 없었죠. 정말, 그런 젊은 아가씨들은 재앙이나 마찬가지랍니다!"

"오, 그 마음 알아요. 제 조카도……."

페인 부인은 이번에도 마플 양의 조카를 무시해 버렸다.

"그래서 불쌍한 우리 아들은 아삼이었나 방갈로르였나 하는 지방으로 떠났더랬죠. 너무 오래전 일이라 기억이 확실치 않군요. 그 애의 체력으로는 무리인 일이라 정말 마음이 심란했지요. 그런데 그로부터 1년이 채 지나지 않았던 때 (월터는 그때까지 일을 아주 잘 해내고 있었답니다. 그 애는 뭐든지 잘 하니까요.) 무슨 일이 일어났는지, 들어도 못 믿으실 걸요? 그 뻔뻔하고 건방진 여자가 마음이 바뀌었으니 결혼하고 싶다고 편지를 보내 온 거예요!"

"세상에, 세상에."

마플 양은 고개를 설레설레 흔들었다.

"그 여자앤 혼숫감을 준비한다, 개인 짐을 부친다 소동을 피웠죠. 그런데 그다음에 무슨 일이 일어났는지 아세요?"

"상상도 안 가는군요."

마플 양은 이야기에 바싹 빠져들어 몸을 기울였다.

"그럼요, 상상도 못할 일이죠. 글쎄 인도로 가는 배 위에서 유부남과 바람이 나지 않았겠어요! 상대는 무려 세 아이의 아버지였다고 하더군요. 아무튼 월터가 항구로 마중 나갔을 때 그 여자가 처음 입에 담은 말은 결혼할 수 없다는 거였어요. 천하에 그렇게 사악한 짓이 또 있나요!"

"오, 참으로 맞는 말씀이에요. 아드님의 마음이 돌이킬 수 없는 상처를 받은 것도 당연하군요."

"그 여자의 본성을 참으로 잘 보여 준 사건이었죠. 그런 종류의 여자는 정말 모든 걸 빼앗아 가기 마련이에요."

"그러면 아드님은……."

마플 양은 잠시 주저했다.

"그 아가씨의 행동에 크게 화를 냈겠군요? 정말 크게 화가 나면 도저히 말릴 수 없는 남자들이 있잖아요."

"월터는 항상 자제심이 강한 아이였어요. 아무리 언짢고 화나는 일이 있어도 그걸 억누를 줄 알아요. 절대 표현하지 않는답니다."

마플 양은 생각에 잠겨 페인 부인을 응시했다. 그녀는 조심스럽게 상대를 떠 보았다.

"그것은 정말로 괴로움이 크기 때문이 아닐까요? 아이들은 가끔 어른들을 놀라게 한답니다. 전혀 손이 가지 않는다고 생각하던 아이가 갑자기 크게 폭발하기도 해요. 표출되지 못하고 있던 예민한 감수성이 인내심의 한계를 넘어 분출하는 경우죠."

"어머, 그런 말씀을 하시니 정말 흥미롭네요. 우리 제럴드와 로버트는 둘 다 급한 성격이라 자주 싸웠답니다. 건강한 남자애들 사이에선 아주 자연스러운 일이었죠."

"그럼요, 당연한 일이고말고요."

"반면 월터는 항상 조용하고 참을성이 강했단 말이죠. 어느 날 로버트가 월터의 비행기 모형을 들고 나간 일이 있어요. 끈기 있고 손재주가 좋은 월터가 며칠이나 꼬박 애를 써서 만든 것이었답니다. 그런데 활달하지만 조심성이 없었던 로버트가 그걸 망가뜨리고 만 거예요. 어떻게 알았느냐면 방에 들어가자 로버트가 바닥을 구르고 있고 월터가 형을 부지깽이로 마구 때리고 있었거든요. 정말 늘씬하게 두들겨 맞았죠. 겨우 둘을 떼어 놓을 수 있었어요.

그 애는 계속해서 이렇게 중얼거렸어요. '일부러 그런 거지? 일부러 그런 거야! 죽여 버리겠어!' 진심으로 놀란 경험이었답니다. 남자애들은 극단적이 될 때가 있어요. 그렇지 않나요?"

"예, 맞아요."

마플 양의 눈동자는 생각에 빠져 있었다. 그녀는 앞서의 화제로 돌아갔다.

"그래서 약혼은 끝내 깨지고 만 건가요? 그 아가씨는 그 후 어떻게 되었나요?"

"집에 돌아갔지요. 글쎄 오는 길에 또 다른 남자와 눈이 맞아, 이번에는 결혼까지 갔다더군요. 애가 하나 있는 홀아비였어요. 아내를 갓 잃은 남자란 그런 여자의 희생물이 되기 쉽죠. 어리석고 불쌍한 남자 같으니.

그녀는 그 남자와 결혼해 이 마을의 반대편에 살았어요. 병원 바로 옆의 세인트캐서린에서요. 물론 오래가지는 않았어요. 1년도 못되어 남자를 떠났다고 들었죠. 다른 남자를 또 만들었거나 했겠죠."

"저런, 저런! 아드님이 늦지 않게 탈출한 게 그야말로 행운이라 해야겠군요!"

마플 양은 고개를 흔들었다.

"그게 내가 월터에게 늘 하는 말이랍니다."

"그래, 아드님은 건강이 안 따라 줘서 차 재배를 그만두었나요?"

페인 부인은 또 한 번 이맛살을 살짝 찌푸렸다.

"그곳 생활은 그 애한테 맞지 않았어요. 그 여자가 돌아오고 반년쯤 지나 월터도 돌아왔지요."

마플 양이 과감히 물었다.

"그 아가씨가 여전히 근처 같은 마을에서 살고 있으니 좀 껄끄러웠겠어요."

월터의 어머니가 대답했다.

"월터는 참으로 잘 처신했어요. 전혀 아무 일도 없었던 것처럼 행동했지요. 전 딱 관계를 끊어 버리는 게 좋을 걸로 생각했는데, (실제 그렇게 애를 설득하기도 했답니다.) 다시 마주치는 일은 두 사람 모두에게 어색하고 불편한 일일 거 같았거든요.

그런데 월터는 다시 친구 사이로 지내고 싶다고 우기지 뭐예요. 아무렇지도 않게 그 집에 전화를 걸어 안부를 묻는가 하면 아이들과 놀아 주기도 했었지요. 그런데 이상한 일도 다 있지, 그때의 그 아이가 다시 이곳으로 돌아왔다는군요. 이제 어른이 되어 남편과 함께 말이에요. 며칠 전 유언장을 만든다며 월터의 사무소에 왔었다죠. 지금은 리드 부인이라고 부르는 모양이에요.”

“리드 씨 부부 말이군요! 저도 알아요. 정말 호감 가는 젊은이들이에요. 정말 신기하네요. 그녀가 그때 그 아이였다니…….”

“첫 부인의 아이였지요. 그 첫 부인은 인도에서 죽었대요. 소령도 참 불쌍하지. 이름은 잘 기억 안 나지만……. 홀웨이였던가? 아무튼 그 소령은 그 여자가 떠난 후 완전히 폐인이 되고 말았어요. 정말 세상은 왜 항상 최악의 여자가 가장 훌륭한 남자를 손에 넣게 되어 있는지 정말 수수께끼예요!”

“그런데 그녀와 맨 처음 얽혔다는 젊은 남자는 그 후 어떻게 되었나요? 아드님 변호사 사무소의 직원이라고 하셨죠?”

“제법 자수성가에 성공한 모양이에요. 지금은 이 지역 관광버스 회사를 경영하고 있답니다. 그 사람 이름은 애플릭이고요, 회사는 대퍼딜 관광이라고 해요. 천박한 요즘 풍조에 맞게 밝은 노란색으로 칠한 버스들이라죠.”

“애플릭이라고요?”

“재키 애플릭이에요. 불쾌하고 거만한 남자랍니다. 세속적 성공밖에 관심이 없는 사람이에요. 그러니 헬렌 케네디와 사귀었던 이유도 짐작이 가죠. 의사의 여동생이니까 자기 출세에 도움이 될 걸로 믿었을 거예요.”

“그 헬렌이라는 여자는 다시는 딜머스에 돌아온 적이 없나요?”

"네. 참 떠나 줘서 고맙지 뭐예요. 지금쯤 완전히 무너진 인생을 살고 있겠죠. 케네디 박사님이 불쌍해요. 선생님은 아무 잘못이 없는데. 그 부친이 천하고 교양 없는, 훨씬 연하인 두 번째 아내와 결혼한 게 불행이었어요. 늘 생각했던 거지만, 헬렌은 분명히 그 여자의 타락한 피를 물려받은 게 분명해요."

페인 부인이 이야기를 멈췄다.

"월터가 왔네요."

그녀는 홀에서 나는 익숙한 소리를 뚜렷하게 잡아냈다. 문이 열리고 월터 페인이 들어왔다.

"이쪽은 마플 양이시란다. 얘야, 벨을 울려 주렴. 새 차를 마시자꾸나."

"그러실 필요 없어요, 어머니. 전 벌써 마시고 왔거든요."

"무슨, 차는 다 같이 마셔야지. 스콘도 곁들여서 말이야. 거기, 비어트리스?"

그녀는 찻주전자를 들고 온 하녀에게 지시를 내렸다.

"알았습니다, 부인."

월터 페인이 점잖고 선량한 미소를 띠우며 말했다.

"저희 어머니가 옛날부터 과보호가 좀 심하셔서요."

마플 양은 공손하게 고개를 끄덕이곤 그를 찬찬히 바라보았다. 신사적이고 조용한 분위기, 조금은 심약하고 자신없는 태도……. 무색무취의, 정말로 특징이 없는 사람이었다. 여자들에게 무시받다가, 원하는 남자의 사랑을 끝내 얻지 못한 여자들하고나 결혼할 것 같은 성실한 남자. 월터, 언제나 제 위치에 있는 아이. 불쌍한 월터, 어머니의 귀염둥이……. 어린 월터 페인은 부지깽이를 들고 형을 죽일 듯이 공격했었다…….

마플 양은 고민에 빠졌다.

리처드 어스킨

I

앤스텔 저택은 좀 황량해 보이는 집이었다. 황량한 언덕을 등지고 선 하얀 집이어서 그런 것 같았다. 꼬불꼬불한 자동차 도로가 울창한 관목 숲을 통과하고 있었다.

자일스가 그웬다에게 말했다.

"어쩌자고 여기 오게 된 거지? 우리가 무슨 말을 할 수 있겠어?"

"다 준비하고 온 거잖아."

"그렇지. 준비하긴 했지. 마플 양 사촌의 언니의 이모의 시동생인지 뭔지 하는 사람이 이 근처에 살아서 정말 다행이야. 그런데 그렇게 찾아 만난 사람에게 대뜸 과거의 연애사를 묻는다는 건 그다지 사교적인 방문이라 할 수 없을 것 같아."

"그리고 그만큼이나 오래전의 일을 말이야. 아마 전혀 기억 못할지도 몰라."

"분명 잊었을 거라 생각해. 어쩌면 연애사라는 게 아예 존재하지 않았을 수도 있어."

"자일스, 어쩌면 우리가 천하의 바보짓을 하고 있는 게 아닐까?"

"모르지. 가끔 나도 그런 생각이 들어. 어째서 우리가 이런 일에 발을 담갔는지 말이야. 현재로선 아무래도 좋은 과거 일일 뿐이잖아?"

"하긴 그렇게나 옛날 일이니까. 맞아. 마플 양과 케네디 박사님 두 분 다 내버려두라고 말씀하셨지. 자일스, 우리가 꼭 이래야 할까? 무엇이 우리를 계속 여기에 매달리게 하는 걸까? 그녀 때문일까?"

"그녀라니?"

"헬렌 말이야. 내가 기억하고 있기 때문일까? 내 어릴 적의 기억이 그녀의 생사와 진실을 연결하는 고리일까? 헬렌이 진실을 알리기 위해 나와 당신을 이용하고 있는 걸까?"

"그 말은 설마, 비참하게 죽은 헬렌의 영혼이……."

"그래. 심령을 다룬 그런 책들에서 그러는 것처럼. 원한을 품고 죽은 영혼은 휴식에 들지 못한다고 하지."

"그웬다, 당신 너무 공상적인 것 같아."

"그럴지도 몰라. 어쨌거나 우린 선택해야 해. 이건 그냥 사교적인 방문이야. 그 이상 뭘 어쩌려 애쓸 필요는 없어. 굳이 우리가 원하지 않는다면."

자일스는 머리를 흔들었다.

"우리는 계속해야 해. 우리 스스로를 도울 수 있는 건 우리 자신 밖에 없어."

"그래. 당신 말이 옳아. 그렇지만 자일스, 난 조금 무서워……."

II

"집을 구하는 모양이군요?"

어스킨 소령이 말했다.

그는 그웬다에게 샌드위치 한 접시를 권했다. 그웬다는 그중 한 쪽을 집어들고 그를 쳐다보았다. 리처드 어스킨은 몸집이 작은 남자로, 키가 175센티미터 정도 되어 보였다. 머리카락은 회색이었고, 좀 지친 듯하지만 다정한 눈을 갖고 있었다. 목소리는 낮고 듣기 좋았다. 아무것도 특별할 게 없는 사람이었지만 그웬다는 그가 분명 매력적이라고 느꼈다. 실제로 그는 월터 페인만큼 잘생긴 얼굴은 아니었으나, 여자들은 페인을 한번 쓱 보고 지나치는 일이 있더라도 어스킨 소령에겐 그러지 못할 것이었다. 개성이 없는 페인과는 다르게, 어스킨은 조용한 태도 속에서도 그만의 매력을 갖고 있었다.

그는 평범한 일을 평범한 태도로 이야기하고 있었다. 하지만 그 속에는 무언가가 있었다. 여자들이 즉각 알아채고 여자들 특유의 반응을 보여 줄 그 무언가가.

그웬다는 거의 무의식적으로 스커트를 바로하고 옆머리를 정돈

한 다음 입술을 핥았다. 이 사람이라면 19년 전의 헬렌 케네디가 충분히 사랑에 빠질 만했다. 그웬다는 그것을 진심으로 확신했다.

그웬다는 눈을 들어 소령의 아내가 자신을 주시하고 있다는 걸 알아차리고 얼굴을 붉혔다. 어스킨 부인은 자일스와 얘기하고 있었지만 눈으로는 그웬다를 바라보며 평가하는, 혹은 의심하는 눈초리를 보내고 있었다.

재닛 어스킨은 키가 컸는데, 목소리가 거의 남자만큼이나 굵었다. 억세 보이는 몸매에 잘 재단되고 큼지막한 주머니가 달린 트위드 옷을 입고 있었다. 남편보다 나이가 많아 보였지만 실제로는 연하일 걸로 생각되었다. 표정에 초라함이 묻어나는 모습을 보니 불만스러운, 무엇엔가 굶주린 여자라는 추측을 불러일으켰다.

'틀림없이 몹시도 남편을 못살게 구는 여자일 거야.'

그웬다는 그렇게 생각했다.

그녀가 큰 목소리로 이야기를 계속했다.

"집을 찾는 건 참 고달픈 일이죠. 부동산 중개업소의 선전 문구는 그렇게 화려할 수가 없는데, 실제로 가 보면 정말 말도 못할 정도일 때가 많으니까요."

"이 동네 근처에 집을 구하실 생각인가요?"

"음, 이곳도 고려 중이에요. 하드리아누스 방벽(영국에 있는 고대 방위 시설 — 옮긴이)에서 가까우니까요. 자일스는 항상 하드리아누스 방벽을 동경했답니다. 그런데 이상하게 들리시겠지만, 사실 영국의 어디에 살더라도 저희에겐 큰 상관이 없어요. 저는 고향집이 뉴질랜드라 이곳에 아무 연고가 없거든요. 또 자일스도 휴가 때마다 이곳저곳 다른 친척집을 옮겨 다니며 살았기 때문에 마찬가지고요. 그저 런던에 너무 가깝지 않을 것이 유일한 조건이에요. 저흰 정말 시골을 바라고 있거든요."

어스킨은 빙그레 웃었다.

"진짜 시골을 찾으셨다면 제대로 찾으셨소. 정말 외딴 곳이니까. 이웃 주민도 적고, 집들 사이 거리도 멀고 말이오."

그웬다는 듣기 좋은 그의 목소리 밑바닥에 깔려 있는 쓸쓸함을 느꼈다. 그 외로운 생활이 그려질 것 같았다. 굴뚝 속에서 바람 소리만이 메아리치는, 낮이 짧고 어두컴컴한 나날들. 커튼이 내려진 채 집 안에 틀어박혀 불만스럽고 굶주린 여자와 함께 사는 삶. 게다가 이웃은 적고 그나마도 멀리 떨어져 있다.

그러한 환상은 곧 사라졌다. 다시 여름이었다. 프랑스식 창문은 뜰을 향해 열려 있고, 장미 향기가 여름 특유의 소리와 함께 흘러들어 왔다.

"이곳은 오래된 저택인가 봐요."

"앤 여왕 시대의 집이랍니다. 우리 집안은 이곳에서 300년 가까이 살았다오."

"멋진 집인걸요. 정말 자랑스러우시겠어요."

"이제는 초라할 뿐인걸. 세금 때문에 유지하는 것도 버거운 실정이오. 하지만 아이들이 사회에 나간 만큼 고비는 넘겼다고 할 수 있겠군요."

"자녀분이 몇이나 되시나요?"

"아들이 둘이오. 하나는 군대에 있고, 다른 하나가 옥스퍼드를 막 졸업했지요. 출판사에 들어간다고 하더군요."

그는 벽난로로 눈길을 돌렸는데, 그웬다의 눈길도 그 뒤를 따랐다. 두 젊은이의 사진이 걸려 있었다. 열여덟, 열아홉 정도 되어 보였다. 몇 년 전에 찍은 사진일 테지. 소령의 말투에 자랑스러움과 애정이 묻어났다.

"스스로 말하기는 좀 쑥스럽지만, 좋은 아이들이오."

"정말 훌륭한 청년들 같아요."

"그럼, 아이들을 위해 희생한 보람이 있었소. 정말로."

"많은 것을 포기하셔야 했을 테죠."

"그렇지요. 정말로 많은 희생이 필요할 때도 있어요……."

그웬다는 또 다시 저 밑을 흐르는 검은 해류를 느꼈다. 하지만 어스킨 부인이 권위적인 굵은 목소리로 끼어들었다.

"그런데 당신들은 왜 넓은 세상에서 하필 이곳에 집을 구하려는 거죠? 미안하지만 이 주위엔 적당한 집이 전혀 없어요."

그웬다는 희미한 악의를 느끼며 생각했다.

'있어도 가르쳐 주지 않을 거잖아. 이 우둔한 할머니는 질투하고 있는 거야. 젊고 매력적인 내가 자기 남편과 얘기하는 것을 질투하는 거지!'

어스킨이 말했다.

"얼마나 집을 급히 구하느냐에 달려 있지."

자일스가 말했다.

"전혀 급하지 않습니다. 집이 마음에 쏙 드느냐가 무엇보다 중요한 거죠. 지금은 남부 해안의 딜머스에 잠시 살고 있답니다."

어스킨 소령은 탁자에서 눈을 돌렸다. 그는 일어나서 창가쪽 테이블 위의 담배를 집어들었다. 어스킨 부인이 말했다.

"딜머스라."

그녀의 목소리엔 억양이 없었다. 그녀의 눈이 남편의 뒤통수를 보고 있었다.

자일스가 말했다.

"아담하고 예쁜 곳인데, 아십니까?"

잠시 침묵이 흐르고, 어스킨 부인이 역시 억양 없는 목소리로 말했다.

"어느 해 여름 이삼 주 동안 그곳에서 지낸 일이 있어요. 아주, 아주 오래전 일이지요. 너무 느긋한 곳이라 별로 마음에 들진 않았답니다."

"그렇죠. 저희도 동감이에요. 자일스와 저는 좀 더 활기차고 긴장감을 느낄 수 있는 분위기가 좋거든요."

어스킨이 담배를 들고 돌아왔다. 그는 담배 상자를 그웬다에게 내밀며 권했다.

"이 부근엔 긴장을 느낄 만한 게 충분히 많다오."

그의 목소리엔 어떤 무서운 기운이 서려 있었다. 그웬다는 어스킨이 담배에 불을 붙여 줄 때 얼굴을 들어 그를 보았다.

그웬다는 무심하게 물었다.

"딜머스를 잘 기억하고 계시나요?"

소령의 입술이 갑작스러운 고통을 느낀 것처럼 떨렸다. 그는 애매한 목소리로 말했다.

"상당히 잘 기억하고 있소. 우리는 어디 보자…… 로열 조지, 아니 로열 클래런스 호텔에 묵었다오."

"아, 그러시군요. 고풍스럽고 멋진 호텔이지요. 저희 집이 바로 그 옆이에요. 힐사이드라고 부르는 집인데, 예전엔 세, 세…… 세인트메리? 자일스, 집 이름이 예전에 뭐랬지?"

"세인트캐서린이야."

이번에는 의심할 여지 없이 반응이 있었다. 어스킨은 갑자기 고개를 돌렸고, 어스킨 부인이 든 접시 위에서 컵이 요동쳤다.

부인이 불쑥 말했다.

"정원 구경을 하시는 건 어때요?"

"아, 감사합니다."

그들은 프랑스식 창문을 빠져 나와 밖으로 나왔다. 정원은 손질이 잘 되어 있고 나무가 풍부하게 심어져 있었다. 담장이 길었고, 깃발을 꽂아 놓은 산책로도 보였다.

'정원 관리는 틀림없이 대부분 어스킨 소령이 맡고 있을 거야.'

그웬다는 저렇게 생각했다. 장미나 다년생 작물에 관해 이야기하는 동안 어스킨의 어둡고 슬픈 얼굴이 조금씩 밝아졌다. 정원 가꾸기는 분명 그가 좋아하는 취미인 듯했다.

마침내 두 사람이 집을 빠져 나와 차를 달릴 때였다. 자일스가 주저하며 입을 열었다.

"당신, 그거……. 계획대로 잘 떨어뜨렸어?"

그웬다가 고개를 끄덕였다.

"제비고깔 두 번째 무더기에 정확히 두었어."

그녀는 손을 들여다보며 손가락의 결혼반지를 무심코 비틀었다.

"그걸 영영 못 찾게 되면?"

"뭐, 그건 내 진짜 약혼반지가 아니니까. 진짜라면 그런 일을 했을 리 없지."

"그 소리를 들으니 기쁘군."

"난 약혼반지를 무척이나 아끼는 사람이라고. 그걸 내 손에 끼워 주면서 당신이 뭐라고 했는지 기억해? '내 초록 눈의 아기 고양이, 당신의 눈을 닮은 그런 에메랄드야.'라고 했던 거."

"우리의 독특한 애정 표현은 마플 양 세대의 사람들에게는 아주 기묘한 걸로 생각될 거야."

"그 맘씨 좋은 할머니는 지금 어디서 뭘 하고 계신 걸까……. 현관에서 햇볕이라도 쬐고 계시려나?"

"뭔가에 열심히 매달려 계시겠지. 그런 분이시잖아. 이곳저곳 찔러 보고, 들춰 보고, 물어보고 하실 거야. 이제는 그런 것도 좀 쉬실 때가 되었는데."

"할머니들은 원래 그러고 다니는 법이잖아. 우리보다 훨씬 자연스럽고 은밀한 조사가 가능하실 거야."

자일스의 얼굴이 다시 엄숙해졌다.

"그 점이 마음에 안 든다는 말이야."

그는 잠깐 말을 끊었다가 이어 말했다.

"당신이 그런 일을 해야 한다는 게 싫어. 나는 집 안에 들어앉아 있으면서 당신에게 더러운 일을 하게 한다는 사실이 참을 수 없다고."

그웬다는 걱정하는 남편의 뺨을 살짝 어루만졌다.

"알아, 자일스. 안다고. 하지만 이건 좀 책략이 필요한 일인 것을 당신도 인정해야 돼. 보통 남자에게 그의 과거 연애사를 물어보는 일은 보통 매우 무례하다고 간주되지. 하지만 그런 질문도 여자가 했을 경우엔 별 탈 없이 넘어갈 수 있는 게 현실이야. 그 여자가 현명하게 질문하기만 한다면 말이야. 그리고 난 현명하게 처신할 생각이라고."

"당신이 현명하다는 건 알아. 하지만 어스킨이 우리가 찾고 있는 범인이라면……."

그웬다는 꿈꾸는 듯한 목소리로 말했다.

"난 그렇게 생각지 않아."

"그럼 지금 우리가 헛수고를 하는 중이란 거야?"

"완전히 헛수고는 아니지. 난 그가 헬렌을 사랑했을 거라고 생각해. 하지만 소령은 좋은 사람이라고. 정말 좋은 사람이야, 자일스. 절대 사람을 목 조르거나 하는 인간이 아니라고."

"그웬다, 당신도 그리 많은 교살범을 만나 본 경험은 없잖아."

"그렇죠. 그래도 이건 여자의 감이야."

"살인범의 희생자들도 다들 그렇게 말하면서 죽어 가지 않았을까? 안 돼, 그웬다. 농담은 집어치우고 신중해지자고. 응?"

"신중해야 하는 건 당연하지. 난 그저 악독한 아내와 함께 사는 그 남자가 불쌍해. 틀림없이 인생이 끔찍할 거야."

"좀 이상한 여자긴 하더군. 좀 염려되는 부분이 있어."

"맞아. 사악한 느낌. 그 여자가 날 보는 눈빛이 어땠는지 봤어?"

"계획대로 잘 되길 바랄 뿐이야."

III

다음 날 계획이 실행되었다. 자일스는 (그의 표현을 빌면) 이혼 사건을 맡은 수상한 탐정이 된 기분으로 앤스텔 저택 정문이 훤히 바라보이는 곳에 자리를 잡았다. 11시 30분쯤 그는 그웬다에게 모든 게 잘 되어 간다고 보고했다. 어스킨 부인은 오스틴 소형차를 타고 외출했으며, 4킬로미터쯤 떨어진 시장으로 향한 것이 확실했다. 전방에 방해물이 치워진 것이다.

그웬다는 자동차를 정문 앞에 대고 벨을 눌렀다. 어스킨 부인을 만나고 싶다고 하자 집에 없다는 대답이 돌아왔다. 곧 그녀는 어스킨 소령을 청했다.

소령은 정원에 있었다. 그웬다가 가까이 다가가자 그는 꽃밭 다듬는 것을 중단하고 일어섰다.

"방해해서 죄송합니다. 실은 어제 이 정원 어딘가에서 반지를 떨어뜨린 것 같아서요. 차를 마시고 밖에 나왔을 때는 분명 끼고 있었는데, 좀 헐거워서 빠졌나 봐요. 소중한 약혼반지라 잃어버리면 어쩌나 걱정이랍니다."

곧 수색이 시작되었다. 그웬다는 어제 걸었던 길에 대한 기억을 더듬었다. 어디서 걸음을 멈췄는지, 어떤 꽃을 만졌는지 기억하며 그대로 따르는 척했다. 곧 그녀는 제비고깔 덤불 안에서 반지를 찾았다. 그녀는 크게 안도했다는 표정을 지어 보였다.

"리드 부인, 마실 거 한 잔 드릴까요? 맥주? 셰리주는 어떻소? 아니면 커피 같은 걸 좋아하시나?"

"괜찮습니다. 정말로 괜찮아요. 그냥 담배 한 대 주시겠어요? 감사합니다."

그녀가 벤치에 앉자 어스킨도 그녀 옆에 따라 앉았다.

그들은 잠시 아무 말도 없이 담배를 피우고 있었다. 그웬다의 심장이 빠르게 뛰었다. 이제 길은 하나밖에 없었다. 그녀는 결단을 내려야 했다. 그웬다가 입을 열었다.

"하나 여쭈어보고 싶은 게 있어요. 이 얘길 드리면 분명 저를 무척이나 무례하다고 생각하실 거예요. 그렇지만 전 꼭 알고 싶어요. 소령님만이 대답해 주실 수 있는 질문이에요. 소령님은 옛날에 제 새어머니와 사랑하는 사이셨지요?"

어스킨은 경악한 표정으로 그녀를 돌아보았다.

"당신의 새어머니라고요?"

"예. 헬렌 케네디요. 후에 헬렌 핼리데이가 된 사람이죠."

"이제 알겠군."

그녀 옆에 앉은 그 남자는 침묵에 빠져들었다. 그의 눈이 초점을 잃고 태양이 비치는 잔디밭을 향했다. 그의 손가락에 끼워진 담배에서 연기가 피어오르고 있었다. 그는 아무 말이 없었으나, 그웬다는 문득 자신의 팔을 건드린 소령의 긴장된 팔에서 혼란함을 느낄 수 있었다.

마치 자문자답하듯 어스킨이 입을 열었다.

"편지 때문이겠지요."

그웬다는 대답하지 않았다.

"나는 그녀에게 편지를 별로 쓰지 않았소. 두 번, 어쩌면 세 번이겠지요. 헬렌은 자기 입으로 편지를 확실히 폐기했다고 말했건만……. 하지만 여자들은 절대 편지를 버리는 법이 없지. 그게 당신 손에 들어갔군요. 그래서 당신은 알고 싶어진 거고 말이오."

"저는 그녀에 대해 알고 싶어요. 저는…… 그녀를 정말 좋아했어요. 비록 헬렌이 떠났을 때 전 아주 어린아이였지만요."

"그녀가 떠났다고?"

"모르셨어요?"

소령의 정직한 눈은 놀라움에 차 그녀를 바라보았다.

"딜머스에서 지낸 그 여름 이후 그녀의 소식을 들은 바가 없소."

"그렇다면 지금 그녀가 어디 있는지 모르신단 말씀인가요?"

"내가 어떻게 알겠소? 오래전의 일이오. 모두 끝난 일이지. 이제는 다 잊혀진."

"잊으셨다고요?"

그는 쓸쓸하게 웃었다.

"음, 어쩌면 잊지 않았을지도 모르오. 리드 부인, 당신은 아주 민감한 사람이군요. 하지만 먼저 대답해 주시오. 그녀는…… 살아 있소?"

차가운 바람이 갑자기 불어 그들의 목덜미를 스쳤다.

"살아 계시는지 아닌지는 몰라요. 아무것도 아는 게 없어요. 전 소령님이 아실 거라 생각했거든요."

그는 고개를 흔들었고, 그웬다는 말을 계속했다.

"그녀는 그해 여름 딜머스에서 사라졌어요. 어느 날 밤 아무 말도 없이 갑자기 자취를 감춘 거지요. 그리고 두 번 다시 돌아오지 않았어요."

"그래서 당신은 내가 그녀의 소식을 알 걸로 생각했다?"

"예."

소령은 고개를 내저었다.

"모르오. 전혀 아무것도 몰라. 하지만 그녀의 오빠, 의사였다는 그 사람이 딜머스에 살아요. 그가 알 거요. 아니, 그 사람 역시 죽었을지도."

"아뇨, 그분은 살아 계세요. 그렇지만 역시 아시는 게 없대요. 그런데 사실 사람들은 다들 헬렌이 누구 다른 남자와 달아났을 거라고 믿고 있답니다."

소령은 얼굴을 돌려 그웬다를 물끄러미 바라보았다. 깊은 슬픔이 담긴 눈이었다.

"그래서 바로 나와 달아난 것으로 생각했다는 얘기로군요."

"음, 그럴 가능성이 있다고 생각했지요."

"가능성? 난 그렇게 생각지 않아요. 애초에 그런 게 아니었소. 아니면 내가 그녀와 함께 행복해질 수 있는 기회를 놓친 구제불능의 바보였던 걸까요?"

그웬다는 말하지 않았다. 어스킨은 다시 얼굴을 마주 보았다.

"아무래도 당신에게 이야기해 두는 게 좋겠군요. 사실 할 얘기도 그리 많지 않지만, 헬렌이 오해받는 일은 없었으면 해요. 우리는 인도로 떠나는 배 위에서 만났소. 내 아들 중 하나가 병이 나서, 아내는 다음 배로 따라 오게 되어 있었죠. 헬렌은 어떤 순진한 남자와 결혼하기 위해 길을 떠나는 중이었다오.

그녀는 그 남자를 사랑하지 않았소. 그는 그저 착하고 친절한 사람이지만, 그저 친구일 뿐이라는 얘기였소. 하지만 헬렌은 불행했던 원래 집에서 도망쳐 나오고 싶어했지. 우리는 사랑에 빠졌소."

그는 잠시 쉬었다가 다시 입을 열었다.

"너무 노골적으로 표현했군. 하지만 이 점만은 강조해 두고 싶소. 그건 흔히 배 위에서 일어나는 불장난이 아니었소. 진지한 것이었지. 우리는 둘 다……. 그래요. 그 사랑으로 인해 상처를 입고 말았소. 할 수 있는 일이 아무것도 없었지. 나로서는 재닛과 아이들을 버릴 수 없었고, 헬렌도 그 점을 이해했어요. 만약 재닛뿐이었다면 또 모르지만, 아이들을 어떻게 하란 말이오. 아무 희망이 없었소. 우리는 헤어져야 한다는 것에 동의했고 모두 잊기로 약속했지요."

그는 웃었다. 서글프고 짧은 웃음이었다.

"잊었다고? 난 잊은 적이 없소. 단 한순간도. 그 후 내 인생은 생지옥이었지. 헬렌을 그리지 않았던 날이 없소……. 그런데 그녀는 결혼하기로 약속했다던 남자와도 맺어지지 않았더군요. 마지막 순간 견딜 수가 없었던 거요. 그녀는 영국으로 돌아오는 귀국편 배에서 또 다른 남자를 만났소. 그게 당신 아버지였겠지. 그녀는 몇 달 후 내게 편지를 몇 통 써서 일이 어떻게 된 것인지 알려 주었소. 아내를 잃고 큰 불행에 빠져 있는 사람인데, 그 사람에겐 아이도 하나 있었다고 말이오. 그를 행복하게 해 주는 일이 자기가 할 수 있는 최고의 행동이라 믿었던 걸 거요. 편지는 딜머스에서 쓴 것이더군요. 약 8개월 후 아버지가 돌아가셨고, 나는 직장을 그만두고 영국에 돌아와 이곳에 정착했소.

그런데 나는 이 집에 눌러 살기 전에 몇 주 동안 휴가를 갖자고 결심했소. 그런데 아내가 딜머스로 가는 게 어떠냐고 묻더군. 친구가 아주 좋은 곳이라며 권해 주었나 봐요. 물론 아내는 헬렌에 관한 일은 아무것도 몰랐소. 그때의 내 흥분을 상상할 수 있겠소? 그녀를 다시 만난다는, 그녀가 결혼한 남자가 어떤 자인지 내 눈으로 볼 수 있다는 흥분!"

잠시 정적이 흐르고 어스킨이 다시 말했다.

"우리는 딜머스에 도착해 로열 클래런스 호텔에 묵었소. 그게 실수였지요. 헬렌과의 재회는 정말 지옥이 따로 없는 일이었소…….
그녀는 얼핏 봐서는 아주 행복해 보였다오. 여전히 걱정거리가 있는지 아닌지는 잘 몰랐지만, 다 잘 극복한 것 같았지요. 그런데 아내가 내 상태가 왠지 심상치 않다는 걸 눈치챈 거요. 재닛은…… 정말로 질투가 심한 여자거든. 언제나 그랬지."

그는 무뚝뚝하게 덧붙였다.

"그뿐이오. 우리는 딜머스를 떠났소."

"8월 17일에 말이죠."

"그게 그날이었나? 아마 그랬던 것 같구려. 잘은 기억이 안 나요."

"토요일이었어요."

"그렇군. 맞소. 토요일이라 북쪽으로 가는 차편이 붐비지 않겠냐며 재닛이 말한 기억이 나오. 하지만 그다지 붐비진 않았던 것 같소."

"어스킨 소령님, 제발 기억해 주셨으면 해요. 제 새어머니, 헬렌을 마지막으로 보신 게 언제이신가요?"

그는 상냥하지만 피곤한 웃음을 지었다.

"애써 기억하지 않아도 뚜렷이 생각나오. 돌아오기 전날 밤 만났지. 바닷가였소. 저녁 식사를 마치고 나 혼자 그곳에 가서 그녀를 본 거요. 주위엔 아무도 없었소. 그녀의 집 쪽으로 함께 걸어갔고, 정원을 지나서……."

"시간은 언제였지요?"

"모르겠소. 9시 정각쯤이 아니었을까?"

"그러고서 헤어지셨나요?"

"그래요. 헤어졌소."

불쑥 그가 웃었다.

"아, 당신이 생각하는 그런 종류의 작별 인사는 안 했어요. 아주 짧고 건조한 것이었소. 헬렌은 '이제 돌아가세요. 빨리. 더 이상은……'이라며 말을 끊었고, 나는 그 말대로 자리를 떴을 뿐이오."

"호텔로 돌아가셨나요?"

"그렇소. 다른 수가 있나. 시골길을 따라가는 먼 길을 선택해 걸었죠."

"오랜 세월이 지났으니 날짜까지 확인하긴 힘들지만, 그녀가 사라진 건 바로 그 밤이었다고 생각해요. 그녀는 집을 나가 돌아오지 않았어요."

"그렇군. 마침 나와 아내가 바로 다음 날 그곳을 떠났으니 사람들이 헬렌이 날 따라 도망갔다고 생각하는 것도 무리는 아니오. 참 재밌는 생각을 하는군."

"아무튼 그녀가 소령님을 따라 간 건 아니라는 말씀이시죠?"

"맹세코 그렇지 않소. 일고의 가치도 없는 생각이오."

"그렇다면 소령님은 왜 그녀가 사라졌다고 생각하세요?"

어스킨은 이마를 찌푸렸다. 그의 태도가 바뀌어 흥미롭다는 기색이 되었다.

"과연, 생각해 볼 문제로군요. 정말 아무 단서가 될 만한 게 없었소?"

그웬다는 잠시 생각에 잠겼다. 그녀는 곧 자기 생각을 말했다.

"어떤 말도 없었던 것 같아요. 다른 남자가 정말 없었을까요?"

"절대 없었을 거라 생각하오."

"확신하시는 것 같군요."

"확신해요."

"그럼 왜 떠난 것일까요?"

"만약 그녀가 그렇게 갑자기 떠났다면……. 내가 생각할 수 있는 이유는 한 가지요. 그녀는 내게서 도망치려 했던 거지."

"소령님에게서요?"

"그래요. 그녀가 두려워했던 일은 필시 내가 다시 한번 그녀를 만나려 하리라는 것, 그래서 그녀를 괴롭힐 거라는 사실이었을 거요. 내가 아직도 그녀에게…… 미쳐 있다는 걸 알아차린 게 틀림없소. 그래, 확실하오."

"그것만으로는 설명이 되지 않아요. 그렇다면 왜 돌아오지 않았을까요? 가르쳐 주세요. 헬렌이 제 아버지에 관해 무슨 말을 한 적이 있나요? 제 아버지가 걱정된다거나, 아니면 아버지를 무서워했다거나? 그 비슷한 말은 없었나요?"

"남편을 무서워했다고? 왜? 아, 알겠소. 그가 질투에 사로잡혔을지 모른다는 거군. 그는 질투심 강한 남자였소?"

"모르겠어요. 제가 어렸을 때 돌아가셨거든요."

"음, 그렇군. 하지만 지금 돌이켜 봐도 그는 정상적이고 유쾌한 인물이었던 것 같소. 헬렌을 정말 좋아해서, 거의 자랑스러워할 정도였어요. 그 이상은 모르겠소. 오히려 내가 그를 질투했다고 해야겠지."

"두 분이 행복해 보이시던가요?"

"그렇게 보였소. 그래서 안심했지. 동시에 괴롭기도 했지만……. 아니, 헬렌은 내게 남편에 대한 이야기를 한 적이 없소. 방금도 말했다시피 우리가 단둘이 있던 시간이 거의 없어서, 비밀스러운 얘기를 할 짬도 없었소. 그렇지만 지금 당신의 말을 들으니 헬렌이 고민하고 있었던 것 같은 느낌은 있었구려."

"고민이라고요?"

"그렇소. 다름이 아니라 내 아내 때문이었던 것 같아요……."

그가 잠시 말을 끊었다.

"하지만 그것뿐만이 아니었소."

그는 재차 그웬다를 날카롭게 바라보았다.

"그녀가 남편을 두려워했다고 했죠? 그는 헬렌과 관계된 다른 남자들을 질투했나요?"

"그렇지 않다고 생각하시잖아요."

"질투란 매우 기묘한 감정이지. 가끔은 그걸 전혀 들키지 않게 감추는 것이 가능해요."

그는 짧게 어깨를 떨었다.

"하지만 일시에 아주 끔찍하게 분출할 수도 있소. 끔찍하게……."

"궁금한 것이 또 있어요……."

그웬다는 말을 멈췄다. 자동차가 도로 위로 나타났기 때문이었다. 어스킨 소령이 말했다.

"아, 아내가 장을 보고 돌아왔구려."

순식간에 그는 다른 사람이 되어 있었다. 어조는 상냥했지만 거리감이 느껴졌고, 얼굴은 무표정해졌으며, 살짝 떨리는 목소리는 그가 신경질적이 되었음을 드러냈다.

어스킨 부인이 집 모퉁이 쪽에서 걸어왔다. 남편은 아내에게로 걸어가며 말했다.

"리드 부인이 어제 정원에 반지를 떨어뜨리셨어."

어스킨 부인이 퉁명스럽게 말했다.

"정말요?"

그웬다가 말했다.

"안녕하세요. 정말 다행이에요. 방금 찾았답니다."

"그거 잘됐군요."

"그러게 말이에요. 잃어버렸으면 큰일 날 뻔했어요. 이제 저는 가봐야겠습니다."

어스킨 부인은 아무 말도 하지 않았다. 어스킨 소령이 말했다.

"자동차까지 배웅해 드리리다."

그는 테라스를 따라 그웬다의 뒤를 쫓으려 했다. 그때 그의 아내가 날카롭게 말했다.

"리처드. 리드 부인에게 폐가 안 된다면 아주 긴히 할 말이 있어요."

그웬다가 얼른 말했다.

"오, 저는 괜찮아요. 공연히 바래다주실 필요 없어요."

그녀는 재빨리 테라스를 따라 뛰어서 집 옆을 돌아 찻길로 향했다. 그러고서 그녀는 발을 멈췄다. 어스킨 부인의 차가 너무 바싹 붙게 주차돼 있어서 자신의 차를 뺄 수 없어 보였던 것이다. 그웬다는 잠시 망설이다가 천천히 테라스 쪽으로 되돌아갔다.

프랑스식 창문에 거의 다다랐을 때 그녀는 우뚝 걸음을 멈췄다. 굵게 울려퍼지는 어스킨 부인의 목소리가 똑똑히 들려왔다.

"당신 말은 도무지 믿을 수가 없어. 미리 짰던 거지? 어제 벌써 약속했던 게 틀림없어. 내가 데이스에 가 있는 동안 저 여자 보고 찾아오라고 했던 거야. 정말이지 예쁜 여자만 보면 사족을 못 쓴다니까. 참을 수가 없어. 다시 말하지. 참을 수가 없다고!"

어스킨의 목소리가 끼어들었다. 조용하고, 거의 절망적인 목소리였다.

"재닛, 당신은 가끔씩 제정신이 아닌 것 같아."

"제정신이 아닌 사람은 내가 아니야. 당신이지! 여자만 보면 가만두질 않으니."

"그게 아니란 거 당신도 알잖소, 재닛."

"아니긴 뭐가 아냐! 옛날에도 그랬잖아. 저 여자가 온 곳, 바로 딜머스에서 말이야. 핼리데이라는 그 노란 머리 여자와 있었던 일도 아니라고 잡아뗄 참이야?"

"당신은 도무지 잊는 법을 모르는군! 왜 꼭 그렇게 지난 일을 들춰내야 해? 그저 자기 상상대로 이야기를 만들어서……."

"그건 당신이지! 내 마음을 이렇게 짓밟아 놓고……. 참을 수가 없어. 똑똑히 들어! 참을 수가 없다고! 몰래 바람을 피우다니! 뒤에서 숨어 날 비웃겠지! 당신은 내 생각은 조금도 하지 않아. 단 한 번도 생각해 준 적 없어. 자살할 거야! 절벽에서 몸을 던질 거라고! 차라리 죽었으면 좋겠어…….”

“재닛, 재닛……. 제발 부탁이오…….”

굵은 목소리가 잦아들었다. 격렬하게 흐느끼는 소리가 여름 공기 위를 떠다녔다.

그웬다는 발끝으로 걸어 주차된 곳으로 다시 걸어갔다. 그녀는 잠시 고민하다가 현관 벨을 울렸다. 하인 하나가 집 안에서 나왔다.

“실례합니다……. 죄송하지만 차를 조금 움직여 주실 수 없을까요. 이대로는 빠져 나가지 못할 것 같아서요.”

즉각 한 남자가 옛날 가축 우리 쪽에서 나타났다. 그는 모자를 가볍게 만지며 그웬다에게 인사하고는 오스틴 차를 몰아 뒤뜰로 향했다. 그웬다는 자신의 차에 올라 급히 자일스가 기다리는 호텔로 달려갔다. 그가 그녀를 맞아 주었다.

“정말 수고가 많았어. 뭐 건진 거 있어?”

“그럼. 이제 다 알겠어. 정말 가엾은 사연이 있었어. 그 사람은 헬렌을 끔찍이 사랑했던 거야.”

그녀는 아침에 일어났던 일들에 관해 얘기했다. 그녀는 다음과 같이 말을 맺었다.

“어스킨 부인은 약간 머리가 돈 게 분명해. 꼭 미친 사람 같더라고. 소령이 말하는 질투가 어떤 것인지 잘 알았어. 그런 느낌을 갖는다는 건 정말 끔찍한 일일 거야. 어쨌거나 이로써 헬렌과 도망친 남자는 어스킨 소령이 아니며, 그는 그녀의 죽음에 대해 아무것도 모른다는 게 확실해진 셈이야. 그와 헤어진 그날 밤 헬렌은 살아 있었어."

"그래. 그가 말한 대로라면 그렇지."

자일스의 말에 그웬다는 발끈한 기색이었다. 자일스가 다시 말했다.

"그가 말한 대로라면 말이야."

메꽃

 마플 양은 프랑스식 창문 밖 테라스에 쪼그리고 앉아 방심한 사이 길게 자라난 메꽃 덩굴을 뽑아내고 있었다. 그러나 그 일은 항상 일시적인 승리만을 가져올 뿐인데, 메꽃 덩굴이 땅 밑에 여전히 굳건히 남아 있었던 것이다. 그러나 적어도 제비고깔이 조금이나마 숨 쉴 틈은 마련해 준 것 같았다.
 코커 부인이 거실 창문에 나타났다.
 "실례합니다, 마플 양. 케네디 선생님께서 오셨어요. 리드 씨 부부가 언제까지 집을 떠나 있을 건지 궁금하다고 하시네요. 저로선 정확히 모르는 일이라 마플 양이 아실지도 모른다고 말씀드렸어요. 이리로 모셔 올까요?"
 "그래요, 그렇게 해 주세요. 코커 부인."
 코커 부인이 곧 케네디와 함께 나타났다. 마플 양은 좀 허둥대며 자기소개를 했다.

"……그런 이유로 그웬다가 집을 비운 동안 제가 여기서 집을 보고 잡초를 뽑아 주겠다고 약속했답니다. 아시겠지만 그 부부는 정원사 포스터에게 속고 있는 게 틀림없어요. 글쎄 일주일에 2번 오기로 되어 있는 사람이 내내 차만 마시며 종일 수다만 떨거든요. 적어도 제가 볼 땐 그리 일을 열심히 하는 것 같지 않더라고요."

케네디가 좀 어이없다는 듯 말했다.

"네, 그렇겠지요. 정원사들이 다 그렇죠. 다들 그런 사람들이에요."

마플 양은 그를 평가하듯 바라보았다. 리드 부부의 이야기에서 추측했던 것보다 나이 들어 보였다. 너무 빨리 늙은 것 같았다. 고민이 있는 것 같았고 불행해 보였다. 그는 거기에 선 채 호전적인 턱선을 손가락으로 쓰다듬고 있었다. 그가 말했다.

"그 부부가 언제쯤 돌아오는지 아십니까?"

"오, 머지않아 올 거예요. 북부에 사는 친구를 찾아보러 갔지요. 젊은 사람들은 차분히 있는 걸 싫어하니 이곳저곳 돌아다니는 모양이네요."

"네, 그렇지요. 옳은 말씀입니다."

케네디는 잠시 사이를 둔 다음 조심스럽게 말했다.

"자일스 리드, 그 젊은이가 제게 편지를 보내 어떤 서류가 필요하다고 했습니다. 서류라기보다는 편지인데……. 만약 발견하거든 알려 달라는 것이었습니다만……."

그가 망설이자 마플 양이 조용히 말했다.

"여동생분의 편지 말이군요?"

그는 날카로운 눈길을 재빠르게 그녀에게로 던졌다.

"부인은 모두 알고 계신 모양이군요. 친척이신가요?"

"그냥 친구랍니다. 나는 두 사람에게 최선을 다해 충고했지요. 하지만 충고란 좀처럼 받아들여지지 않는 것이어서요……. 유감스럽습니다만, 모든 일이 그런 것 아니겠어요?"

"충고라니, 어떤 충고를 하셨지요?"

그는 흥미롭다는 얼굴로 물었다. 마플 양이 똑 부러지게 말했다.

"잠자는 살인 사건은 그대로 내버려 두라는 거지요."

케네디는 앉기 불편한 통나무 의자에 털썩 앉았다.

"아주 좋은 말씀이군요. 저는 그웨니를 좋아합니다. 착한 꼬마애였지요. 커서 훌륭한 여성이 될 거라고 생각했습니다. 그런데 뭔가 성가신 문제에 말려든 게 아닌가 걱정입니다."

"성가신 문제도 종류가 여러 가지인데요."

"네? 아, 네, 그렇습니다, 네."

그는 한숨을 크게 쉬고 나서 말을 이었다.

"자일스 리드가 편지로 부탁했더군요. 집을 나간 여동생이 보냈다는 편지를 좀 보여 줄 수 없겠느냐고요. 그리고 그녀의 진짜 필적 견본도 함께 부탁했습니다."

그는 날카롭게 마플 양을 쏘아보았다.

"무슨 일인지 아시겠지요?"

마플 양은 고개를 끄덕였다.

"짐작이 가요."

"그 부부는 켈빈 핼리데이가 아내를 목졸라 죽였다고 한 말이 사실이었을 거라고 다시 의심하기 시작한 겁니다. 여동생 헬렌이 집을 나간 후 보내 온 편지는 가짜라고, 헬렌은 그때 이미 죽은 상태였다고 믿고 있는 거죠."

마플 양은 차분하게 말했다.

"당신도 이제는 아주 확신하진 못하시군요."

케네디는 여전히 허공을 바라보고 있었다.

"당시에는 더없이 확신했지요. 켈빈의 망상이 틀림없다고 굳게 믿었습니다. 시체는 어디에도 없고, 가방과 옷가지가 사라졌는데 달리 어떻게 생각할 수 있었겠습니까?"

"그런데 여동생분은 그 무렵 어떤……. 흠."

마플 양은 점잖게 기침을 했다.

"어떤 남자분에게 일종의…… 흥미를 가지고 계셨을까요?"

케네디는 그녀를 보았다. 눈에 깊은 고뇌의 빛이 어려 있었다.

"나는 여동생을 사랑했습니다. 하지만 그 점은 인정하지 않을 수 없었습니다. 헬렌 주변엔 항상 곁을 맴도는 남자가 있었지요. 그런 인생을 살 수밖에 없는 여자가 있습니다. 본인 스스로도 어쩔 수 없는 거지요."

"그 무렵 그렇게 확신하셨던 일에 대한 믿음이 지금 다시 흔들리는 건 어째서일까요?"

케네디는 솔직하게 대답했다.

"만일 헬렌이 아직 살아 있다면 이렇게 오랜 세월 동안 한 번도 연락해 오지 않는다는 게 믿어지지 않기 때문입니다. 또한 그 애가 죽었다고 해도 그 소식이 전혀 내 귀에 들어오지 않는 게 이상합니다. 그래서……."

케네디는 자리에서 일어나 주머니에서 편지 묶음을 꺼냈다.

"이것이 내가 할 수 있는 최선의 일입니다. 헬렌에게서 맨 처음 온 편지는 잃어버린 것 같습니다. 어디 두었는지 전혀 모르겠습니다. 하지만 두 번째 편지는 잘 간직해 놓았습니다. 보낸 주소는 우체국 사서함으로 되어 있지요. 그리고 여기 헬렌의 필적 견본이 있습니다. 이것도 겨우 찾아낸 건데, 구근 등의 화초를 주문했던 목록이지요. 내가 볼 땐 주문서와 편지의 필적이 똑같은 것으로 보입니다만, 난 전문가가 아니니까요. 이걸 여기 두고 갈 테니 자일스와 그웬다가 돌아오면 전해 주십시오. 다시 돌려주실 필요는 없습니다."

"뭘요. 그 부부는 내일이나 모레까진 분명 돌아올 거예요."

케네디는 고개를 끄덕였다. 그는 일어나서 여전히 멍하게 테라스를 바라보다가 불쑥 이렇게 말했다.

"제 걱정이 뭔지 아세요? 켈빈 핼리데이가 아내를 정말로 살해했다면, 그는 시체를 감추거나 어떤 식으로든 처리했을 겁니다. 그건 곧, 그가 제게 해 준 이야기는 교묘하게 꾸며 낸 거짓이었다는 뜻이 됩니다. 그렇게밖에 생각할 수 없어요. 헬렌이 집을 나갔다고 믿게 만들기 위해 옷가지를 넣은 가방을 미리 빼돌리고 외국에서 편지가 오도록 손을 써 두었던 거지요……. 그 말은 곧 그 사건은 냉혈적이고 계획적인 살인이었다는 뜻이 됩니다. 그웨니는 정말 좋은 아이예요. 그런데 자기 아버지가 의도적 살인범으로 판명나는 일은 아버지가 편집증 환자였다는 것보다 10배는 더 끔찍한 일이죠."

그는 몸을 돌려 열려 있는 프랑스식 창문 쪽으로 가려고 했다. 마플 양의 재빠른 질문이 그의 걸음을 멈추게 했다.

"케네디 선생님, 여동생 분은 누구를 무서워했나요?"

그는 돌아서서 그녀를 지긋이 바라보았다.

"무서워해요? 제가 아는 한 그 애는 아무도 두려워하지 않았습니다."

"그냥 궁금해서요. 실례되는 질문이었다면 용서해 주셨으면 합니다. 하지만 젊은 남자가 있었다지요? 제 말뜻은, 그녀가 아주 젊었을 때 좀 구설수가 있었다고 들어서요. 애플릭이라는 남자였다고 기억합니다만."

"아, 그거로군요. 여자아이들이라면 누구나 경험하는 바보 같은 일이었지요. 바람직하지 못한 젊은이였습니다. 경박하고, 신분도 낮았지요. 확실히 질 낮은 사람이었습니다. 이 근방에서도 말썽꾼으로 통했지요."

"전 그냥 그 남자가…… 복수심이 강한 남자는 아니었을까 의문이 들었답니다."

케네디 박사는 좀 회의적인 미소를 떠올렸다.

"아니, 뭐 그렇게 깊은 사이도 아니었습니다. 방금 말했듯이 그 남자는 말썽을 일삼다 이곳을 떠나 다시는 돌아오지 않았습니다."

"어떤 말썽이었는데요?"

"음, 범죄라고 할 것까지는 없는 일이었습니다. 그냥 경망스러웠던 거지요. 변호사 사무소 고객의 비밀을 여기저기 떠벌리고 다녔답니다."

"그 사무소의 소장이 월터 페인 씨지요?"

케네디 박사는 좀 놀란 눈치였다.

"예, 맞습니다. 부인 말씀을 들으니 이제 생각나는군요. 그 남자는 페인 앤드 워치맨 사무소에서 일했습니다. 변호사는 아니고, 그저 평범한 사무원이었지요."

그저 평범한 사무원? 케네디 박사가 가 버린 뒤 마플 양은 다시 메꽃 덩굴 위로 몸을 구부리며 생각에 잠겼다…….

킴블 씨가 말하다

"정말 모를 일이야."

킴블 부인이 말했다. 그 말 때문에 발끈한 건 아니었겠지만, 그녀의 남편은 잔뜩 짜증이 나 있었다. 그는 자기 찻잔을 앞으로 내밀며 따졌다.

"무슨 생각을 하는 거요, 릴리? 설탕이 없잖소?"

킴블의 아내는 남편의 짜증을 급히 달래고 다시금 아까의 주제를 말하기 시작했다.

"이 신문 광고를 보고 생각했어. 릴리 애벗을 찾는다잖아. 똑똑히 써 있어. 게다가 '전에 딜머스의 세인트캐서린에서 가정부로 일하시던 분'이라지 뭐야. 이건 분명 나를 가리키는 거야."

"허."

킴블 씨가 동의했다.

"이렇게 오랜 세월이 지났는데……. 좀 이상하지 않아, 짐?"

"허."

"내 참, 대체 어떻게 하면 좋냐고, 짐?"

"그냥 무시해."

"만일 돈을 준다는 얘기면 어쩌지?"

킴블 씨는 정신적 노력이 많이 필요한 긴 연설을 시작할 힘을 얻기 위해 차를 꿀꺽거리며 마셨다. 그는 찻잔을 앞으로 밀며 이야기의 서두로서 간결하게 말했다.

"한 잔 더."

그러고서 그는 이야기를 시작했다.

"당신은 한때 세인트캐서린에서 있었던 일을 신나게 얘기했지. 그 대부분이 쓸데없는 것이라고 생각했기에 나는 그다지 귀담아 듣지 않았어. 여자들의 수다일 뿐이라고 생각한 거야. 그런데 내 생각이 틀렸던 모양이야. 무슨 일이 일어난 게 분명해. 그렇다면 그건 경찰이 할 일이지 당신이 끼어들 필요는 없어. 여보, 다 잊고 내버려둬."

"당신 말에 틀린 점은 하나도 없어. 그런데 그 집 유언장 속에 내게 돌아갈 돈이 있었다면 어떡해? 어쩌면 핼리데이 부인이 이제까지 살아 있다가 이번에 죽었기 때문에 내 몫의 유산을 줄 셈인지도 몰라."

"유산으로 당신에게 뭘 준다고? 왜? 허!"

킴블 씨는 경멸을 나타낼 때 곧잘 쓰는 단음절어를 말끝에 덧붙였다.

"알잖아, 짐. 만약 저 광고를 낸 게 경찰이라 할지라도 말이지, 살인범을 잡는 데 유용한 정보를 제공하는 사람에게는 엄청난 보상금을 준대."

"당신이 뭘 줄 수 있는데? 당신이 알고 있는 건 모두 당신의 머릿속에서 만들어 낸 일뿐이잖소!"

"그거야 당신 생각이지. 하지만 난 항상 생각해 왔어……."

"허!"

킴블 씨는 기가 차다는 듯 말했다.

"분명히 난 항상 생각해 왔다고. 신문에서 먼젓번의 광고를 본 뒤로 쭉 말이야. 조금 헛짚은 부분이 있을지도 모르지만. 레이어니는 모든 외국인이 그렇듯 좀 모자라서 남의 말을 잘 이해 못해. 그 애의 영어는 정말 형편없었거든. 만일 당시에 그 애가 자기 생각을 말로 제대로 표현하지 못했던 거라면……. 그 남자 이름을 생각해 내려고 무진 애를 썼건만……. 만약 레이어니가 본 사람이 그 남자였을까?

내가 말했던 영화 기억해?「비밀의 연인」이라는 영화 말이야. 정말 재미있었지. 막판에 악당들이 주인공이 탄 차의 행방을 추적하지. 그런데 주인공은 그날 밤 휘발유 넣은 일을 모르는 것으로 해달라며 차 정비공에게 5만 달러를 줘. 파운드로 계산하면 얼마나 되는지는 모르겠지만. 또 한 여자도 있었어. 질투 때문에 반쯤 미쳐 있는 남편을 가진 여자. 주위의 남자들은 전부 홀리는 여자였어. 그러다가 끝에 가선……."

킴블 씨는 의자를 삐걱거리며 뒤로 밀었다. 그는 천천히 무게 있게, 권위를 내뿜으며 일어섰다. 부엌을 떠나기에 앞서 그는 최후통첩을 했다. 평소엔 의사 표현이 애매하기 짝이 없는 그였지만, 그때만은 더없이 명확한 내용이었다.

"모든 걸 다 내버려 둬, 여보. 그러지 않으면 분명 후회하게 될 거야."

그는 개수대 옆으로 가서 장화를 신고 (릴리는 부엌 바닥의 청결에 매우 민감했다) 밖으로 나갔다.

릴리는 테이블 앞에 앉아 있었다. 그녀의 꼼꼼하지만 어리석은 작은 두뇌가 열심히 회전하고 있었다. 물론 남편의 말을 대놓고 반대할 수는 없었다. 그러나 그녀는 짐은 도량이 좁고 꽉 막힌 사람이 틀림없다고 생각했다. 그녀는 누군가의 조언이 필요했다. 정보 제공에 대한 보상금이나 이런 일 전반에 밝은 사람을 원했다. 좋은 돈벌이가 될 기회를 그냥 포기하는 것은 아무래도 억울했다.

라디오, 가정용 퍼머 세트, 러셀네 가게(갖고 싶은 게 너무 많았다)에 있는 분홍빛 코트……. 응접실을 제임스 왕조풍으로 꼭 치장하고 싶은데…….

시야가 한껏 좁아진 그녀는 열렬히, 탐욕스럽게 몽상을 계속했다. 오래전에 레이어니가 한 말이 정확히 뭐였더라? 그러다 어떤 생각이 떠올랐다. 그녀는 자리에서 일어나 잉크병과 펜과 편지지를 가져왔다.

'뭘 해야 하는지 나는 알지.'

그녀는 혼잣말로 중얼거렸다.

'그 의사, 핼리데이 부인의 오빠에게 편지를 쓰는 거야. 그 사람이라면 뭘 해야 할 것인지 가르쳐 주겠지. 물론 아직 그가 살아 있을 때의 얘기지만. 어쨌거나 당시 나는 그에게 절대 레이어니의 일이나 그 자동차에 관한 일은 결코 얘기하지 않았는걸.'

한참 동안 열심히 펜을 달리는 소리만이 이어졌다. 그녀가 편지를 쓰는 일은 아무래도 드문 것이었기 때문에 문장을 쓰는 데 꽤 많은 노력이 필요했다. 마침내 일을 다 끝내자 그녀는 편지를 봉투에 넣어 봉했다.

하지만 예상했던 것만큼의 만족을 느끼진 못했다. 십중팔구 선생은 이미 죽었거나 딜머스를 떠났을 것이다.

그 밖에 또 누가 있었더라?

그 사람의 이름이 뭐였지?

그녀가 '그것'을 떠올릴 수만 있다면…….

헬렌이라는 소녀

자일스와 그웬다가 노섬벌랜드에서 돌아온 다음 날이었다. 그들이 아침 식사를 끝냈을 시간에 마플 양이 찾아왔다. 그녀는 약간 사과하는 듯한 표정으로 말했다.

"너무 일찍 와서 미안해요. 보통은 이런 짓 하지 않는데. 하지만 꼭 말할 게 있어서요."

자일스는 그녀에게 의자를 권했다.

"만나 뵈어 오히려 기쁩니다. 커피 드시겠어요?"

"아니, 아니, 괜찮아요. 전혀 필요 없어요. 아침 식사는 이미 충분히 하고 왔어요. 그러니 이야기를 하게 해 줘요. 난 두 사람이 친절히 허락해 준 대로, 사람 없는 집에서 잡초라도 뽑을까 하고 여길 지키고 있었죠."

"어머, 고마우셔라."

그웬다가 말했다.

"그래서 일주일에 이틀만으로는 이 정원을 손질하기에 아주 모자란다는 것을 절실하게 깨달았어요. 틀림없이 포스터는 당신들을 속이고 있다고 생각해요. 차만 내내 마시고 수다도 실컷 떨잖아요? 그래서 그런 사람에게 하루를 더 일하게 하느니 다른 남자를 일주일에 꼭 한 번씩만 추가로 쓰기로 정했어요. 수요일, 바로 오늘이에요."

자일스는 호기심이 생겨 그녀를 보았다. 그는 좀 놀라고 있었다. 비록 선의에서 나온 것이겠지만, 마플 양의 행동은 약간 지나친 참견으로 느껴졌다. 그리고 그런 참견은 평소의 마플 양과 어울리지 않는 것이었다. 그는 천천히 말했다.

"포스터 씨가 고된 일을 하기에 너무 나이가 많다는 건 저도 압니다."

"저런, 리드 씨. 매닝이라고 하는 그 남자는 더 나이가 많아요. 75살이랍니다. 그렇지만 그를 단 며칠만 써 보는 건 아주 유익한 일이 될 거예요. 그가 바로 여러 해 전 케네디 선생댁에서 일한 적이 있는 사람이니까요. 그건 그렇고, 헬렌과 관계가 있었던 젊은 남자의 이름은 애플릭이라고 하더군요."

자일스가 말했다.

"마플 양, 저는 무엄하게도 방금 전까지 아주머니를 오해하고 있었습니다. 당신은 천재예요! 제가 케네디 선생님으로부터 헬렌의 필적 견본을 받은 일은 알고 계시겠지요?"

"알아요. 그가 그걸 가져왔을 때 내가 여기에 있었답니다."

"지난주에 실력 있는 필적 전문가의 주소를 알았습니다. 오늘 그걸 편지로 부칠 생각이죠."

그웬다가 말했다.

"정원에 나가 매닝을 만나 보지요."

매닝은 허리가 굽고 까다롭게 생긴 노인으로, 눈곱이 잔뜩 낀 눈이 약간 교활해 보이는 사람이었다. 고용주들이 가까이 다가갈수록 그가 오솔길을 편편하게 고르는 속도는 눈에 띄게 빨라졌다.

"안녕하십니까, 나리. 안녕하십니까, 마님. 여기 계시는 숙녀분께서 수요일마다 추가로 일손이 필요하다고 하셔서 기꺼이 맡았습니다. 이곳은 정말 딱할 정도로 방치돼 있었군요."

"여러 해 동안 그냥 두어서 그런 것 같아요."

"그렇지요. 저는 핀디슨 부인께서 계시던 무렵의 이 정원을 똑똑히 기억합니다. 당시엔 정말 그림 같았지요. 핀디슨 부인께선 정말 정원을 사랑하는 분이셨습니다."

자일스는 여유 있는 태도로 롤러에 기댔다. 그웬다는 장미 나무 끝을 조금씩 가위로 잘랐다. 마플 양은 조금 물러나 메꽃 덩굴 옆에 몸을 굽혔다. 한편 매닝 노인은 갈퀴를 지팡이 삼아 짚고 있었다. 예전 좋았던 시절의 정원 가꾸기에 대해 편안한 대화를 나눌 수 있는 모든 분위기가 조성된 것이었다.

자일스가 말했다.

"이 부근의 정원에 대해선 거의 다 아시겠군요."

"그렇지요. 이 고장에 있는 것들은 꽤 잘 압니다. 사람들이 아주

기발한 것을 좋아했지요. 율 부인은 나이아가라에서 자라셨는데, 주목 울타리를 다람쥐 모양으로 다듬게 하셨습니다. 난 아주 웃기다고 생각했지요. 공작이라면 모를까 다람쥐라니. 그리고 램파드 대령은 베고니아 재배에 아주 능하셨지요. 베고니아 꽃밭이 정말 예뻤습니다. 꽃밭은 요즘 유행엔 조금 뒤떨어진 일이지만요.

하지만 최근 6년 동안 멀쩡한 꽃밭을 몇 개나 묻어 버리고 그 위에 잔디를 심었는지……. 차마 제 입으로 말하고 싶지 않군요. 이제는 다들 정원을 제라늄이며 멋있는 로벨리아로 치장하는 일 따위는 하지 않게 된 것 같습니다."

"케네디 선생 댁에서 일하신 적도 있지요?"

"아, 아주 오래전 일입니다. 1920년대였을 거예요. 그분도 지금은 이사를 가서 안 계시지만. 지금은 젊은 의사 브렌트 씨가 삽니다. 그 사람은 비타펀이니 뭐니 하는 이상한 알약을 광고하고 있지요."

"혹시 헬렌 케네디 양을 기억하십니까? 케네디 박사님의 여동생 말이에요."

"그럼요, 헬렌 아가씨라면 당연히 알죠. 아주 예쁜 처녀였어요. 길고 노란 머리카락이 인상적이었죠. 박사님은 여동생을 아주 아꼈습니다. 헬렌 아가씨는 인도에서 돌아온 육군 소령과 결혼한 뒤 이 집에 살았습니다."

그웬다가 말했다.

"맞아요. 우리도 알아요."

"아, 그렇군요. 토요일 밤에 들은 기억이 납니다. 리드 씨 부부는 헬렌 아가씨와 일종의 친척 관계라고 말이죠. 학교에서 막 졸업해 집에 온 아가씨를 처음 보았을 때 정말 그림처럼 예쁘다고 감탄했던 게 떠오르네요. 아주 명랑한 소녀였지요. 어디에나 가고 싶어 하셨습니다. 춤, 테니스, 무엇이든 다 하고 싶어 하셨지요. 그래서 나는 테니스 코트를 정비해야 했습니다. 20년 가까이 쓰지 않았던 걸 말입니다. 관목이 잔뜩 자라 있어 엄청난 작업이었지요. 그걸 몽땅 베어내고 백묵 가루를 가져다 선을 긋는 등 아주 큰일이었어요.

그러나 정작 테니스를 친 적은 몇 번 없습니다. 참 웃긴 일이 벌어졌더군요."

자일스가 물었다.

"웃긴 일이라니, 뭐였습니까?"

"테니스 코트에서 어떤 사건이 있었습니다. 어느 날 밤 누가 와서 네트를 갈가리 찢어 버린 겁니다. 완전히 넝마가 되었지요. 원한. 맞아요, 소위 말하는 원한을 품은 자의 소행이었습니다. 원한에 의한 아주 질 나쁜 장난이었지요."

"하지만 대체 누가 그런 짓을 했나요?"

"선생님도 그걸 궁금해했지요. 그분은 매우 화를 내셨는데, 그도 그럴 것이 네트를 산 지 얼마 안 되어 바로 그런 일이 일어났으니까요. 하지만 누구의 짓인지 알 도리가 없었습니다. 선생님은 새 네트를 사지 않겠다고 했는데, 그건 옳은 결정이었습니다. 왜냐하면 그게 원한에 의한 범죄라면 다시 일어나지 않는다는 보장이 없으니까요.

그러나 헬렌 아가씨는 그다지 화를 내지 않았습니다. 그저 운이

나빴다고 넘긴 걸까요. 하지만 네트 다음엔 아가씨가 다리를 다치는 일이 일어났지요."

그웬다가 물었다.

"다리를 다쳐요?"

"네, 신발 매트였나, 뭐 그런 것에 넘어져 다친 겁니다. 그냥 살짝 까진 찰과상 정도로 보였지만 좀체 낫질 않았습니다. 선생님이 무척 걱정하며 붕대를 감고 약을 발라 주기도 했지만 차도가 없었습니다. 선생님이 이렇게 말씀하셨던 게 생각납니다.

'이해할 수가 없군. 아마도 무슨 병균(병균 비슷한 말이었던 것으로 기억합니다)이 그 매트에 묻어 있었나 봐요. 그런데 어째서 매트가 현관 앞뜰 한복판에 나와 있었을까?'

헬렌 아가씨는 어두운 밤에 걸어서 귀가하다가 현관 앞뜰에 있는 매트에 걸려 넘어졌습니다. 그래서 가엾게도 댄스 파티에도 못 간 채 다리를 싸매고 쉬어야 했지요. 아가씨에게 불운이 연속되는 것처럼 보였습니다."

때가 왔다고 생각한 자일스는 태연한 척 물었다.

"애플릭이라고 하던 남자를 기억하십니까?"

"아, 재키 애플릭 말씀이죠? 페인 앤드 워치맨 사무소에서 일하던?"

"예. 그 남자는 헬렌 양의 친구였나요?"

"어림없는 수작이죠. 선생님이 한사코 뜯어말린 것도 당연합니다. 재키 애플릭은 정말 질이 낮은 자였습니다. 약삭빠른 척하다 결국엔 제 무덤을 파는 그런 인간이었지요. 그 남자는 여기 오래 있지 않았습니다. 점차 인심을 잃은 거지요. 그가 쫓겨간 건 참 잘된 일이었습니다. 그런 사람은 딜머스에 있지 않는게 좋습니다. 어디든 다른 고장에 가서 잘해 나가는 게 더 좋지요."

그웬다가 물었다.

"그 테니스 네트가 찢어졌을 때 그가 근처에 있었나요?"

"아. 무슨 뜻인지는 알겠습니다. 하지만 재키 애플릭은 그런 바보짓을 할 만큼 멍청한 자가 아닙니다. 영리했지요. 그런 짓을 한 사람은 원한을 품은 다른 사람인 것이 틀림없어요."

"헬렌에게 원한을 가진 사람이 있었나요? 앙심을 품을 만한 사람이?"

매닝 노인은 킬킬거리며 웃었다.

"젊은 부인들 가운데에는 원한을 품을 사람이 있었을지도 모릅니다. 미모에 있어서 헬렌 아가씨를 따를 사람은 없었으니까요. 비교 대상조차 없었습니다. 저는 그건 그냥 단순한 장난이었다고 생각하고 싶습니다. 그저 지나가는 건달이 충동적으로 저지른 짓이라고 말이죠."

"헬렌이 재키 애플릭에게 푹 빠진 것은 아니었을까요?"

"헬렌 아가씨가 남자에게 빠져서 정신을 못 차리는 일은 생각할 수 없습니다. 그저 자기가 즐기고 싶은 것뿐이었습니다. 물론 아주 열중했던 남자도 있었지만요. 젊을 적의 월터 페인 씨도 그 가운데 한 사람이었지요. 아가씨 뒤를 개처럼 졸졸 쫓아다녔습니다."

"하지만 그녀는 전혀 마음이 없었고요?"

"그렇죠. 그저 웃어넘겼을 따름입니다. 그러자 페인 씨는 외국으로 가 버렸습니다. 나중에 다시 돌아와 지금은 그 사무소의 소장을 맡고 있지만요. 그는 여태 결혼을 하지 않았습니다. 그럴 만도 했지요. 여자란 자고로 남자의 인생에 여러 말썽을 일으킨다니까요."

"매닝 씨는 결혼하셨나요?"

"아내를 둘이나 먼저 보냈습니다. 아, 불평은 하지 않아요. 이제는 원하는 곳에서 마음 놓고 파이프를 피울 수 있으니까요."

매닝 노인이 말했다. 그는 조용해져서 다시 갈퀴를 집어 들었다. 자일스와 그웬다는 집 쪽으로 난 오솔길을 걸어 돌아갔고, 마플 양은 메꽃 덩굴 뽑기를 중단하고 두 사람 일행에 합류했다.

그웬다가 말했다.

"마플 양, 안색이 안 좋으신데 무슨 일이라도 있으세요?"

"아무것도 아니에요."

노부인은 잠시 사이를 두고 나서 강조하듯 말했다.

"그 테니스 네트 이야기가 마음에 걸려요. 그래도 그렇지, 갈기갈기 찢어 버리다니……."

그녀가 말을 멈추자 자일스가 궁금하다는 듯이 그녀를 보았다.

"저로선 대단한 일이라고 생각지 않습니다만……."

"그래요? 나는 무서울 만큼 확실히 알겠는걸. 하지만 당신은 모르는 편이 좋을지도 모르겠네요. 어쩌면 내가 잘못 생각한 건지도 모르고. 자, 노섬벌랜드에서 벌어진 일에 대해 이야기해 주세요."

그들은 자기들이 활약한 이야기를 들려주었고, 마플 양은 열심히 들었다.

그웬다가 말했다.

"정말 슬픈 이야기였어요. 실로 비극이었지요."

"과연 그렇군요. 가엾어라, 너무 가엾네요."

"저도 동감입니다. 남자로서 괴로움이 얼마나 컸을까요."

"남자? 아, 맞아요, 물론이죠."

"다른 생각을 하고 계셨나요?"

"음, 그래요. 나는 '여자'의 일을 생각하고 있어요. 그 부인 말이에요. 그 부인은 필시 남편을 정말로 가슴 깊이 사랑하는 사람일 거예요. 또 소령은 그녀가 자신에게 어울리는 사람이라서 결혼했겠지요. 아니면 그녀에게 동정심을 느꼈을지도 몰라요. 실제로는 매우 부당한 일이지만, 남자들이 곧잘 품는 신사도 정신이나, 또 다른 '훌륭한' 이유들 때문일 수도 있고요."

그때 자일스가 부드러운 목소리로 시구를 인용했다.

나는 사랑의 백 가지 모습을 안다.
그리고 그 각각은 사랑받는 자를 슬프게 만든다.

마플 양은 그에게로 몸을 돌렸다.

"그래요, 그 말이 맞아요. 질투란 대개 원인이 있어서 일어나는 게 아니지요. 그건 좀 더……. 뭐라고 할까, 더 근본적인 것이에요. 자신의 사랑이 보답받지 못한다는 인식이 밑바탕에 있지요.

그래서 사람들은 사랑하는 사람이 다른 누군가에게 마음을 빼앗기게 되면 다시 돌아와 주기를 기다리며 계속 지켜보고 기대해요. 그것은 거듭거듭 똑같이 되풀이하여 일어나지요. 어스킨 부인은 남편 때문에 지옥 같은 삶을 살고, 남편 또한 어쩔 도리 없이 아내 때문에 지옥 같은 삶을 살지요. 하지만 난 그녀야말로 가장 괴로운 사람이라고 생각해요. 또한, 그는, 정말로는 아내를 깊이 사랑하는 게 아닐까요?"

"그럴 리가요!"

그웬다가 크게 외쳤다.

"오, 그웬다. 당신은 아직 어려요. 그는 결국 아내를 버리지 않았잖아요? 그건 의미가 커요."

"아이들 때문이죠. 의무감에서 그랬던 거예요."

"어쩌면 아이들 때문일 수도 있겠지요. 하지만 남자들은 자녀와는 달리 아내에 대해선 그다지 큰 의무감을 느끼지 않는 것 같던데요. 공적인 관계에 있어서는 또 다른 거지만."

자일스가 웃었다.

"마플 양, 정말 심술궂은 말씀을 하시는군요."

"어머나, 리드 씨. 난 인간 본성에 대해 큰 기대를 하지 않는 것뿐이에요. 사람들은 인간 본성에 기대를 품고 있지만 말이죠."

그웬다가 생각에 잠겨 말했다.

"저는 아무래도 월터 페인은 아닌 것 같아요. 그리고 어스킨 소령도 아니라고 확신해요. 그렇다는 걸 느낄 수 있어요."

마플 양이 말했다.

"언제나 감정이란 못 믿을 안내인이에요. 가장 그러지 않았을 것 같은 사람이 실제로는 사고를 쳐요. 내가 사는 작은 마을에서도 큰 소동이 있었답니다. 크리스마스 클럽의 회계원이 공금을 송두리째 경마에 걸었던 거예요. 그는 항상 경마뿐 아니라 모든 도박과 내기를 비난해 오던 사람이었죠. 그의 아버지는 마권 중개인이었는데, 아내에게 굉장히 모질게 굴었거든요. 반발심 때문이었는지 그는 정말 품행이 성실했어요. 그런데 그가 자동차를 타고 뉴마켓 가까이를 지나던 어느 날, 우연히 말들이 연습 중인 광경을 본 거랍니다. 그로부터 모든 게 바뀌어 버렸지요. 피는 못 속이는 법이니까요."

"월터 페인과 리처드 어스킨 두 사람의 혈통은 모두 범죄와는 거리가 멀어 보입니다."

자일스는 엄숙하게 말하고 있었지만 그의 입가엔 약간의 짓궂은 미소가 떠올라 있었다.

"하지만 살인이란 범죄의 초심자가 얼떨결에 저지르는 것인 경우가 많지요."

마플 양이 말했다.

"중요한 건 두 사람 다 그곳, 그 현장에 있었다는 사실이에요. 월터 페인은 이곳 딜머스에 있었죠. 어스킨 소령은 그 자신이 한 설명에 따르면 헬렌 핼리데이가 죽기 바로 전 그녀와 함께 있었고요. 게다가 그는 그날 밤 곧장 호텔로 돌아가지 않고 시간을 보냈어요."

그웬다가 끼어들었다.

"하지만 그는 솔직히 그 사실을 털어놓았어요."

"나는 그저 강조하고 싶었을 뿐이에요. 현장에 있었다는 사실의 중요성을."

마플 양은 눈을 크게 뜨고 그녀를 보았다. 이어 그녀가 말했다.

"J. J. 애플릭의 주소를 찾아내는 데는 어려움이 없을 거예요. 대퍼딜 관광의 사장이라니 찾아보면 쉽게 나오겠죠."

자일스가 고개를 끄덕였다.

"제가 알아보지요. 아마 전화번호부에 있을 겁니다."

그는 잠깐 말을 쉬었다가 물었다.

"직접 가서 만나 보는 게 좋을까요?"

마플 양은 일이 분 침묵하고서 입을 열었다.

"만약 그럴 작정이라면 아주 조심하는 게 좋아요. 아까 정원사 노인이 한 말을 기억하세요. 재키 애플릭은 영리하다고 했어요. 제발, 제발 조심하기를……."

J. J. 애플릭

I

대퍼딜 관광과 데번 앤드 도싯 여행사의 사장 J. J. 애플릭의 전화번호는 전화번호부에 두 가지가 실려 있었다. 엑세터에 있는 사무실 전화번호와 시 외곽의 자택 전화번호였다. 방문 약속은 다음 날 아침으로 정해졌다.

자일스와 그웬다가 자동차로 막 떠나려는 순간, 코커 부인이 뛰어나와 손짓을 했다. 자일스는 브레이크를 걸어 자동차를 세웠다.

"주인님, 케네디 선생님에게서 전화가 왔습니다."

자일스는 차에서 내려 뛰어들어갔다. 그는 수화기를 집어들었다.

"자일스 리드입니다."

"안녕하신가. 방금 좀 이상한 편지를 받았네. 릴리 킴블이라는 여자에게서 온 편지였지. 누구였는지 기억해 내려고 필사적으로 머리를 굴려 보았어. 처음엔 예전에 보던 환자였나 했지만, 아무래도 옛날 사건 당시에 세인트캐서린에서 일했던 하녀 같네. 성은 생각나지 않지만, 그 하녀의 이름이 릴리였다고 거의 확신한다네."
"릴리라는 소녀가 있었습니다. 그웬다가 기억하더군요. 고양이에게 리본을 달아 주었다고 합니다."
"그웨니의 기억력은 정말 대단하군."
"정말 그렇습니다."
"그런데 이 편지에 대해 좀 이야기하고 싶은데……. 전화로 하긴 싫은 얘기니 내가 언제 가면 좋겠나?"
"저흰 지금 막 엑세터로 떠나려던 참이었습니다. 괜찮으시다면 저희 쪽에서 선생님 댁에 들르면 어떨까요? 가는 길이니까요."
"좋아. 그렇게 해 준다면 아주 고맙겠네."

두 사람이 도착하자 그가 설명했다.
"나는 전화상에서 이 일을 길게 말하고 싶지 않았네. 난 항상 전화 교환수가 통화 내용을 엿듣는 것 같다고 생각해 왔거든. 이것이 여자의 편지일세."
그는 테이블 위에 편지를 펼쳐 놓았다. 편지는 줄 쳐진 싸구려 편지지에 교양 없는 필적으로 씌어 있었다.

안녕하세요, 선생님.

여기 동봉한 신문 조각에 대해 선생님께서 도움말을 주셨으면 해요. 여러 가지로 고민했고, 남편과도 의논했지만 어떻게 하는 게 가장 좋을지 모르겠네요. 선생님은 이게 돈이나 보상금을 준다는 얘기처럼 보이시나요? 왜냐하면 전 돈을 갖고 싶지만 경찰이니 그런 데 얽히기는 싫거든요.

저는 핼리데이 부인이 집을 나간 그날 밤의 일에 대해 오랫동안 생각해 왔어요. 저는 부인은 절대 집을 나간 게 아니라고 믿어요. 가방과 함께 없어진 옷들 종류가 영 아니었거든요.

저는 처음엔 주인어른이 한 일이라 생각했지만 지금은 그렇게 생각지 않아요. 왜냐하면 창문으로 어떤 자동차를 보았거든요. 아주 멋진 자동차였는데, 전에도 본 적이 있는 차였더랬죠. 하지만 선생님이 제게 할 일을 가르쳐 주시기 전까진 경찰에 알리는 건 물론, 아무것도 하지 않으려 해요. 저는 경찰이 싫고, 남편도 그런 걸 싫어합니다.

다음 목요일에 시간이 괜찮으시면, 선생님을 찾아뵐게요. 장날이어서 남편이 없는 날이거든요. 허락해 주시면 정말 감사하겠습니다.

릴리 킴블 드림

케네디가 말했다.

"딜머스의 옛날 내 주소로 배달돼 왔네. 거기서 다시 이리로 보낸 거지. 오려진 종이는 자네들이 낸 신문 광고야."

"훌륭해! 정말 잘됐어요. 이 릴리란 사람……. 제 아버지는 범인이 아니라고 믿는 거군요!"

그웬다는 기뻐서 말했다. 케네디는 특유의 다정하고 지친 듯한 눈길로 그녀를 보았다. 그는 부드럽게 입을 열었다.

"그렇구나, 나도 그웨니 네 생각이 맞으면 좋겠다. 이렇게 하는 편이 좋을 것 같다. 나는 우선 릴리 킴블에게 답장을 써서 목요일에 이리로 오라고 하려 해. 기차로 온다면 그녀는 딜머스역에서 갈아타서 4시 30분 조금 지나 여기에 도착할 거다. 자네들이 그날 오후 여기 찾아오면 다 함께 만나 볼 수 있겠지."

자일스가 말했다.

"좋습니다."

그는 시계를 흘끗 본 뒤 말했다.

"자, 그웬다, 서둘러야지."

그가 케네디 박사를 돌아보며 설명했다.

"대퍼딜 버스의 애플릭 씨와 만나기로 약속을 해서요. 아주 바쁜 사람인 것 같더군요."

케네디 박사는 눈살을 찌푸렸다.

"애플릭? 당연하지! 대퍼딜 관광버스로 데번 여행객을 실어 날라야 하니까! 버터처럼 노란, 괴물 같이 큰 버스들이지. 소름이 다 끼쳐. 그런데 그 이름이 묘하게 친숙하게 들리는데."

그웬다가 말했다.

"헬렌과 관련 있어요."

"세상에, 설마?"

"그 사람입니다."

"하지만 그때 그 친구는 보잘것없는 소인배였는데, 그가 후에 그렇게 출세했단 말인가?"

"한 가지만 가르쳐 주십시오. 선생님께서는 그 남자와 헬렌의 교제를 막으셨다지요? 그건 그저…… 두 사람의 신분이 달랐기 때문이었습니까?"

케네디는 무뚝뚝한 눈길로 그를 바라보았다.

"나는 옛날 사람일세. 현대의 교리에 의하면 사람은 모두 평등하다고 하지. 의심할 여지 없이 그게 옳다고 받아들여져. 하지만 나는 사람은 태어난 환경에 의해 지배받는다고 믿는 사람이라네. 또 인간은 본래의 환경 속에서 가장 행복할 수 있다고도 믿지. 나는 그가 몹쓸 인간이라고 보았어. 나중에 밝혀진 것처럼."

"구체적으로 그가 무슨 짓을 했습니까?"

"잘 기억은 나지 않지만, 아마 그는 페인에게 고용되어 일하는 동안 얻은 정보로 돈을 벌려고 했을 거야. 고객에 관한 어떤 비밀스러운 사안이었던 모양이네."

"그는 해고된 것으로 앙심을 품었습니까?"

케네디 박사는 날카로운 눈길로 그를 보며 간단하게 대답했다.

"그렇네."

"그가 헬렌과 사귀는 것을 싫어하신 까닭은 그뿐인가요? 그의 음…… 어떤 점이 이상하다고 생각하신 일은 없습니까?"

"자네가 그 문제를 꺼냈으니 솔직히 대답하겠네. 나는 그가 특히 해고된 뒤 불안정한 기질의 징후를 몇 가지 보인 것이 마음에 걸렸어. 더 확실히 말하면 피해망상증의 초기 증상이었지. 하지만 그 후 그만큼이나 출세한 걸 보니 계속된 증상은 아니었던 모양이로군."

"누가 그를 해고했습니까? 월터 페인입니까?"

"월터 페인이 직접 했는지 어떤지는 모르겠네. 아무튼 그 사무소에서 해고된 것만은 확실해."

"그래서 그는 자기가 누명을 썼다고 불평을 했고요?"

케네디는 고개를 끄덕였다.

"알겠습니다……. 자, 이제 차를 바람처럼 몰아야겠군. 그럼, 박사님, 목요일에 뵙겠습니다."

II

새로 지은 집이었다. 온통 흰 벽돌인 그 저택은 널찍한 창문이 커다랗게 곡선을 그리고 있었다. 두 사람은 호화로운 홀을 지나 서재로 안내되었다. 크롬으로 도금한 커다란 책상이 서재 절반을 차지하고 있었다. 그웬다는 초조해져서 자일스에게 소곤거렸다.

"정말, 마플 양이 안 계셨더라면 어쩔 뻔했어. 무슨 일이 있을 때마다 늘 의지하니 말이야. 처음에는 노섬벌랜드에 사는 아주머니의 친구, 그리고 이번에는 아주머니네 마을 목사 사모님이 계획한 소년단 연례 소풍에 관한 일이니까."

문이 열리자 자일스는 손을 들어 보였다. J. J. 애플릭이 당당하게 방에 들어왔다.

그는 몸집이 다부진 중년 남자로 화려한 체크무늬 양복을 입고 있었다. 눈이 검고 약삭빨라 보였으며, 혈색은 붉고 인상이 좋았다. 성공한 마권 판매상이 이러지 않았을까 싶은 전형적인 모습이었다.

"리드 씨 되시죠? 좋은 아침입니다. 만나서 반갑습니다."

자일스는 그웬다를 소개했다. 그녀는 자기 손이 좀 과장된 열의를 담은 손에 꽉 쥐여지는 것을 느꼈다.

"그래, 무슨 일을 도와드릴까요, 리드 씨?"

애플릭은 큰 책상 앞에 앉아 줄무늬 마노 상자에서 담배를 꺼내 권했다. 자일스는 소년단의 소풍 이야기를 꺼냈다. 오랜 친구가 그 행사 진행을 맡고 있으니 이틀간의 데번 관광 여행 견적을 내는 일을 도와주고 싶다는 말이었다.

애플릭은 사무적인 태도로 비용을 계산해 몇 가지 안을 제시했다. 하지만 그의 얼굴엔 조금 알 수 없다는 표정이 희미하게 떠 있었다. 마침내 그가 말했다.

"이 정도면 충분하시겠습니까, 리드 씨? 후에 견적 확인서를 보내드리겠습니다. 하지만 이건 확실히 사업적인 용건이시군요. 두 분이 원래는 제 집에 사적인 방문을 하고 싶어 하셨다고 직원에게 들었습니다만."

"그랬습니다, 애플릭 씨. 사실 저희의 용건은 두 가지였습니다. 하나는 지금 처리해 주신 것이고, 또 하나는 순전히 사적인 성격의 것입니다. 여기 제 아내가 여러 해 동안 만나지 못한 새어머니를 찾고 싶어 합니다. 어쩌면 당신이 도와주실 수 있을 거라고 생각해서요."

"음, 그분의 이름이 어찌 되지요? 제가 아는 사람일 거라 생각하신 거로군요?"

"예전에 서로 알고 지내신 것으로 압니다. 그분의 이름은 헬렌 핼리데이, 결혼 전의 성은 케네디였습니다."

애플릭은 가만히 앉은 채 눈을 가늘게 뜨고 의자를 천천히 뒤로 기울였다.

"헬렌 핼리데이, 생각나지 않는데요……. 헬렌 케네디?"

자일스가 말했다.

"옛날에는 딜머스에서 살았습니다."

애플릭의 의자 다리가 갑자기 내려왔다. 그리고 말했다.

"알겠습니다. 그렇습니다, 네!"

그의 동그랗고 붉은 얼굴이 기쁜 듯 환해졌다.

"헬렌 케네디! 그럼요, 기억납니다. 하지만 아주 오래전 일입니다. 20년도 더 될 걸요."

"18년 전입니다."

"그렇습니까? 속담처럼 세월이 정말 유수처럼 지나는군요. 하지만 유감스럽게도 리드 부인을 실망시켜 드리게 될 것 같습니다. 나는 그때 이후로 헬렌을 전혀 만나지 못했고 소문을 들은 일도 없습니다."

그웬다가 말했다.

"오, 세상에. 정말로 실망이군요. 꼭 힘이 되어 주실 걸로 믿었는데요."

"무슨 문제라도 있었습니까?"

그의 눈이 반짝이며 재빠르게 두 사람의 얼굴을 차례로 보았다.

"싸움입니까? 아니면 가출? 돈 문제인가요?"

그웬다가 말했다.

"새어머니는 갑자기 사라지셨어요. 딜머스에서 18년 전에…… 누군가와 함께 말이죠."

재키 애플릭은 재미있어하는 눈치였다.

"그녀가 나와 함께 도망갔을지도 모른다고 생각하신 모양이군요? 그것은 또 어째서입니까?"

그웬다는 과감하게 말했다.

"저희가 들은 바로는 당신이…… 예전에 그녀와 한때…… 음, 서로 좋아하던 사이였다고 해서요."

"나와 헬렌이? 아, 네, 그러나 그건 아무것도 아닌 일이었습니다. 그냥 소년과 소녀의 이야기였지요. 둘 다 진지한 마음으로 한 일이 아니었습니다."

그는 무뚝뚝하게 덧붙였다.

"그렇게 해선 안 될 분위기였지요."

"우리를 몹시 무례하다고 생각하시겠지만……."

그웬다가 말하려 하자 그는 가로막았다.

"뭐 어떻습니까? 나는 아무렇지도 않습니다. 당신들은 어떤 사람을 찾고 싶어 하고, 내가 힘이 되어 줄 걸로 믿었지요? 그러면 마음

푹 놓고 뭐든 물어보십시오. 아무것도 숨기지 않겠습니다."

그는 생각하는 눈초리로 그웬다를 바라보았다.

"그래, 당신이 헬리데이의 딸입니까?"

"네, 아버지를 아세요?"

그는 고개를 저었다.

"일 때문에 딜머스에 갔을 때 헬렌을 찾아간 일이 있었죠. 그녀가 결혼해서 그곳에 산다는 말을 들었습니다. 썩 정중히 맞아 주었지요."

그의 말이 잠시 끊어졌다.

"하지만 저녁 식사를 들고 가라는 말은 하지 않았습니다. 그래서 당신 아버지는 만나지는 못했지요."

그웬다는 곰곰이 생각했다. 방금의 '하지만 저녁 식사를 들고 가라는 말은 하지 않았습니다.'라는 말 속에 원한의 낌새가 있었던가?

"혹시 기억하시는지……. 그녀는 행복해 보였나요?"

애플릭이 어깨를 으쓱했다.

"충분히 행복해 보였습니다. 하지만 옛날 일이니까요. 다만 그녀가 불행해 보였다면 기억하고 있을 겁니다."

그가 지극히 당연한 호기심을 담아 질문해 왔다.

"18년 전 딜머스에서 잠깐 같이 산 이후 헬렌에 대해 아무것도 모르신다고요?"

"네, 아무것도."

"편지조차도?"

자일스가 말했다.

"편지가 2통 왔다더군요. 그러나 그녀가 쓴 게 아니라고 여겨지는 점이 있습니다."

"그녀가 쓴 게 아니라고 생각하신다? 꼭 추리 소설처럼 들리는군요."

애플릭은 조금 즐거운 것 같았다.

"저희도 그렇게 생각해요."

"의사라는 그녀의 오빠는 어떻습니까? 그 사람도 헬렌의 행방을 모르던가요?"

"네."

"과연. 진짜로 미스터리로군요. 혹시 신문 광고를 내서 찾아보면 어떻습니까?"

"벌써 해 보았습니다."

애플릭이 무심하게 말했다.

"그렇다면 필시 죽은 게 아닐까요. 귀에 들어오지 않았을 뿐."

그웬다가 몸을 떨었다.

"추우세요, 리드 부인?"

"아니요, 헬렌의 죽음을 생각했기 때문이에요. 그녀가 죽었다니, 생각하고 싶지도 않아요."

"당신 말이 맞아요. 나도 그렇게 생각하고 싶지는 않습니다. 그렇게 아름다운 사람이……."

그웬다는 충동적으로 말했다.

"그녀를 잘 아셨지요. 제게는 아주 어렸을 때의 기억밖에 없어요.

어떤 사람이었나요? 사람들의 평가는 어땠죠? 당신은 어떻게 느꼈나요?"

그는 잠시 동안 그웬다를 바라보았다.

"솔직하게 말하지요, 리드 부인. 믿거나 말거나, 좋을 대로 하십시오. 나는 그녀를 동정했습니다."

그녀는 당혹스럽게 그를 바라봤다.

"동정?"

"바로 그겁니다. 그때 그녀는 학교를 졸업하고 집에 돌아와 있었지요. 어떤 아가씨나 모두 그렇듯 얼마쯤 즐거운 일을 찾고 있었습니다. 그런데 그 완고한 중년의 오빠는 몹시 간섭이 심했습니다. 그 때문에 그 소녀는 아무 즐거움도 누릴 수가 없었지요.

그래서 나는 그녀를 데려다가 인생이라는 것을 아주 조금 보여주었습니다. 내가 진정으로 그녀에게 반한 것도 아니고, 그녀도 나에게 열중하지는 않았습니다. 다만 약간의 일탈이 즐거워서 나를 좋아했던 것뿐이죠. 이윽고 우리가 만나고 있다는 게 사람들에게 알려져 오빠가 훼방을 놓았지요. 그를 비난할 생각은 없습니다. 정말이에요. 신분이 달랐으니까. 당연히 약혼이니 하는 건 한 적이 없습니다. 나는 언젠가는 결혼해야지 생각하고 있었지만, 그렇게 일찍 할 생각은 없었지요. 게다가 나는 성공하고 싶었고, 성공하는 데 힘이 되어 줄 아내를 찾을 생각이었거든요. 헬렌에게는 재산이 전혀 없었으니, 어쨌든 서로 어울리는 결혼 상대는 못 되었을 겁니다. 우리는 그저 좋은 친구였고, 잠깐 어울려 놀았던 것 뿐이랍니다."

"그래도 케네디 선생님이 몹시 싫으셨겠어요……."

그웬다가 말끝을 흐리는 사이 애플릭이 말했다.

"그야 물론 발끈했었죠. 형편없는 놈이란 말을 면전에서 듣고 기분 좋을 사람은 없으니까요. 하지만 그런 일에 크게 마음 써서 얻을 게 뭐겠습니까?"

자일스가 물었다.

"그러다가 일자리를 잃으셨지요?"

애플릭의 표정은 그다지 유쾌해 보이지 않았다.

"해고되었죠. 페인 앤드 워치맨 사무소에서 쫓겨났습니다. 나는 그게 누가 시킨 일인지 잘 알고 있었습니다."

"네?"

자일스는 무심결에 되물었다. 하지만 애플릭은 고개를 저었다.

"나는 아무 말도 하지 않겠습니다. 그저 삭일 뿐입니다. 나는 누명을 썼어요. 그뿐입니다. 누구 짓인지 너무나 뻔했죠. 그가 그렇게 한 이유까지도!"

그의 두 볼이 벌겋게 홍조를 띠었다.

"더러운 수법입니다. 사람을 염탐하고, 교묘하게 함정을 파며, 있지도 않은 거짓말을 퍼뜨리다니. 아, 내게는 분명 적이 있었습니다. 하지만 나는 결코 수모를 그냥 넘기는 사람이 아닙니다. 반드시 당한 것만큼 갚아 왔지요. 그리고 절대 잊는 법이 없고요."

그는 말을 중단했다. 갑자기 태도가 본래대로 돌아와 다시 웃음기 띤 얼굴이 되었다.

"그러니, 유감스럽게도 도와드릴 수가 없군요. 나와 헬렌은 가볍게 어울렸던 것뿐이에요. 그게 답니다. 그다지 깊은 사이로 발전했던 것도 아니었지요."

그웬다는 뚫어지게 그를 지켜보았다. 명쾌한 이야기였다. 그러나 그게 진실일까? 그녀는 고민했다. 그녀의 마음속에서 뭔가가 표면으로 떠오르고 있었다.

"그래도 그 뒤 딜머스로 그녀를 찾아가신 일이 있다고 하셨잖아요."

그가 웃었다.

"한 방 먹었군요, 리드 부인. 분명히 나는 찾아갔습니다. 어쩌면 나는 그 꽉 막힌 변호사 사무소에서 내쫓긴 일 정도로 낙심하지 않았다는 걸 보여 주고 싶었는지도 모릅니다. 괜찮은 직업을 갖고 멋진 자동차를 몰고 다니며 혼자서 잘 해내고 있다고 말이죠."

"딱 한 번만 찾아 가신 게 아니었겠지요?"

그는 잠시 망설였다.

"두 번, 어쩌면 세 번이었나 봅니다. 그냥 들렀을 뿐이었지요."

그는 별안간 분명하게 고개를 끄덕였다.

"미안합니다, 도움이 되지 못해서."

자일스는 자리에서 일어섰다.

"바쁘신데 시간을 뺏어 죄송했습니다."

"천만에요. 옛날이야기를 하는 것도 가끔은 좋지요."

문이 열리고 한 부인이 안을 들여다보더니 급히 사과했다.

"어머, 미안해요. 누가 계신 줄도 모르고 그만."

"괜찮아, 여보. 들어와요. 이 사람이 내 아내입니다. 이분들은 리드 씨 부부시라오."

애플릭 부인은 그들과 악수했다. 키가 크고 야윈 몸에 우울해 보이는 부인으로, 놀랍도록 고급스러운 옷을 입고 있었다. 애플릭이 말했다.

"함께 옛날이야기를 했소. 당신을 만나기 훨씬 전의 일이오, 도로시."

그는 두 사람 쪽으로 돌아섰다.

"아내와는 유람선 위에서 만났지요. 이곳 출신이 아닙니다. 폴터햄 경의 사촌이지요."

그는 자랑스럽게 말했다. 야윈 부인의 얼굴이 빨개졌다.

자일스가 말했다.

"유람선 여행은 정말 좋지요."

애플릭이 말했다.

"보고 배우는 것도 아주 많고요. 나는 이렇다 할 교육을 받지 못했지만 말입니다."

애플릭 부인이 말했다.

"나는 늘 남편에게 그리스로 가는 유람선 여행을 하자고 조르고 있답니다."

"시간이 없잖소. 난 바쁜 사람이니까."

자일스가 말했다.

"저희가 계속 버티고 있어선 안 되겠군요. 가 보겠습니다. 정말 감사했습니다. 소풍 경비에 대해서는 서면으로 부탁드립니다."

애플릭은 현관문까지 두 사람을 배웅했다. 그웬다는 어깨 너머로 흘끗 돌아보았다. 애플릭 부인은 서재 앞에 서 있었다. 그녀의 얼굴은 남편의 등을 향한 채 좀 이상한 듯한, 그리고 좀 불쾌한 것 같은 기색을 드러내고 있었다.

자일스와 그웬다는 다시 한번 작별 인사를 하고 타고 온 자동차 쪽으로 걸어갔다.

그웬다가 말했다.

"저런, 스카프를 거기 두고 왔어요."

"당신은 늘 뭘 흘리고 다닌단 말이야."

"그렇게 딱하다는 얼굴 하지 말아요. 갔다 올게요."

그녀는 집으로 뛰어갔다. 열려진 서재 문으로 애플릭이 큰소리 치는 게 들렸다.

"어쩌자고 불쑥 끼어든 거야? 몰상식하게."

"미안해요, 재키. 몰랐어요. 그 사람들은 누구기에 당신 기분이 그렇게 언짢은 거죠?"

"언짢지 않아. 나는……."

문가에 서 있는 그웬다를 보고 그는 입을 다물었다.

"어머나, 애플릭 씨, 제가 스카프를 놓고 가지 않았나요?"

"스카프요? 아뇨, 없는데요."

"제가 멍청한 짓을 했네요. 자동차에 놓고 온 것 같네요."

그녀는 다시 밖으로 나왔다.

자일스가 자동차의 방향을 돌렸다. 보도 가장자리에 크롬 도금을 해 번쩍거리는 커다란 노란색 리무진 버스가 서 있었다. 자일스가 말했다.

"대단한 차로군."

"멋진 자동차'……. 당신 기억해요? 이디스 패짓이 릴리가 한 말을 전해 주었던 얘기? 릴리는 범인이 '번쩍이는 차를 타고 찾아오는 수수께끼의 남자'가 아니라 어스킨 소령일 걸로 믿었다는 얘기 말이에요. 번쩍거리는 자동차를 타고 찾아오는 수수께끼의 남자란 재키 애플릭이었던 거예요."

그웬다가 말했다.

"맞아. 릴리는 선생에게 보낸 편지에서도 '멋진 자동차'에 대해 이야기했어."

그들은 서로 얼굴을 마주보았다.

"애플릭은 거기에 있었어요. 그날 밤, 제인 아주머니가 말하는 소위 그 '현장'에. 오, 자일스, 릴리 킴블이 무슨 얘기를 들려줄지 궁금해 죽겠어요. 목요일까지 어떻게 기다리지?"

"만일 그녀가 겁을 먹고 나타나지 않는다면 어쩌지?"

"아니, 그녀는 와요. 만일 이 번쩍이는 자동차가 그날 밤 거기에 있었다면……."

"그때의 차도 이런 노란 괴물이었을까?"

"내 버스가 마음에 드십니까?"

애플릭의 친절한 목소리가 들려와 두 사람은 펄쩍 뛰었다.

그는 바로 두 사람 뒤의 정연하게 손질된 산울타리에서 몸을 내밀고 있었다.

"나는 이 차를 '버터컵(미나리아재비 — 옮긴이)'이라고 이름 붙였답니다. 난 차의 외장을 예쁘게 꾸미기를 좋아하지요. 보세요, 눈에 확 띄지 않습니까?"

자일스가 대답했다.

"정말 그렇습니다."

"나는 꽃도 좋아합니다. 수선화, 미나리아재비, 칼세올라리아. 내가 좋아하는 꽃들이지요. 리드 부인, 스카프 여기 있습니다. 테이블 뒤에 떨어져 있더군요. 그럼 안녕히 가십시오. 만나서 즐거웠습니다."

자동차 안에서 그웬다가 물었다.

"우리가 저 자동차를 노란 괴물이라고 부른 걸 들었을까요?"

"그럴 것 같진 않아. 아주 기분이 좋아 보이던걸?"

하지만 자일스의 안색은 좀 불편해 보였다. 그웬다가 말했다.

"그랬죠……. 하지만 그대로 믿을 수는 없어요. 자일스, 그 부인은 그를 무서워하고 있어요. 부인의 얼굴을 봤어요."

"뭐? 저렇게 명랑하고 유쾌한 사람을 무서워한다고?"

"그 사람의 내면은 그리 명랑하지도 유쾌하지도 않은가 봐요. 자일스, 나는 애플릭이 마음에 들지 않아요. 그 사람이 우리 이야기를 얼마나 엿들었는지 궁금하네요. 어느 부분에서부터였을까요?"

"그리 많이는 아니었을 거야."

그러나 그의 안색은 여전히 불편해 보였다.

릴리가 약속을 지키다

I

"젠장!"

자일스가 외쳤다.

그는 오후에 도착한 편지 겉봉을 막 뜯어 본 참이었다. 편지의 내용을 보고 몹시 놀란 눈치였다.

"무슨 일 있어요?"

"필적 감정가에게서 온 편지야."

그웬다가 반색을 하며 말했다.

"해외에서 편지를 보내 온 게 그녀가 아니었군요?"

"아니, 맞아. 그웬다, 편지를 쓴 건 그녀였어."

그들은 서로 얼굴을 마주보았다. 그웬다가 믿을 수 없다는 얼굴로 말했다.

"그럼, 그 편지는 가짜가 아니라 진짜였다는 말이지요? 헬렌은 그날 밤 여기서 살아서 나가 외국에서 편지를 보냈다는? 즉 그녀는 교살된 게 아니었군요?"

자일스가 천천히 말했다.

"그런 것 같아. 그런데 이거 정말 유감스러운 결과인걸. 도무지 이해가 가질 않아. 모든 게 반대 방향을 가리키는 것 같았는데."

"어쩌면 감정가가 실수한 것이라면?"

"그럴 가능성도 생각했지. 하지만 그 감정가들은 아주 확신에 차서 판정을 내렸어. 그웬다, 나는 정말 이해가 안 가. 우린 혹시 세상에서 제일가는 바보짓을 해 온 게 아닐까?"

"내가 극장에서 멍청한 행동을 했던 것부터 전부 말이죠? 자일스, 일단 마플 양 집에 잠깐 들렀다 가기로 해요. 케네디 선생님 댁으로 가야 할 4시 30분까지는 아직 시간이 있어요."

마플 양은 예상과 다른 반응을 보였다. 그녀는 정말로 잘 되었다고 말한 것이다.

그웬다가 말했다.

"하지만 마플 양, 무슨 말씀이신지……."

"결국 그 누군가가 예상만큼 영리하지는 않았다는 거니까요."

"어째서요? 어떤 점이 그렇다는 건가요?"

마플 양은 만족스럽게 고개를 끄덕이며 말했다.

"잘 가다가 미끄러진 거죠."

자일스가 물었다.

"뜻 모를 말씀을 하시는군요."

"음, 리드 씨. 당신이라면 이게 얼마나 진실의 가짓수를 좁혀 주었는지 아실 거라 생각했는데요."

"헬렌이 정말로 그 편지를 썼다는 사실을 인정하고도 여전히 그녀는 살해되었을 수 있다는 뜻이신가요?"

"내 말뜻은, 그 편지는 정말로 헬렌의 필적이어야 했다는 사실이 누군가에게 매우 중요했다는 거랍니다."

"알겠습니다. 적어도 알 것 같습니다. 헬렌은 그 편지를 쓰도록 강요받은 상황에 놓였던 것이겠군요. 분명 다른 가짓수를 줄여 주는 실마리가 될 것 같습니다. 하지만 구체적으로 어떤 상황이었을까요?"

"오, 저런. 리드 씨, 좀 더 올바르게 생각해 보세요. 정말로 매우 단순한 일인데."

자일스는 조금 짜증스러워 보였다.

"제겐 별로 단순한 일 같지 않은데요.

"조금만 잘 생각하면……."

"자, 자일스. 늦겠어요."

그들은 혼자서 빙그레 웃고 있는 마플 양을 그 자리에 남겨 두고 나갔다. 나오는 길에 자일스가 말했다.

"저 할머니는 가끔씩 사람을 질리게 한다니까. 뭘 하시려는 건지 도대체 알 수가 없어."

그들은 시간에 꼭 맞추어 케네디 선생의 집에 닿았다. 그가 손수 문을 열어 주었다.

"가정부는 점심 이후부터 내보내 두었소. 그편이 좋겠지요?"

케네디는 그들을 응접실로 안내했다. 그곳에는 찻잔과 차받침, 버터 바른 빵과 케이크 등이 마련되어 있었다.

그는 약간 미심쩍은 얼굴로 그웬다에게 물었다.

"차를 내놓는 게 좋겠지? 킴블 부인의 긴장을 풀 수 있게 말이다."

"좋은 생각이세요."

"그런데 너희 둘을 어쩌는 게 좋을까? 바로 너희들을 소개할까? 그러면 그녀가 당황하려나?"

그웬다가 천천히 말했다.

"시골 사람들은 의심이 많잖아요? 그러니 박사님께서 혼자 맞으시는 게 좋을 것 같아요."

"음, 내 생각도 그래. 이 방 문을 조금 열어 놓을 테니, 너희들은 옆방에서 기다리고 있거라. 경우가 경우인 만큼, 그렇게 얘기를 듣는 것도 괜찮을 것 같구나."

"몰래 엿듣는 게 되겠지만, 상관없어요."

케네디는 슬며시 웃었다.

"그리 도덕을 챙길 사안은 아닌 것 같다. 어쨌든 나는 비밀을 지키겠다는 약속은 할 생각이 없어. 그녀가 조언을 청하기에 기꺼이 들어 줄 뿐이지."

그는 시계를 슬쩍 보았다.

"기차는 4시 35분에 우들리 거리에 도착한단다. 이제 이삼 분 있으면 기차가 들어올 거야. 언덕을 그녀가 걸어 올라오는 데 5분쯤 걸리겠지."

그는 초조하게 방 안을 서성거렸다. 그 얼굴의 주름살이 두드러져 여위어 보였다.

"알 수 없구나. 도무지 알 수가 없어. 헬렌이 그 집을 떠난 적이 없다면, 그 편지가 가짜였다면……."

그웬다가 움찔했다. 그러나 자일스가 고개를 저어 제지했다. 박사는 말을 이었다.

"가엾은 켈빈이 헬렌을 죽인 게 아니라면, 대체 무슨 일이 일어났단 말인가?"

그웬다가 말했다.

"누군가 다른 사람이 죽였겠지요."

"그러나 만일 다른 사람의 범행이라면 어째서 켈빈은 자기가 죽였다고 주장했을까?"

"자기가 한 일로 여겼으니까요. 침대에서 헬렌을 발견하자 자신이 한 짓으로 생각했다……. 있을 수 있는 일이겠지요?"

케네디는 안타까운 듯 코를 비볐다.

"내가 그걸 어찌 알겠니? 난 심리학자가 아니야. 충격 때문일까? 아니면 이미 신경증을 앓고 있었을까? 뭐든 가능성은 있지. 하지만 누가 헬렌을 죽이고 싶어 했다는 거야?"

그웬다가 말했다.

"저흰 3명을 생각하고 있어요."

"3명? 어떤 3명? 헬렌을 죽일 동기를 가진 사람은 없어. 완전히 미친 인간이 아니라면 말이다. 그 애에겐 적이 없었다. 모두들 그녀를 좋아했지."

그는 책상 앞으로 가서 서랍 속을 뒤적거렸다.

"저번에 이걸 발견했다. 그 편지를 찾을 때였어."

그는 빛바랜 스냅 사진 1장을 꺼냈다. 체육복 차림의 키가 큰 여학생이 찍혀 있었는데, 머리를 뒤로 묶은 얼굴이 밝게 웃음 짓고 있었다. 그 옆에 젊고 행복해 보이는 케네디가 테리어 강아지를 안고 서 있었다. 그는 멍하니 말했다.

"나는 요즘 여동생 생각을 많이 한단다. 오랫동안 한 번도 생각한 일이 없었는데. 오히려 잊으려고 노력했지. 하지만 이젠 늘 그 애 생각만 하게 된 거야. 너희들 덕분에."

그 말은 거의 원망하는 투로 들렸다. 그웬다가 말했다.

"저는 그게 헬렌 탓이라고 생각해요."

박사는 얼른 그웬다 쪽을 돌아보았다.

"무슨 뜻이냐?"

"그냥 그뿐이에요. 설명은 할 수 없어요. 하지만 분명히 저희 때문이 아니에요. 그녀 때문이지요."

애수를 띤 희미한 기적 소리가 모두의 귀에 들려 왔다. 케네디 박사는 프랑스식 창문을 지나 밖으로 나갔다. 두 사람도 그 뒤를 따랐다. 천천히 골짜기 사이를 따라 공기 중으로 흩어지는 한 줄기 연기가 보였다.

케네디가 말했다.

"기차가 가는구나."

"지금 역에 들어오는 겁니까?"

"아니, 떠나는 거야."

그는 사이를 두고 말했다.

"릴리 킴블은 몇 분 내로 올 거야."

그러나 그 몇 분이 지났지만 릴리 킴블은 오지 않았다.

II

릴리 킴블은 딜머스 환승점에서 기차를 내려 육교를 건너 작은 지방선 승강장을 지나쳤다. 승객은 겨우 대여섯 명쯤밖에 없었다. 오후의 한가로운 시간이었지만, 어떻든 그날은 헬체스터에서 장이 서는 날이었다.

기차는 곧 떠났다. 구불구불한 골짜기를 따라 증기 소리를 내며 나아갔다. 종점인 론즈버리 베이까지는 세 곳의 역을 지나쳐야 했다. 뉴턴랭퍼드, 매칭스홀트(우들리 캠프장 방면), 우들리볼튼.

릴리 킴블은 창문으로 밖을 내다보고 있었으나, 그녀의 머릿속은 싱그러운 녹색 전원 풍경 대신 연한 녹색 천으로 꾸민 제임스 왕조풍 자기 집 응접실로 가득 차 있었다.

작은 역인 매칭스홀트에서 내린 사람은 그녀뿐이었다. 그녀는 차표를 역무원에게 건네주고 개찰구를 나왔다. 큰길을 한참 가니 '우들리 캠프장 방면'이라고 쓴 푯말이 험준한 언덕으로 이어지는 오솔길을 가리키고 있었다.

릴리 킴블은 오솔길로 들어서서 힘차게 오르막길을 걸어갔다. 길 한쪽에는 나무숲이 이어지고, 또 한편은 히스(철쭉과의 관목 — 옮긴이)와 금작화로 뒤덮인 가파른 비탈이 되어 있었다.

누군가 사람 한 명이 나무숲 사이에서 갑자기 튀어나왔다. 릴리 킴블은 놀라서 펄쩍 뛰었다.

"세상에, 깜짝 놀랐네요. 이런 데서 뵐 줄은 몰랐어요."

"놀랐나? 그런데 한 가지 더 놀래 줄 일이 있지."

숲속은 몹시 쓸쓸했다. 비명 소리와 몸싸움 소리를 들은 사람은 아무도 없었다. 사실 제대로 된 비명 하나 거의 없이 몸싸움은 금방 끝났다. 산비둘기 한 마리가 놀라 숲속에서 날아올랐다…….

III

케네디 박사는 마음이 조급해져서 말했다.

"대체 그 여자는 뭘 하고 있는 거지?"

시계 바늘이 5시 10분 전을 가리키고 있었다.

"역에서 오면서 길을 잃은 게 아닐까요?"

"똑똑히 오는 길을 가르쳐 주었는데. 아주 간단한 길이야. 역을 나오면 왼쪽으로 구부러져 맨 처음에 만나는 길을 오른쪽으로 돌지. 걸어서 겨우 5분밖에 안 걸려."

자일스가 말했다.

"어쩌면 마음을 바꾼 것일지도 모르겠군요."

"그런 모양일세."

그웬다가 끼어들었다.

"아니면 기차를 놓쳤거나 했겠지요."

케네디 박사가 천천히 말했다.

"아니, 아무래도 결국 오지 않기로 마음먹은 것 같구나. 남편이 만류했을 수도 있겠지. 이런 시골 사람들은 모두 의심이 많으니까."

그는 방 안을 서성거리다가 전화가 있는 곳으로 가서 역의 번호를 찾았다.

"여보세요, 역입니까? 나는 케네디 박사라고 합니다. 4시 35분에 기차로 누가 도착했을 텐데……. 네, 중년의 시골 부인입니다. 누가 우리 집으로 오는 길을 묻지 않던가요? 아니면…… 뭐라고요?"

자일스와 그웬다는 전화기 바로 옆에 서 있었다. 우들리볼튼역 직원의 부드럽고 태평스러운 목소리가 희미하게 들렸다.

"박사님을 찾아오신 분은 아무도 없었습니다. 4시 35분 기차에 제가 모르는 손님은 안 계셨거든요. 메도즈에서 오시는 내러콧 씨, 그리고 조니 로즈, 벤슨 씨네 따님. 다른 분은 안 계셨습니다."

전화를 끊고 나서 케네디 박사가 말했다.

"그녀가 마음을 바꾼 거요. 음, 이제 두 사람에게 차를 대접해도 되겠군. 주전자는 올려놓았으니 나가서 준비해 오겠소."

그가 찻주전자를 들고 돌아와서 두 사람은 앉았다. 그는 아까보다 훨씬 쾌활하게 말했다.

"잠깐 돌아갈 뿐이오. 그녀의 주소는 알고 있으니 우리가 찾아가서 만나 보면 될 뿐이지."

전화벨이 울렸다. 케네디가 일어나 수화기를 들었다.

"케네디 선생님이십니까?"

"그렇습니다."

"여기는 롱퍼드 경찰서의 라스트 경감입니다. 릴리 킴블이라는 부인을 기다리고 계십니까? 오늘 오후 박사님을 찾아갈 예정이었던 릴리 킴블 부인 말입니다."

"맞습니다. 왜 그러시죠? 무슨 사고라도 생겼나요?"

"정확히 말하면 사고라고 할 수 없지요. 죽었습니다. 그녀의 시체에서 선생님이 보내신 편지가 발견되었습니다. 그래서 연락드리는 겁니다. 될 수 있는 대로 빨리 롱퍼드 경찰서에 와 주시겠습니까?"

"바로 가겠습니다."

IV

"그럼 상황을 요약해 보지요."

라스트 경감이 말했다. 그는 케네디에게서 자일스와 그웬다에게로 눈길을 옮겼다. 두 사람은 케네디와 함께 온 것이었다. 그웬다는 새파랗게 질려서 두 손을 꽉 움켜쥐고 있었다.

"선생은 이 부인이 딜머스 역을 4시 5분에 떠나는 기차로 올 것으로 예상하고 기다리셨군요? 4시 35분에 우들리볼튼에 도착하는 기차 말씀입니다."

케네디 박사가 고개를 끄덕였다. 라스트 경감은 죽은 부인이 몸에 지니고 있던 편지를 들여다보았다. 내용은 아주 명확했다.

친애하는 킴블 부인에게

기꺼이 최선을 다해 도와 드리겠습니다. 다만 이 편지의 주소를 보면 아시다시피, 저는 더 이상 딜머스에 살고 있지 않습니다. 쿰버리에서 3시 30분에 떠나는 기차를 타고 딜머스에서 론즈버리 베이 기차로 갈아타 우들리볼튼에서 내리면 됩니다. 내 집은 역에서 걸어서 겨우 몇 분 거리니까.

역에서 나와 왼편으로 조금 가서 처음 나온 길을 보고 오른쪽으로 틀면 됩니다. 내 집은 그 안쪽 오른편에 있어요. 현관에 문패가 붙어 있으니 쉬울 겁니다.

제임스 케네디

"그녀가 좀 더 이른 기차로 오리라고는 생각지 못하셨습니까?"
케네디 박사는 매우 놀라는 것 같았다.

"이른 기차라니요?"

"그 여자는 실제로 그랬습니다. 그녀는 쿰버리에서 3시 30분이 아닌 1시 30분에 떠나는 기차를 타고 딜머스역에서 2시 5분 기차로 갈아탄 다음 우들리볼튼의 전 역인 매칭스홀트에서 내렸습니다."

"참 이상하군요!"

"진료를 받으러 오는 사람이었습니까, 박사님?"

"아니요. 나는 이미 여러 해 전에 진료를 그만두었습니다."

"저도 그렇게 생각했습니다. 그녀를 잘 아십니까?"

케네디 박사는 고개를 저었다.

"벌써 20년 가까이 만나지 못했던 사람입니다."

"하지만 지금도 그녀를 음……. 확인해 주시는 건 가능하겠죠?"

그웬다는 몸을 떨었다. 하지만 의사인 케네디는 시체를 보는 것에도 아무렇지 않은 모양이었다. 그는 뭔가 골똘히 생각하는 듯 대답했다.

"이런 상황에서는 확인했다고 하기가 어렵소. 그녀는 목졸려 죽은 모양이지요?"

"예, 맞습니다. 매칭스홀트에서 우들리 캠프로 가는 길을 조금 들어간 숲에서 시체로 발견되었습니다. 캠프에서 내려오던 등산객이 4시 10분쯤 발견했지요. 검시의는 사망 추정 시각을 2시 15분에서 3시 사이로 추정하고 있습니다. 아마도 역을 나온 후 얼마 지나지 않아 살해된 것으로 여겨집니다. 매칭스홀트에서 내린 다른 손님은 없습니다. 거기서 내린 사람은 그녀뿐이었습니다.

그런데 그녀는 왜 매칭스홀트에서 내렸을까요? 역을 잘못 알았던 걸까요? 저는 그렇게 생각지 않습니다만, 어쨌거나 그 여자는 박사님과의 약속보다 2시간이나 일찍 왔습니다. 박사님께서 지시하신 기차로 오지도 않았고요. 박사님의 편지를 갖고 있으면서도 말이죠. 박사님, 그녀가 여길 찾아오는 용건은 뭐였습니까?"

케네디 박사는 주머니를 뒤져 릴리의 편지를 꺼냈다.

"이것을 가져왔소. 함께 들어 있는 신문지 조각은 여기 계시는 리드 씨 부부가 지방 신문에 낸 광고예요."

라스트 경감은 릴리 킴블의 편지와 함께 들어 있던 신문지 조각을 읽었다. 그런 다음 그는 케네디 박사에게서 자일스와 그웬다에게로 눈길을 돌렸다.

"이 사연에 얽힌 이야기를 해 주시겠습니까? 아마 퍽 오랜 옛날 일로 거슬러 올라가나 보지요?"

"18년 전의 일이랍니다."

그웬다가 말했다.

단편 단편이 선을 보이고 수시로 보충 설명이 곁들여지며 그간의 이야기가 공개됐다. 라스트 경감은 이야기를 잘 듣는 사람이었다. 그는 세 사람의 이야기에 잘 호응하며 들어 주었다.

케네디는 담담하게 사실을 말했다. 그웬다는 일관성이 조금 부족했지만 그녀의 말투는 상상력을 불러일으키는 힘을 갖고 있었다. 셋 중 경찰에게 가장 큰 도움이 될 사람은 자일스였다. 그는 명쾌하게 요점을 찌르고, 케네디보다 과감했으며 그웬다보다 일관성이 있었다. 그렇게 긴 시간이 흘렀다.

이윽고 라스트 경감은 한숨을 쉬며 이야기를 요약했다.

"핼리데이 부인은 케네디 선생님의 배다른 동생이면서 리드 부인, 그러니까 당신의 새어머니였단 말이군요. 그녀는 지금 당신이 살고 있는 집에서 18년 전 실종되었습니다. 결혼 전 성이 애벗인 릴리 킴블은 당시 그 집의 하녀였고요.

릴리 킴블은 어떤 이유에선지 여러 해가 지난 지금까지도 당시 사건은 범죄였다고 믿고 있었습니다. 다른 사람들은 핼리데이 부인이 미지의 내연남과 함께 달아났다고 믿었지만요. 한편 핼리데이 소령은 13년 전 정신 병원에서 세상을 떠났습니다. 줄곧 자기가 아내를 죽였다는 망상을 품은 채로요. 그게 정말 망상이 맞다면 말입니다."

그는 잠시 쉬었다가 다시 말했다.

"이상의 사실은 모두 흥미롭습니다만, 그다지 연관성 있는 일들은 아닌 듯합니다. 가장 중요한 점은 핼리데이 부인이 살아 있는가 죽었는가 하는 것이지요. 만일 죽었다고 한다면 그녀는 언제 죽었는가, 그리고 릴리 킴블은 무엇을 알고 있었는가가 문제가 되겠고 말입니다.

표면적으로 릴리 킴블은 뭔가 아주 중요한 일을 알고 있던 게 틀림없는 것 같습니다. 너무나 중요한 일이라서 그녀의 입을 막기 위해 살해해야 했을 만큼 말이죠."

그 말을 듣고 그웬다가 외쳤다.

"하지만 그녀가 그걸 말할 예정이라는 걸 누가 알 수 있었을까요? 우리를 제외하고 말이에요."

라스트 경감은 생각에 잠긴 눈길을 그녀에게로 돌렸다.

"리드 부인, 중요한 점은 그녀가 4시 5분 기차 대신 2시 5분 기차를 탔다는 겁니다. 거기에는 뭔가 틀림없이 이유가 있었을 테지요. 그녀는 또 우들리볼튼이 아니라 바로 앞 역에서 내렸습니다. 무엇 때문에?

저는 다음과 같은 가능성도 있을 수 있다고 봅니다. 선생님에게 편지를 쓴 다음, 그녀가 누군가 다른 사람에게 편지를 보내 우들리 캠프에서 만날 약속을 했다는 겁니다. 그리고 그와의 만남이 만족스럽지 못하면 이어 케네디 선생님에게 가서 도움을 청해야겠다고 계획한 게 아니었을까요? 그녀가 어떤 인물을 의심하고 있었고, 그래서 그에게 자신이 내막을 알고 있음을 넌지시 내비치려 했다는 추정이 충분히 가능합니다."

"협박이로군요."

자일스가 무뚝뚝하게 말했다. 라스트 경감이 말을 받았다.

"그녀 자신은 그렇게 생각지 않았겠지요. 그녀는 다만 욕심 어린 기대를 품고, 그렇게 함으로써 돈을 얼마나 받아낼 수 있겠는가 하는 생각으로 좀 머리가 혼란했을 테지요. 이제 곧 알게 될 겁니다. 아마도 그녀의 남편이 좀 더 많은 것을 이야기해 줄 테니까요."

V

"저는 분명히 경고했습니다."
킴블 씨는 침통하게 말했다.
"그런 일엔 끼어들지 말라고요. 아내는 나 몰래 간 겁니다. 자기가 옳게 알고 있다고 생각한 거지요. 릴리는 그런 사람이었습니다. 자기 혼자 똑똑한 줄 아는 사람이었어요."
킴블 씨는 이 사건에 대해 아는 것이 거의 없는 것 같았다. 릴리는 킴블 씨를 만나 결혼하기 전 세인트캐서린에서 일하고 있었다. 그녀는 영화를 매우 좋아했으며, 자기가 전에 있던 집에서 살인 사건이 있었던 게 틀림없다고 남편에게 늘 이야기해 왔다고 했다.
"전 그냥 웃어 넘겼지요. 다 아내의 공상이라고 생각했습니다. 평범한 사실로는 만족하지 않는 여자였으니까요. 주인어른이 마님을 죽여 시체를 지하실에 묻었다느니, 스위스 아가씨가 창문으로 밖을 내다보다가 뭔가를 봤다느니, 누군지 알았다느니 하는 등의 이야기를 지치지도 않고 계속하곤 했습니다. 그래서 전 '외국인들에겐 신경 쓰지 마. 하나같이 거짓말쟁이들이거든. 우리와는 달라.' 하고 말했지요. 저는 릴리가 아무리 신나게 떠들어 대도 귀담아듣지 않았습니다. 전부 아무것도 아닌 것들을 가지고 멋대로 꾸며낸 얘기일 테니까요.
릴리는 범죄를 좋아했습니다. 유명한 살인자들에 대한 특집 기사를 싣는 《선데이 뉴스》를 구독할 정도였으니까요. 그런 것으로 머릿속이 가득 차서 자신이 살인자의 집에서 일했다고 믿었던 겁니다. 뭐, 공상은 남에게 피해를 주지 않지요. 하지만 이 광고에 답장을 보내겠다는 말을 제게 꺼냈을 때는 사정이 달랐습니다. 전 내버려 두라, 말썽에 발을 담그는 건 좋지 않다고 충고했어요. 제 말대로 했으면 살아 있었을 것을……."

그는 한참 동안 생각에 잠겨 있었다.

"허……. 그랬으면 릴리는 살아 있었을 거예요. 혼자 똑똑한 줄 아는 사람. 그게 릴리였습니다."

그들 중 누가?

 라스트 경감과 케네디가 킴블 씨를 찾아갔을 때 자일스와 그웬다는 동행하지 않았다. 헤어지기 전 케네디가 자일스에게 말했다.
 "그웨니에게 브랜디를 좀 마시게 하고 뭘 먹이는 게 좋겠소. 그 후엔 침대에서 쉬게 해요. 심한 충격을 받은 것 같으니까."
 두 사람은 7시쯤 집에 도착했다. 그웬다는 얼굴빛이 파리하고 기분이 언짢아 보였다.
 그웬다가 말했다.
 "정말 끔찍한 일이에요, 자일스. 정말 끔찍해요. 살인범과 만날 약속을 해 놓고 그렇게 태평하게 찾아가다니……. 죽기 위해 간 거나 같아요. 도살장에 끌려가는 양처럼 말이에요."
 "자, 그런 생각 하지 마. 적어도 우린 누군가가 있다는 걸 알게 됐잖아? 살인자가 있었어."

"아니, 몰라요. 이번 살인자가 아니라 그때, 그러니까 18년 전의 살인자를 모른다고요. 그건 어쩌면…… 현실이 아니었을지도 몰라요. 모든 게 착각이었을지도 모른다고요."

"그렇지 않아, 이번 일로 그건 착각이 아니었다는 게 증명된 거야. 당신 생각은 처음부터 옳았어, 그웬다."

자일스는 마플 양이 힐사이드에 있어서 다행이라고 느꼈다. 그녀와 코커 부인은 둘이서 부지런히 수선을 피우며 그웬다의 시중을 들어 주었다. 그웬다는 브랜디는 바다 위의 증기선이 연상된다면서 거절하고 대신 레몬이 들어 있는 따뜻한 위스키를 마셨다. 그리고 코커 부인의 끈질긴 설득으로 자리에 앉아 오믈렛을 먹었다.

자일스는 어떻게든 다른 이야기를 화제로 삼고 싶었으나, 마플 양은 자일스가 그녀에게서 항상 감탄하는 고등 전술, 즉 차분하고도 초연한 태도로 이번 범죄에 대해 이야기했다.

"정말 무서운 일이었네요. 확실히 충격적인 일이에요. 하지만 한편으로는 흥미롭다는 것을 인정해야겠어요.

나는 나이가 많은 만큼 당연히 죽음에 대해 아가씨만큼 큰 충격을 받지 않아요. 정말로 나를 괴롭게 하는 건 암처럼 고통이 길게 지속되는 것들이죠.

이번 사건은 의심할 여지없이 가엾은 젊은 헬렌이 살해되었다는 것을 결정적으로 증명하고 있어요. 우리는 줄곧 그렇게 생각해 왔지만, 이제 겨우 확실히 알게 된 거지요."

"마플 양의 말씀대로라면 우리는 헬렌의 시체가 어디 있는지 알

아내야 합니다."

자일스가 말했다.

"저는 그게 필시 지하실일 걸로 예상합니다."

"아니, 아니. 그렇지 않아요, 리드 씨. 이디스 패짓이 한 말을 기억하겠지요? 그녀는 이튿날 아침 릴리에게 들은 말이 자꾸만 마음에 걸려 지하실에 가 보았다고 했어요. 하지만 아무 특별한 흔적을 보지 못했다고 했지요. 누군가 정말로 찾으려 했다면 흔적은 당연히 보이기 마련이에요."

"그렇다면 시체가 어떻게 되었다는 겁니까? 차에 실려 벼랑에서 바닷속으로 굴러 떨어지기라도 했을까요?"

"아니에요. 이렇게 해 보죠. 그웬다, 이 집에 왔을 때 아가씨는 무엇 때문에 맨 처음 놀랐죠? 분명 놀란 일이 있었죠, 그웬다? 응접실 창문으로 바다가 내다보이지 않았다는 사실이었어요. 당연히 잔디밭으로 내려가는 층계가 있을 거라고 생각한 곳엔 관목이 심어져 있었고 말이죠. 나중에 당신이 알게 된 일은, 거기에는 원래 층계가 있었지만, 의도적으로 테라스 끝으로 옮겨졌다는 것이었어요. 대체 무엇 때문에 층계가 옮겨졌을까요?"

그웬다는 차츰 이해가 가는 것처럼 눈을 크게 떴다.

"그건 그곳이 바로······."

"집 구조를 바꾸었던 것엔 이유가 있었을 텐데, 분명한 이유처럼 보이는 건 아무것도 없었어요. 솔직히 말해서 그곳은 잔디밭으로 내려가는 층계로선 이상한 곳이지요.

그렇지만 그 테라스 끝은 매우 조용하며 집 안 어디에서도 잘 내려다보이지 않는 곳이에요. 오직 한 창문, 2층의 아기 방 창문 말고는 모두 말이에요.

그럼 생각해 보세요. 시체를 묻으려면 흙을 파헤쳐야겠지요? 흙을 파헤치기 위해서는 이유가 있어야 해요. 그 이유란 바로 응접실에서 똑바로 보이는 곳에서 테라스 끝으로 층계를 옮기기로 결정했다는 것이었지요. 나는 케네디 박사님에게서 헬렌 핼리데이와 남편은 정원 가꾸기에 매우 열성적이어서 곧잘 정원에서 일했다는 말을 들은 적이 있어요. 그 집에 고용된 정원사가 있었지만 단순히 그 부부의 지시를 따랐을 뿐이었다죠. 그러니 시체를 파묻고 난 뒤 돌 몇 개가 옮겨져 있는 광경을 정원사가 보았다 해도 그는 다만 핼리데이 부부가 자기가 없는 동안 일을 했나 보다고 여겼겠지요.

물론 시체는 두 곳 어디에나 묻을 수 있었겠지만, 실제로 묻혀 있는 곳은 응접실 정면이 아니라 테라스 끝이리라고 생각해요."

그웬다가 물었다.

"어째서 그렇게 생각하세요?"

"가련한 릴리 킴블이 편지 속에서 썼잖아요? 릴리는 레이어니가 창문으로 밖을 내다봤을 때 뭔가 보았다는 말을 듣고 시체가 지하실에 있다는 예전 믿음을 바꾼 거예요.

그것으로 분명해지지요. 그 스위스 소녀는 아기 방 창문으로 그날 밤 어떤 시간에 시체를 묻기 위해 무덤을 파는 모습을 본 거랍니다. 아마도 그녀는 파고 있는 사람도 보았겠지요."

"그런데 왜 경찰에 아무 말도 하지 않았을까요?"

"어머, 그때는 범죄가 일어났을지 모른다는 의문을 품을 이유가 없었으니까요. 헬리데이 부인은 다른 남자와 함께 달아나 버렸다……. 레이어니가 이해할 수 있었던 것은 그것뿐이었어요. 그녀는 영어를 잘 할 줄 몰랐으니까요.

그러나 릴리에게만은 이야기했겠지요. 그때가 아닌 좀 더 뒤에, 그날 밤 자기가 아기 방 창문으로 내다본 이상한 광경을. 그것이 범죄가 있었다는 릴리의 믿음을 더욱 굳게 만들어 주었을 거예요.

하지만 이디스 패짓은 바보 같은 소리를 한다고 릴리를 나무랐겠지요. 스위스 소녀도 경찰에까지 불려 다니는 소동은 원치 않았을 테니 입을 다물었겠고요. 외국인으로서 낯선 나라에 살다 보면 피곤한 일은 피하고 싶으니까요. 그 뒤 레이어니도 스위스로 돌아갔고, 그 일에 대해서는 다시 생각지 않게 되었을 테지요."

자일스가 말했다.

"만일 레이어니가 아직 살아 있어서 우리가 찾아낼 수 있다면……."

마플 양이 고개를 끄덕였다.

"아마도 확실한 걸 알 수 있을 테지요."

자일스가 물었다.

"그 일을 어떻게 시작하면 될까요?"

"그 점에 대해선 경찰이 당신보다 훨씬 잘할 수 있을 거예요."

"라스트 경감이 내일 아침 이리로 오게 되어 있습니다."

"그가 오면 층계에 대한 이야기를 해야겠군요."

"제가 홀에서 본 것, 아니 보았다고 생각하고 있는 것에 대해서도 말해야 할까요?"

그웬다가 불안하게 말했다.

마플 양이 말했다.

"아가씨가 그것에 대해 아직 아무 말도 하지 않은 것은 매우 현명했어요. 그렇지만 이제는 그 이야기를 할 때가 왔다고 생각해요."

자일스가 천천히 말했다.

"헬렌은 홀에서 목졸려 죽었으며, 살인자는 그녀의 시체를 2층으로 옮겨 침대에 뉘였습니다. 그 후 켈빈 핼리데이가 돌아와 약이 든 위스키를 마시고 의식을 잃었지요. 그러고는 그 또한 2층 침실로 옮겨졌습니다. 그는 의식을 되찾자 자기가 헬렌을 죽인 걸로 믿고 말았습니다. 살인자는 어딘가 바로 가까운 곳에 숨은 채 그 광경을 지켜봤겠지요.

켈빈 핼리데이가 케네디의 집으로 달려간 사이 살인자는 시체를 들쳐 업고 옮깁니다. 아마 테라스 끝 나무 뒤에 감추었을 텐데, 집 안 사람들이 잠자리에 들 시간까지 기다렸다가 무덤을 파고 시체를 묻었습니다. 이는 살인자가 밤새 내내 집 주위에 있었을 거라는 뜻이 됩니다."

마플 양이 고개를 끄덕였다.

"그는 반드시 현장에 있었을 겁니다. 마플 양께서 이 사실이 중요하시다고 말한 것도 기억합니다. 우리가 떠올린 세 용의자 가운데 누가 가장 필요한 조건을 갖추고 있는지 살펴봐야겠군요.

맨 처음 어스킨 소령을 생각해 보기로 합시다. 그는 분명 그 자리에 있었습니다. 그 자신이 실토한 바에 따르면 9시쯤 그는 헬렌과 함께 바닷가에서 여기까지 걸어왔습니다. 그러고는 그녀와 헤어졌다고 했지요. 그러나 그게 정말일까요? 예를 들어 그가 작별 인사 대신 그녀의 목을 졸라 죽였다고 해 봅시다."

그웬다가 외쳤다.

"하지만 두 사람은 이미 예전에 끝난 사이였어. 이미 훨씬 전에 지나간 일이라고. 또 그가 헬렌과 단둘이 있던 시간은 아주 짧았다고 했어."

"그웬다, 우리는 그렇게도 생각해 봐야 해. 우리는 누구의 말도 그대로 받아들여선 안 돼."

그때 마플 양이 입을 열었다.

"그렇게 말씀하시는 걸 보니 기쁘군요. 나는 그동안 당신들이 남에게서 들은 이야기를 모두 진실로 믿고 있는 건 아닌지 걱정했었거든요. 나는 본래 슬플 정도로 의심 많은 성격이어서 좀 유감스러울 때도 있답니다. 하지만 특히 살인에 관련된 문제일 경우에는 타인에게서 들은 말은 그대로 받아들이지 않기로 정해 두었어요. 내가 확인한 뒤가 아니면 말이에요.

이를테면, 없어진 옷가지가 헬렌 핼리데이 자신이 고른 게 아니라고 릴리 킴블이 믿었던 것은 사실로 생각돼요. 이디스 패짓이 릴리가 그랬다며 말을 전해 주었을 뿐 아니라, 케네디 선생에게 보낸 편지에서 릴리 자신이 그렇게 썼으니까요. 그러니 그것은 하나의 사실이에요.

아내가 몰래 자기에게 약을 먹인다고 켈빈 핼리데이가 믿었다는 것은 케네디 선생이 우리에게 이야기했고 켈빈 핼리데이 자신도 일기 속에 쓰고 있어요. 그러니 이것 또한 하나의 사실이지요.

정말 흥미로운 사실들이라고 생각지 않나요? 하지만 지금은 더 깊이 파고들지 않기로 해요. 다만 나는 당신들이 생각한 대부분의 가설이 다른 사람에게서 들은, 아마도 매우 그럴듯한 이야기로서 들은 타인의 시각에 바탕을 두고 있다는 것을 지적하고 싶었어요."

자일스는 집중한 얼굴로 마플 양을 지켜보았다.

그웬다는 다시 전과 같은 안색으로 돌아와 커피를 마시며 테이블 앞으로 몸을 내밀고 있었다.

자일스가 말했다.

"그럼, 세 남자가 우리에게 한 말을 하나하나 확인하며 대조해 보기로 하지요. 우선 어스킨 소령부터입니다. 그는 다음과 같이 말했습니다……."

그웬다가 말했다.

"그는 제외해야 해. 그에 대해 더 따지는 건 시간 낭비라고. 완전히 알리바이가 있는걸. 소령은 릴리 킴블을 죽일 수 없었어."

자일스는 냉정하게 계속했다.

"그는 인도로 가는 배 위에서 헬렌을 만나 사랑에 빠졌으나, 아내와 아이들을 버릴 마음이 없어서 헤어지기로 했다고 얘기했습니다.

만약 그 이야기가 전혀 사실과 달랐다면 어찌 될까요? 그가 헬렌을 정말 격렬히 사랑했다면, 그리고 함께 떠나자는 제안을 거부한 것이 그녀 쪽이었다면, 다른 남자와 결혼하면 그녀를 죽이겠다고 소령이 협박했다면요?"

"말도 안 돼."

"그런 일은 종종 일어나. 소령의 부인이 그에게 뭐라고 말했는지를 기억해 봐, 그웬다. 당신은 그걸 질투에 미친 여자의 헛소리로 치부했지만, 부인이 옳았을 수도 있어. 소령의 바람기 때문에 정말 고생이 심했을지 누가 알겠어? 그는 어쩌면 약간 색정광일지도 몰라."

"나는 그렇게 생각하지 않아."

"과연 여성의 마음을 끄는 남자로군. 하지만 난 어스킨이라는 남자에게 좀 미심쩍은 구석이 있다고 생각해. 그럼 얘기를 계속하지.

헬렌은 페인과의 약혼을 취소하고 고향으로 돌아오다가 그웬다의 아버지와 결혼해 이곳에 자리잡았습니다. 거기에 별안간 어스킨이 나타났지요. 그는 표면상으로는 아내와 여름 휴가를 보내기 위해 왔다고 했습니다. 이것은 이것대로 좀 이상합니다. 그는 다시 한번 헬렌을 만나러 왔었다는 것을 인정하고 있으니 말입니다. 뭐, 릴리가 마님이 무섭다며 흐느꼈다고 증언한 그날 헬렌과 함께 응접실에 있던 남자가 어스킨이라고 가정해 봅시다.

헬렌은 '오랫동안 당신이 무서웠어요. 당신은 미쳤어요······.' 라고 말했다지요. 그녀는 두려운 나머지 노포크로 이사해 거기서 살 계획을 세웁니다. 하지만 아무에게도 알리진 않았죠. 어스킨 부부가 딜머스를 떠날 때까지는 아무도 몰랐을 겁니다. 거기까지는 꼭 들어맞습니다. 그렇다면 그 운명의 밤으로 돌아와 보죠. 핼리데이 부부가 그날 저녁 이른 시간에 무엇을 하고 있었는지 우리는 모르지만……."

마플 양이 가볍게 헛기침을 하고 말했다.

"난 실은 이디스 패짓을 다시 한번 만났답니다. 그녀는 그날엔 7시쯤 이른 저녁을 먹었다고 기억하고 있더군요. 핼리데이 소령이 어떤 모임에 나가기로 되어 있었기 때문이라고 했어요. 골프 클럽이거나 교구의 모임이었을 거라고 했어요. 핼리데이 부인은 저녁 식사를 마친 뒤 바로 밖으로 나갔다고 하고요."

"맞습니다. 헬렌은 약속대로 어스킨을 만났습니다. 아마도 바닷가에서였겠죠. 어스킨은 다음 날 떠날 예정이 되어 있었지만, 가지 않겠다고 했겠지요. 그러고는 헬렌에게 함께 달아나자고 몰아붙였을 겁니다. 하지만 그녀는 집으로 돌아갔고, 어스킨도 그 뒤를 따랐습니다. 마침내 격정에 찬 그는 헬렌의 목을 졸라 죽였습니다. 다음 일은 이미 우리의 의견이 일치한 그대로지요. 반쯤 미친 상태에서도 그는 켈빈 핼리데이로 하여금 스스로 살인자라고 믿도록 공작을 폈지요. 밤이 늦은 후 어스킨은 시체를 파묻었습니다. 기억하시죠? 그 웬다에게 말한 대로라면 그는 딜머스를 돌아다니며 밤늦도록 호텔로 돌아가지 않았습니다."

마플 양이 말했다.

"한 가지 이상한 점은 그의 아내가 무엇을 했느냐로군요."

그웬다가 말했다.

"틀림없이 질투로 미쳐 있었겠지요. 그가 돌아오자마자 마구 날뛰었을 거예요."

자일스가 말했다.

"이상이 제가 재구성한 줄거리입니다. 있을 수 있는 일이라고 생각합니다."

그웬다가 말했다.

"하지만 그가 릴리 킴블을 죽일 수는 없어. 노섬벌랜드에 살고 있는걸. 그러니 그에 대해 생각하는 것은 시간 낭비라고. 이제 월터 페인 쪽을 생각해 봐."

"좋아, 그러지. 월터 페인은 억압된 인간형입니다. 그는 얌전하고 상냥해서 남의 말에 잘 휘둘린다는 인상을 주죠. 그러나 마플 양께서는 저희에게 귀중한 가르침을 주신 바 있습니다. 월터 페인이 한때 맹렬하게 화를 내며 거의 형을 죽일 뻔한 일이 있었다는 겁니다.

물론 그때 그는 어린아이였습니다. 그러나 언제나 얌전하고 너그러운 성질을 지닌 그였으니만큼 매우 놀라운 일이었습니다.

아무튼, 월터 페인은 헬렌 케네디와 사랑에 빠졌습니다. 그냥 사랑한 게 아니라 사랑에 미쳐 있었다고 해야겠지요. 그런데 그녀 쪽이 그 사랑을 거부해, 그는 인도로 가게 됩니다.

시간이 흘러, 그녀는 월터 페인과 결혼하겠다는 편지를 보내고 인도를 향해 떠납니다. 그런데 두 번째 충격이 그를 찾아오지요. 그녀는 인도에 왔지만 그를 다시 거부합니다. '어떤 사람을 배 위에서 만났기' 때문이었지요.

그녀는 영국으로 다시 돌아와 켈빈 핼리데이와 결혼했습니다. 아마도 월터 페인은 켈빈 핼리데이야말로 자기가 버림받게 된 원인이라고 생각했겠지요. 그는 그 일을 잊지 못하고 심한 질투와 증오를 품고 귀국했습니다. 그러나 그는 매우 너그러운 친구처럼 행동하며 자주 헬렌의 집을 찾아갔고, 겉으로 보기에는 잘 길들여진 고양이처럼 충실한 하인이 되었습니다.

그러나 헬렌은 이내 그게 진실이 아니라는 걸 깨달았겠지요. 그의 마음속 진심을 엿보고 만 겁니다. 아마도 훨씬 옛날부터 그녀는 조용한 청년 월터 페인의 안쪽에 숨겨진 뭔가를 눈치채고 있지 않았을까요.

그래서 그녀는 그에게 말했습니다. '언제나 당신이 무서웠어요.'라고. 그녀는 아무도 몰래 딜머스를 떠나 노포크에 가서 살 생각을 했습니다. 왜 그랬을까요? 월터 페인을 두려워했기 때문입니다.

또 다시 그 운명의 날 밤입니다. 이번에는 그리 확실한 근거가 없네요. 그날 밤 월터 페인이 무엇을 했는지 알 수 없고, 알게 될 가능성도 없으니까요.

그러나 그는 걸어서 겨우 이삼 분 거리에 살고 있었던 만큼 마플 양께서 말씀하신 '현장에 있었을' 조건을 충족시킨다고 생각합니다. 그는 머리가 아파서 일찌감치 잠자리에 들었다든가, 할 일이 있어서 서재에 틀어박혀 있었다고 변명할지도 모릅니다. 그러나 그는 살인자가 했을 모든 일을 행할 수 있었을 겁니다.

"저는 세 사람 가운데에서 옷가방에 담을 옷을 잘못 선택할 가능성이 가장 큰 사람은 월터 페인이라고 생각합니다. 그는 여자가 어떻게 옷을 입는지 전혀 알지 못할 테니까요."

그웬다가 말했다.

"이상한 일이죠. 사무소에서 그를 만난 날, 나는 월터 페인 씨가 마치 블라인드를 완전히 내려 버린 집 같다는 이상한 인상을 받았어요. 그리고 한층 더 기이한 생각도 떠올랐지요. 그 집 안에는 누군가 죽은 사람이 있을 거라는 느낌이었어요."

그녀는 마플 양을 보았다.

"바보 같은 생각이라고 하시겠지요?"

"아니에요, 아마도 당신 말이 옳을 거라고 생각해요."

"그렇다면……."

그웬다가 말을 시작했다.

"이번에는 애플릭 차례네요. 애플릭 관광의 사장, 언제나 빈틈없는 재키 애플릭. 우선 그에게 불리한 것은, 케네디 박사가 당시 그는 피해망상에 걸린 것 같다고 묘사한 일이에요. 다시 말해 결코 정상적인 사람은 아니었다는 거지요.

그는 자기와 헬렌과의 관계에 대해 이야기해 주었더랬죠. 하지만 지금은 그것이 모두 거짓말투성이로 보여요. 그는 헬렌을 단순히 귀여운 소녀로 여긴 게 아니에요. 광적으로, 열정적으로 사랑했겠지요.

하지만 그녀는 애플릭을 사랑하지 않았어요. 다만 즐겼을 뿐이었지요. 그녀는 마플 양의 표현처럼 남자에 미친 여자였어요."

"아니, 난 그렇게 말하지 않았어요. 그런 식으로는 아니었답니다."

"그렇다면 색정증 환자라고 해 두죠. 아무튼 그녀는 재키 애플릭과 연애 소동을 일으켰고, 얼마 지나자 그를 버리고 싶었던 거예요. 하지만 그는 버림받고 싶지 않았지요. 곧 그녀의 오빠가 여동생을 궁지에서 구해 냈어요. 그러나 재키 애플릭은 결코 용서하지 않았고 잊지도 않았어요. 그는 일자리를 잃었습니다. 그의 말에 따르면 월터 페인에게 억울한 누명을 썼다고 주장하더군요. 이것은 분명한 피해망상증 징후를 보여 주고 있어요."

자일스가 찬성했다.

"그렇지. 하지만 만일 그게 사실이라면 페인에게 불리한 요소가 하나 추가되는 거야. 아주 중요한 점인 거지."

그웬다가 말을 이었다.

"헬렌은 외국으로 가고, 그는 딜머스를 떠났어요. 그러나 결코 그녀를 잊지 않았지요. 그리고 그녀가 딜머스로 돌아와 결혼하자 찾아갔고요. 그는 처음에는 한 번 찾아갔었다고 말했지만 나중에 두 번 이상 간 것을 인정했어요.

게다가…… 그렇군요, 자일스. 기억해? 이디스 패짓은 '번쩍거리는 자동차를 타고 오는 수수께끼의 남자'라는 말을 쓰고 있었어. 그는 하녀들의 화젯거리가 될 만큼 자주 왔던 거야.

하지만 헬렌은 한사코 그를 식사에 초대하지 않으려고 했어. 그를 켈빈과 만나게 하지 않으려 했던 거야. 분명히 애플릭이 무서웠던 것이었겠지. 분명해……."

자일스가 이야기를 가로막았다.

"그렇지만 동시에 다른 해석도 가능해. 헬렌 또한 그를 사랑했고, 그 첫사랑을 잊지 못해 계속 사랑해 왔을 경우지. 그렇다면 필시 그들은 불륜을 저질렀을 테고, 헬렌은 비밀을 지키기 위해 애썼을 거야. 하지만 그가 같이 달아나자고 할 즈음에 헬렌은 상대에게 싫증을 느끼고 있었어. 그렇게 되자……. 그는 그녀를 죽이고 만 거야. 그다음은 다른 사람의 경우와 같고 말이야. 릴리는 케네디 박사에게 보낸 편지에서 그날 밤 대문 밖에 멋진 자동차가 서 있었다고 말했어. 재키 애플릭의 자동차였지. 재키 애플릭 또한 '그 현장'에 있었던 거야.

이상은 하나의 가설일 뿐이지만 타당하다고 생각해. 남은 것은 헬렌이 보내 온 편지를 우리가 재구성한 이야기 속에 포함시키는 일이야. 나는 마플 양이 말씀하신, 헬렌으로 하여금 그 편지를 쓰도록 부추긴 '상황'이 내내 의문스러웠어. 그것을 설명하기 위해서는, 그녀에게 확실히 달리 사랑하는 사람이 있어 그 남자와 몰래 달아나려 했다는 것을 인정하지 않을 수 없기 때문이었지. 다시 한번 세 후보자를 살펴보자고.

우선 어스킨 소령. 그가 아직 아내를 버리고 가정을 깨뜨리기로 확실히 결심하지 못했다고 쳐. 하지만 헬렌은 켈빈 핼리데이를 떠나 먼 곳에 몸을 숨긴 후 가끔씩 어스킨과 만나기로 결심했다고 가정하는 거야.

맨 처음 해야 할 일은 어스킨 부인의 의심을 없애는 것일 테지.

그래서 헬렌은 누군가와 외국으로 도망친 것처럼 보이도록 오빠에게 부칠 편지를 2통 미리 써 둔 거야. 이건 상대방 남자의 정체를 숨길 수 있다는 점과 더불어 그녀에게 아주 필요한 행동이지.”

그웬다가 물었다.

“하지만 그녀가 그를 위해 남편과 헤어질 생각이었다면, 어째서 어스킨 소령이 헬렌을 죽였지?”

“아마도 그녀의 마음이 갑자기 달라졌기 때문이 아닐까? 결국 자기가 정말로 사랑하고 있는 건 역시 남편이라는 사실을 알게 되었다거나. 어스킨은 몹시 흥분해서 충동적으로 그녀를 목졸라 죽였어. 그 후 옷과 가방을 들고 나와 그 편지를 이용한 거지. 이건 모든 일에 들어맞는 완전한 설명이라 할 수 있어.”

“같은 방식을 월터 페인에게도 적용할 수 있겠군요. 시골 변호사에게 스캔들은 정말로 치명적인 것이니까. 헬렌은 페인이 찾아올 수 있을 만한 가까운 곳으로 도망친 후 외국으로 떠난 것처럼 보이도록 꾸미는 데 동의했어요. 그런데 조금 전 당신이 말했듯 마음이 달라진 거죠. 페인은 미칠 듯 흥분해 그녀를 죽여 버린 거예요.”

“그럼, 재키 애플릭은?”

“그의 경우가 편지를 설명하기 제일 어려워요. 그는 스캔들을 두려워할 사람 같지도 않고요. 어쩌면 헬렌은 그를 무서워한 게 아니라 우리 아버지를 무서워한 게 아닐까요? 그래서 외국으로 가 버린 것처럼 보이는 편이 좋겠다고 생각한 걸지도 몰라요.
아니면 그 무렵 애플릭의 아내가 돈을 갖고 있었는데, 그는 자기 사업에 투자하기 위해 그 돈이 필요했는지도 몰라요. 그래요. 편지에 대해서는 얼마든지 가능성이 있어요."

"마플 양은 누구라고 생각하시나요?"

그웬다가 마플 양에게 물었다.

"저는 아무래도 월터 페인은 아닌 것 같아요. 하지만 그렇다면……."

그때 마침 코커 부인이 커피 잔을 치우려고 들어왔다. 그녀가 말했다.

"아참, 마님. 제가 깜빡 잊은 게 있어요. 아무튼 웬 불쌍한 여자가 죽은 일에 주인어른 내외가 함께 골치를 썩이시네요. 그나저나 페인 씨가 오늘 오후에 찾아오셨어요. 30분이나 기다리다 가셨답니다. 듣자 하니 두 분과 이미 약속이 되었다고 하시더라고요."

"이상하군요. 몇 시쯤이었지요?"

"4시 조금 지났을 무렵이라고 생각돼요. 그리고 그 뒤 남자분이 또 한 명 오시지 뭐예요. 크고 노란 자동차를 타고 오셨어요. 그분 또한 두 분과 약속이 되어 있다고 하시더라고요. 그럴 리 없다고, 메모를 남겨 드리겠다고도 했지만 막무가내로 20분쯤 기다리셨지요. 저는 두 분께서 사람들을 모아 티파티라도 열기로 하셨다가 잊은 것은 아닐까 생각했답니다."

그웬다가 말했다.

"그런 적은 없어요. 정말 이상하군요."

"페인에게 전화해 보자고. 아직 자지는 않겠지."

자일스는 그 말을 실행에 옮겼다.

"여보세요, 페인 씨이신가요? 저는 자일스 리드입니다. 오늘 오후에 저희 집에 오셨다고 들어서 말이죠. 뭐라고요? 아니, 아닙니다. 절대 그렇지 않습니다. 정말 이상하군요. 예, 저도 궁금합니다."

그는 수화기를 내려놓았다.

"이상해, 이건. 오늘 아침 그의 사무소로 전화가 왔었다는군. 오늘 오후 우리 집을 방문해 달라는 메시지를 남겨 달라고 했다는 거야. 중요한 볼일이라며."

자일스와 그웬다는 가만히 서로의 얼굴을 마주 보았다.

그웬다가 말했다.

"애플릭에게도 전화해 보죠."

자일스는 다시 전화기 쪽으로 가서 번호를 찾아 전화를 걸었다. 조금 시간 걸렸지만 통화가 연결되었다.

"애플릭 씨입니까? 자일스 리드입니다."

그 순간 그는 분명 상대방의 봇물같이 쏟아져 나오는 이야기에 압도된 것 같았다. 결국 그는 겨우 이렇게 말했을 뿐이었다.

"하지만 저희는……. 예. 확실합니다. 그런 일은 절대 아니죠. 예, 예. 바쁘신 분이란 건 잘 압니다. 저는 그런 일은 꿈에도……. 예, 그런데 전화를 해 온 건 어떤 사람이었습니까? 남자였나요? 아니, 저는 아니라고 말씀드렸습니다. 그럼요. 알겠습니다. 정말 이상하다고 생각합니다."

그는 수화기를 내려놓고 테이블로 돌아왔다.

"어떤 사람이 내 이름을 대고 애플릭에게 전화를 걸어 여기로 찾아와 달라고 부탁했다는군. 급한 볼일로 많은 돈이 걸린 문제라면서 말이야."

그들은 서로 얼굴을 마주보았다. 그웬다가 말했다.

"두 사람 중 누구라도 가능해요. 알겠어요, 제임스? 두 사람 중 누가 릴리를 죽인 후 알리바이를 만들기 위해 여기로 찾아온 거예요."

마플 양이 끼어들었다.

"아가씨, 그런 것으론 알리바이가 되지 못해요."

"완전한 알리바이라는 뜻이 아니에요. 하지만 그들이 사무소를 비우는 구실이 되기는 하겠지요. 한마디로 그들 가운데 한 사람은 진실을 말하고 있고, 한 사람은 거짓말을 하고 있다는 뜻이에요. 그 중 한 사람이 다른 한 사람에게 전화를 걸어 이리로 오라고 말한 거지요. 상대방에게 혐의를 뒤집어씌우려고 말이에요. 어느 쪽인지는 모르겠지만. 이것으로 이 두 사람 가운데 하나라는 게 분명해졌어요. 페인이나 애플릭이에요. 개인적으로는 재키 애플릭일 것 같아요."

"나는 월터 페인이라고 생각하오."

두 사람은 마플 양을 지켜보았다. 마플 양은 고개를 저었다.

"또 하나의 가능성이 있지요."

"물론입니다. 어스킨이지요."

자일스는 뛰다시피 전화기 쪽으로 갔다. 그웬다가 물었다.

"뭘 하려고요?"

"노섬벌랜드에 장거리 전화를 걸려고."

"오, 자일스. 당신 정말로…….."

"우린 알아야 해. 만일 그가 그곳에 내내 있었다면 오늘 저녁 릴리 킴블을 죽이는 건 불가능하지. 자가용 비행기 같은 황당한 물건을 갖고 있지 않은 한."

그들이 잠자코 기다리자 마침내 전화벨이 울렸다.

자일스가 수화기를 집어 들었다.

"어스킨 소령께 개인 전화를 신청하셨습니다. 이대로 말씀하시면 됩니다. 어스킨 소령께서 기다리십니다."

자일스는 신경질적으로 헛기침을 한 다음 말했다.

"어, 어스킨 소령이십니까? 자일스 리드입니다. 리드, 예 맞습니다."

그는 갑자기 '대체 무슨 말을 해야 하지?'라는 듯한 당혹스러운 얼굴로 그웬다를 바라보았다.

그웬다가 일어나 수화기를 받아 들었다.

"어스킨 소령이세요? 저는 리드 부인이에요. 우리들이 여쭤보았던 집에 대한 일인데요. 린스콧 브레이크라는 이름이 붙은 집 말이에요. 저, 그 집에 대해 뭔가 알고 계세요? 댁에서 가까운 곳일 것 같은데요."

어스킨의 목소리가 대답했다.

"린스콧 브레이크라고요? 글쎄, 그런 이름은 들어 본 적 없는 것 같소만. 편지에 씌어 있는 행정 구역은 뭐지요?"

"너무 번져서 알아볼 수가 없어요. 부동산 사무소에서 보내 주는 서류의 인쇄 상태가 어떤지 아시잖아요. 그런데 데이스에서 20킬로미터라고 씌어 있어요. 그래서 혹시 아시지 않을까 해서……."

"미안하지만 들어 본 적이 없소. 누가 살고 있나요?"

"예, 지금은 비어 있다고 하더라고요. 하지만 사실 저희가 진짜로 마음에 두고 있는 다른 집이 있답니다. 바쁘실 텐데 괜히 시간을 뺏어 죄송했어요."

"아니, 조금도 바쁠 것 없소. 다만 집안일에 쫓기고 있을 뿐이지요. 아내는 집에 없고, 요리사는 자기 어머니 댁에 가서 내가 잡다한 집안일에 쫓기고 있답니다. 이런 건 도무지 질색인데. 정원 가꾸는 일이 차라리 낫지요."

"저도 집안일보다는 정원일이 더 좋아요. 부인께서 어디 편찮으신 게 아니면 좋겠군요."

"아, 아니요. 아내는 여동생을 보러 갔답니다. 내일이면 돌아오겠지요."

"그러시군요. 그럼 안녕히 주무세요. 시간 뺏어 죄송해요."

그녀는 수화기를 내려놓았다. 그리고 의기양양해서 말했다.

"어스킨 소령은 아니에요. 부인이 집을 비우는 바람에 집안일을 직접 하고 있었대요. 그러니까 나머지 두 사람 중 하나가 되겠군요. 그렇지요, 마플 양?"

마플 양은 심각한 표정을 짓고 있었다.

"아직도 아가씨는 충분히 생각을 하지 않은 것 같군요. 오, 정말로 걱정이에요. 앞으로 뭘 해야 할지 알 수만 있다면……."

원숭이 앞발

I

점심 식사를 급히 끝낸 뒤 그웬다는 테이블에 두 팔꿈치를 올려 놓고 턱을 괸 채로 멍하니 앞을 바라보고 있었다. 그녀는 앞에 놓인 그릇들을 곧 부엌으로 옮겨 설거지를 하고 저녁 식사로 무엇을 준비할지 생각해야만 했다.

그러나 서두를 필요는 없었다. 그녀는 사정을 이해하기에는 좀 시간이 필요하다고 느꼈다. 모든 일이 너무 빨리 일어나고 있었다.

돌이켜 생각해 보면 아침의 일이 너무나 혼란스럽고 있을 수 없는 일처럼 여겨졌다. 모든 일이 너무도 빨리, 너무나도 거짓말처럼 일어나 버렸다.

그날 아침 일찍, 9시 30분쯤 라스트 경감이 찾아왔다. 본서에서 온 프라이머 경감과 경찰서장도 왔다. 서장은 오래 있지 않았다. 릴리 킴블 살인 사건과 그에 관련된 모든 문제를 맡은 건 프라이머 경감이었다.

그웬다에게 부하들을 시켜 정원을 좀 파헤쳐도 괜찮겠느냐고 물어온 건 겉보기와 달리 상냥한 태도와 차분하고 겸손한 목소리를 지닌 프라이머 경감이었다. 그의 말투는 18년 동안 묻혀 있던 시체를 찾겠다는 것보다는 마치 건강에 좋은 운동을 부하들에게 시키고 싶다고 부탁하는 것처럼 들렸다.

그때 자일스가 입을 열었다.

"제가 도움될 만한 이야기를 몇 가지 해 드릴 수 있을 것 같습니다."

그러고서 그는 잔디밭으로 내려가는 층계가 옮겨진 것을 이야기하고 테라스로 경감을 데려갔다. 경감은 2층 모퉁이 난간이 있는 창문을 올려다보며 물었다.

"틀림없이 저곳이 아기 방이었지요?"

자일스는 그렇다고 대답했다.

그런 다음 경감과 자일스가 집 안으로 돌아왔고, 경관 두 사람이 삽을 들고 정원으로 나갔다. 자일스는 경감이 질문을 시작하기 전에 말을 꺼냈다.

"경감님, 실은 제 아내가 이제까지 저와 또 다른 한 사람 말고는 아무에게도 이야기하지 않았던 어떤 일이 있는데요, 들어 보시는 게 좋을 것 같습니다."

부드럽지만 힘이 느껴지는 경감의 눈이 그웬다에게 쏠렸다. 그

눈은 생각에 잠겨 있는 듯했다.

그웬다는 생각했다.

'이 사람은 스스로에게 묻고 있는 거야. 이 여자가 믿을 만한가, 아니면 허풍쟁이인가 하고.'

그런 인상이 너무 강해서 그웬다의 말투가 바뀌었다.

"제 상상이었는지도 모르겠어요. 아마 그랬을 거예요. 하지만 무서울 정도로 생생한 현실처럼 생각돼요."

프라이머 경감은 부드럽게 타이르듯 말했다.

"좋습니다, 리드 부인, 말씀하십시오. 듣겠습니다."

그웬다는 설명했다. 그녀가 처음으로 이 집을 보았을 때 왠지 친숙하게 느꼈던 일, 후에 자신이 어릴 적 실제로 여기 살았던 것을 안 일, 아기 방의 벽지에 관한 일, 벽으로 막힌 곳에 예전엔 문이 있었음을 기억하고 있었던 일, 그리고 잔디밭으로 내려가는 층계가 있을 거라고 확신했던 일 등이 차례로 이어졌다.

프라이머 경감은 고개를 끄덕였다. 그는 그웬다의 어릴 적 추억 따위엔 흥미가 없다고는 하지 않았으나 그웬다는 아무래도 그가 그렇게 생각하는 것 같아 조바심이 났다.

그녀는 용기를 내어 마지막 이야기를 했다. 그녀가 극장에 앉아 있을 때 별안간 힐사이드의 층계 난간 사이로 홀에 죽어 있는 여자의 모습을 봤던 일이 생각났다는 이야기를.

"금발 여자가 얼굴이 새파랗게 질려 목졸려 죽어 있었죠. 그건 헬렌이었어요. 그런데 참 웃기는 일이었죠. 전 헬렌이 누구였는지도 전혀 몰랐는데."

자일스가 말을 꺼냈다.

"저희는 이렇게 생각합니다."

그러나 프라이머 경감이 예상치 못하게 권위적인 태도를 보이며 가로막듯 손을 들었다.

"부디 리드 부인께서 직접 말씀해 주십시오."

그웬다가 말을 더듬으며 얼굴을 붉히자 프라이머 경감은 그녀로서는 고도의 전문 기술임을 알지 못할 만큼 능숙한 솜씨로 상냥하게 도와주었다. 그는 신중하게 말했다.

"웹스터의 작품이군요? 흠, 「말피 공작부인」 말씀이죠. 원숭이 앞발이라고요?"

"하지만 그것은 악몽이었을지도 모릅니다."

자일스가 말했다.

"리드 씨, 부디 그대로 계십시오."

그웬다가 말했다.

"그건 전부 악몽이었을지도 몰라요."

프라이머 경감이 말했다.

"아닙니다, 저는 그렇지 않다고 생각합니다. 릴리 킴블의 죽음을 밝혀내는 것은, 이 집에서 살해된 여자가 있었다고 가정하지 않으면 아주 어렵습니다."

그 말은 매우 이치에 맞았고 격려하는 힘까지도 실려 있었다. 안심한 그웬다는 급히 다음 말을 계속했다.

"헬렌을 죽인 것은 제 아버지가 아니었어요. 그럴 리가 없어요. 펜로즈 박사님도 아버지는 그런 짓을 할 유형이 아니라고, 살인할 사람이 아니라고 말씀하셨죠. 케네디 선생님 역시 저희 아버님은 살인범이 아니라고 확신하셨어요. 다만 스스로 착각하고 있을 뿐이라고 말이에요.

그러니 진짜 범인은 아버지에게 그 죄를 뒤집어씌우려던 사람이 아닐까요? 저희는 그 사람을 거의 밝혀냈어요. 적어도 두 사람 중 한 명이……."

자일스가 말했다.

"그웬다, 우린 아직……."

"죄송하지만 리드 씨, 정원에 가셔서 부하들의 일이 얼마나 진행됐는지 봐 주시겠습니까? 제 부탁을 받고 왔다고 하시면 될 겁니다."

그는 자일스가 나간 뒤 프랑스식 창문을 닫고 잠가 버린 다음 그웬다에게로 돌아왔다.

"자, 이젠 부인의 생각을 모두 들려주십시오, 리드 부인. 앞뒤가 맞지 않거나 이치에 닿지 않더라도 괜찮습니다."

그웬다는 자신의 생각은 물론 자일스의 추측과 추리까지 모두 털어놓았다. 헬렌 핼리데이의 인생에 등장했던 것으로 판명된 세 남자에 대해 그들이 행했던 조사, 도달한 결론, 그리고 월터 페인과 J. J. 애플릭이 자일스가 건 것처럼 꾸민 전화를 받고 어제 오후 힐사이드로 찾아왔던 일도 모두 쏟아내었다.

"이미 경감님이라면 짐작하셨겠죠? 둘 중 한 사람이 거짓말을 하고 있다는 걸 말이에요."

경감은 좀 지친 듯했지만 차분한 목소리로 말했다.

"그게 저 같은 직업을 가진 사람이 겪게 되는 가장 주된 어려움 중의 하나입니다. 너무나 많은 사람들이 거짓말을 합니다. 그리고 동시에 너무 많은 사람들이……. 음, 항상 부인이 생각하시는 이유에서는 아닙니다. 어떤 사람들은 자기가 거짓말을 한다는 사실조차 모르기도 하지요."

"저도 그렇다고 여기세요?"

그웬다가 걱정스럽게 물었다. 경감은 미소를 띄우며 대답했다.

"당신은 아주 진실한 증인이라고 생각합니다, 리드 부인."

"그럼, 살인범에 대한 제 생각이 옳다고 여기시나요?"

경감이 한숨을 쉬며 말했다.

"우리에게 그것은 생각의 문제가 아닙니다. 그것은 서로 대조해 가며 확인할 문제지요. 모두가 각자 어디에 있었는지, 그리고 자신의 행동을 어떻게 설명할 것인지.

우리는 우선 앞뒤로 10분 정도의 오차밖에 나지 않을 만큼 정확하게 릴리 킴블의 사망 시각을 알고 있습니다. 2시 20분에서 2시 45분 사이입니다. 누구든 어제 오후 그녀를 목졸라 죽이고 나서 이리로 올 수 있었을 겁니다. 그 두 사람에게 왜 그런 전화가 걸려왔는지는 저로서도 알 수 없습니다. 그것은 부인께서 말씀하신 두 사람 모두에게 살인에 대한 알리바이를 주지 못하거든요."

"하지만 결국 알아내시겠죠? 그 시간, 즉 2시 20분에서 2시 45분까지 사이에 그들이 무엇을 했는지 말이에요. 그들에게 질문하시겠지요?"

"우리는 필요한 질문은 모두 하게 될 겁니다, 리드 부인. 그것은 확실히 믿으셔도 좋습니다. 알맞은 시기에 말이에요. 뭐든 서둘러서 좋은 것은 없으니까요. 상황을 잘 보고 맞춰 가야 합니다."

그웬다는 그 말을 듣고 인내심과 이성적 태도의 중요성을 다시금 느꼈다. 서두르지 말고 후회 없이 착실히 해야 한다.

"알겠습니다······. 맞아요. 경감님은 전문가이니까요. 자일스와 저는 아마추어일 뿐이었어요. 이따금 운 좋은 발견을 해내는 때도 있지만 그 후 어떻게 해야 할지를 몰라요."

"그런 겁니다, 리드 부인."

경감은 또 미소를 지었다. 그는 일어나서 잠겨 있는 프랑스식 창문을 열고 나가려고 발을 내딛다가 순간 우뚝 멈춰 섰다. 마치 사냥감을 발견한 개를 닮았다고 그웬다는 생각했다.

"리드 부인, 실례지만 저분은 마플 양이 아닙니까?"

그웬다는 그의 옆으로 가서 섰다.

정원 안쪽에서 마플 양이 메꽃 덩굴과의 덧없는 싸움을 아직도 계속하고 있었다.

"예, 맞아요. 친절하시게도 저희 집 정원 일을 도와주고 계시답니다."

"마플 양이시군요. 음, 과연."

그웬다는 알 수 없다는 눈으로 그를 지켜보며 말했다.

"아주머니는 정말 사랑스러운 분이에요."

그러자 그가 대답했다.

"마플 양은 아주 유명한 부인이십니다. 적어도 3개 주의 경찰서장을 손 안에 쥐고 있지요. 우리 서장은 아직 그렇지 않지만, 언젠가는 그렇게 될 겁니다. 그러니까 마플 양께서 이 사건에 발을 들여놓고 계시다는 말씀이군요?"

"정말 도움되는 말씀들을 많이 해 주셨지요."

"그랬을 겁니다. 어디를 찾으면 핼리데이 부인의 시체가 발견될 거라는 것 역시 마플 양의 조언이었습니까?"

"자일스와 제게 어디를 찾으면 좋을지 친절히 이끌어 주셨어요. 그걸 진작 생각해 내지 못하다니 저희도 참 바보죠."

경감이 상냥하게 작은 소리로 웃었다. 그리고 아래로 내려가 마플 양의 곁에 서서 말했다.

"마플 양, 아직 정식으로 절 소개드린 적은 없습니다만, 전에 멜로즈 대령께서 부인을 가리키며 부인에 대해 가르쳐 주신 적이 있습니다."

마플 양은 손에 푸른 메꽃 덩굴을 쥔 채 일어서서 얼굴을 붉혔다.

"어머나, 그랬어요? 멜로즈 대령님 성함을 들으니 반갑군요. 언제나 다정한 분이셨지요. 그, 어떤 사건에서였더라……."

"목사관 서재에서 교구위원이 총에 맞아 죽은 사건 뒤였습니다. 퍽 오래전 일이었지요. 그러나 부인은 그 후로도 여러 성공을 거두셨습니다. 림스톡 근방에서 일어났던 독 묻은 펜 사건 등 기타 여러 가지로."

"저에 대해 아주 잘 아시는 것 같군요, 경감님."

"프라이머라고 합니다. 여기서도 매우 바쁘게 지내시는 것 같군요."

"네, 이 정원을 손보려 했어요. 정말 엉망으로 방치되었거든요. 예를 들어 이 메꽃 덩굴만 해도 아주 피곤하지요."

마플 양은 경감을 보며 순진하기 짝이 없는 얼굴로 말했다.

"이 뿌리는 땅속으로 길게 뻗어 나가지요. 정말 길게 말이에요. 흙 속을 온통 휘감는답니다."

"옳으신 말씀입니다. 훨씬 깊게 거슬러 올라가는 거죠······. 이 살인이 바로 그렇습니다. 18년이니까요."

마플 양이 말했다.

"아마 더 옛날부터일 거예요. 땅속으로 뻗어 나가 무서운 해악을 끼친답니다. 미래에 예쁘게 꽃을 피울 화초의 목숨을 빼앗으니까요······."

한 경관이 오솔길을 걸어왔다. 땀을 뻘뻘 흘리며 이마에는 흙이 묻어 있었다.

"뭔가를 찾았습니다, 경감님. 그 여자가 맞는 것 같습니다."

II

그웬다는 계속 회상하고 있었다. 그날이 한 편의 악몽으로 바뀌기 시작한 것은 그때부터였다.

자일스가 들어왔다. 얼굴이 좀 창백해져 있었다.

"그녀가 틀림없어, 그웬다."

그런 다음 경관 한 사람이 전화로 경찰의를 불렀다. 키가 작달막하고 부산스러워 보이는 남자가 곧 도착했다. 코커 부인, 그 냉정하고 침착한 코커 부인이 정원으로 나간 것은 그때였다. 잔인한 호기심 때문이었다고 생각할 사람도 있겠지만, 실은 그저 점심 식사 요리에 곁들일 채소가 필요해서 따러 나간 것이었다.

코커 부인은 바로 어제 있어난 살인 소식을 듣고 놀라움에 차서 비난을 쏟아 놓으며 그웬다의 건강에 미칠 영향에 대해 걱정하고 있었다. 코커 부인은 몇 달만 지나면 2층 아기 방을 쓸 일이 있을 것이라고 확신하며 그날을 기다리고 있었기 때문이다. 그녀는 그 기분 나쁜 발견물이 있는 곳으로 곧장 걸어갔다. 그러고는 곧 '심각한 심리 상태'에 빠지고 말았다.

"너무 무서워요, 마님. 사람 뼈라니, 그런 것을 볼 날이 올 줄은 꿈에도 생각 못했죠. 해골이라니! 바로 이 집 정원에! 민트나무 숲에 해골이 있을 줄이야……. 가슴이 뛰어서 숨이 멎을 것 같아요. 죄송한 말씀입니다만 브랜디 한 모금만 주시겠어요?"

그웬다는 코커 부인의 가쁜 숨소리와 흙빛이 된 얼굴을 보고 깜짝 놀라 식기장으로 달려가 브랜디를 조금 따라 와 코커 부인에게 권했다.

"이게 필요했어요, 마님."

그때 별안간 코커 부인의 목소리가 잦아들며 안색이 심상치 않았다. 그웬다는 비명을 지르며 자일스를 불렀고, 자일스는 큰 소리로 경찰의를 불렀다.

후에 경찰의가 말했다.

"제가 마침 그 자리에 있어서 다행이었습니다. 아슬아슬했어요. 의사가 없었다면 그 부인은 꼼짝없이 죽었을 겁니다."

프라이머 경감은 브랜디 병을 집어 들고 의사와 나지막히 상의하기 시작했다. 그러고는 프라이머 경감은 그웬다에게 부부가 마지막으로 그 병의 브랜디를 마신 게 언제냐고 물었다.

그웬다는 여러 날 전부터 마시지 않은 것 같다고 말했다. 그들은 집을 비우고 북부에 가 있었으며 최근 두세 번 술을 마셨을 때에는 진을 마셨던 것이다.

"하지만 어제 저는 하마터면 브랜디를 마실 뻔했어요. 하지만 그걸 마시면 바다 위 증기선이 생각나기 때문에 마시지 않았지요. 그래서 자일스가 새 위스키 병을 따 주었어요."

"아주 운이 좋으셨던 겁니다, 리드 부인. 만일 어제 브랜디를 마셨더라면 부인께서 오늘 살아 있을지 어떨지 모를 일입니다."

그웬다는 몸을 떨며 말했다.

"자일스도 하마터면 마실 뻔했답니다. 하지만 저와 함께 위스키를 마셨지요."

코커 부인이 병원으로 후송되었기 때문에 자일스는 통조림만으로 급히 점심 식사를 끝낸 후 경찰들을 따라 나갔다.

집 안에 혼자 남아 있게 된 지금, 그웬다는 오늘 아침에 일어난 소동을 도저히 믿을 수가 없었다.

한 가지 사실이 뚜렷하게 떠올랐다. 어제 이 집에 재키 애플릭과 월터 페인이 왔다는 사실이었다. 두 사람 다 브랜디 병에 손을 댈 수 있었을 것이다. 그 가짜 전화의 목적이 브랜디에 독을 타는 것 외에 대체 무엇이었겠는가? 그웬다와 자일스가 진실에 너무 가까이 다가가 있던 것이 원인이었다.

아니면 그녀와 자일스가 케네디의 집에서 릴리 킴블이 약속대로 도착하기를 기다리는 동안, 제3의 인물이 응접실의 열려 있는 창문으로 들어온 것일까? 재키 애플릭과 월터 페인에게 의혹을 돌리려 가짜 전화를 걸었던 그 제3의 인물이?

하지만 그웬다는 제3의 인물이란 설득력이 없다고 생각했다. 그런 사람이 있다면 한 명에게만 전화를 걸었어야 했다. 제3의 인물에게 필요한 것은 용의자 하나지 두 사람은 아닐 것이다.

그러면 대체 누가 제3의 인물이 될 것인가? 어스킨은 틀림없이 노섬벌랜드에 있었다. 그렇다면 월터 페인이 애플릭에게 전화한 것일까? 아니면 애플릭이 페인에게 전화해서 비슷한 소리를 했을까?

그 두 사람 가운데 하나가 틀림없었다. 곧 그녀와 자일스보다 훨씬 똑똑하고 강력한 수단을 가진 경찰이 누구인지를 밝혀낼 것이었다. 그동안 두 용의자는 감시받을 것이고, 두 번 다시 그웬다 부부를 노릴 수 없을 터였다.

그웬다는 다시 몸을 떨었다. 누군가가 자기들을 죽이려 했다는 사실을 깨닫기까지는 오랜 시간이 걸렸다.

마플 양은 훨씬 전부터 위험하다고 말해 왔다. 그러나 그웬다와 자일스는 그 위험의 경고를 심각하게 받아들이지 않았다. 릴리 킴블이 살해된 후에도 누군가 자신과 자일스를 죽이려 하리라는 생각은 하지 못했다. 자신과 자일스가 그저 18년 전 일어난 사건의 진상에 너무 가까이 다가서 있다는 사실만으로, 그때 무슨 일이 있었으며, 누가 그렇게 했는가 하는 수수께끼를 밝히려 했다는 것만으로.

월터 페인과 재키 애플릭…….

누구일까?

그웬다는 눈을 감고 새로이 얻은 지식을 바탕으로 다시금 그들을 처음부터 살펴보려 했다.

조용한 월터 페인. 사무실에 앉아 있는, 거미줄 한가운데에 있는 창백한 거미. 너무나도 얌전하고 악의 없는 생김새. 블라인드를 내린 집. 그 집 안에 누군가 죽은 사람이 있다. 18년 전에 죽은 누군가가. 지금도 여전히 있다. 조용한 월터 페인이 지금은 얼마나 사악하게 보이는지 모른다.

예전에 자기 형에게 죽이려는 기세로 덤벼들었던 월터 페인. 헬렌에게 굴욕적으로 결혼을 취소당한 월터 페인. 한 번은 이곳에서, 한 번은 인도에서 일어난 이중의 거절. 이중의 치욕. 너무나도 얌전하고 너무나도 무감동한 월터 페인. 갑자기 폭발하는 끔찍한 폭력에 의해서만 자신을 드러낼 수 있는 사람. 조용한 리지 보든이 그랬듯이…….

그웬다는 눈을 떴다. 그녀는 자신도 모르는 새 월터 페인을 범인으로 단정 짓고 있는 것이 아닐까? 분명 애플릭을 의심할 사람도 있을 것이다. 그녀는 이번엔 눈을 뜬 채 생각에 잠겼다.

그가 입은 요란한 체크무늬 옷. 월터 페인과는 정반대인 거들먹거리는 태도. 애플릭에게는 억압된 면도 조용한 면도 전혀 없다. 그러나 그는 틀림없이 열등감 때문에 그런 태도를 몸에 익힌 것이리라. 전문가의 말을 따르면, 열등감이란 그런 식으로 표출되는 것이라고 했다. 스스로에게 자신이 없는 사람은 반드시 자화자찬에 빠지는 법이라고.

그는 격이 떨어지는 사람이었기 때문에 헬렌에게 거절당했다. 상처는 점점 곪아 잊히지 않을 지경이 되었다. 출세해야겠다는 결의, 모든 사람이 자신에게서 등을 돌렸다는 피해망상, '적'이 뒤집어 씌운 억울한 누명 때문에 일자리를 잃었다는 생각. 확실히 이런 사실들은 애플릭이 정상이 아니라는 걸 보여 주고 있다. 그런 남자는 다른 사람을 죽임으로써 강력한 존재가 된 듯한 느낌을 얻는 게 아닐까?

그의 싹싹해 보이는 명랑한 얼굴은 실은 잔인한 얼굴이었다. 그는 잔인한 남자였다. 여위고 핼쑥한 그의 아내는 그것을 알기 때문에 그를 두려워했다.

릴리 킴블은 그를 협박했고, 그리고 죽었다. 그웬다와 자일스는 주제넘은 짓을 했다. 그렇다면 그웬다와 자일스 또한 죽어야만 했다. 그리고 옛날에 그를 골탕 먹였던 월터 페인을 끌어들인다. 아주 잘 들어맞는 이야기였다.

그녀는 몸을 부르르 떨고 상상에서 빠져나와 현실의 일로 돌아왔다, 자일스가 집으로 돌아오면 차를 마시고 싶어 할 것이다. 점심 식사 설거지를 해야 했다. 그녀는 쟁반을 모아서 부엌으로 옮겼다. 부엌은 무엇 하나 흐트러진 것 없이 깨끗이 정돈되어 있었다. 코커 부인은 정말 보물 같은 존재였다.

개수대 옆에 외과용 고무장갑 한 켤레가 있었다. 코커 부인은 빨래나 설거지를 할 때 언제나 그것을 두 손에 꼈다. 병원에 근무하는 그녀의 조카가 싸게 구해 준 것이었다.

그웬다는 손 피부를 생각해 두 손에 장갑을 끼고 그릇을 씻기 시작했다. 그녀는 접시를 씻어 접시꽂이에 꽂고, 다른 그릇도 모두 닦아 전부 깔끔하게 치웠다.

그러고는 여전히 깊은 생각에 잠긴 채 그녀는 2층으로 올라갔다. 스타킹이나 점퍼 한두 벌을 빨아 놓는 게 좋겠다는 생각이었다. 그녀는 내내 장갑을 낀 채였다.

이러한 일들 모두가 그녀의 마음 표면에 있었다. 그러나 어딘지 더 깊은 곳에 있는 무언가가 끊임없이 그녀를 괴롭히는 것 같았다.

월터 페인, 재키 애플릭……. 그들 가운데 어느 누구일 것이다. 그들 중 하나가 범인인 이유를 상당히 설득력 있는 수준으로 완성해 냈으니까. 하지만 그녀를 괴롭히는 원인이 바로 그것인지도 몰랐다. 다시 말해 두 사람이 아니라 어느 한쪽만이 타당한 범죄 동기를 가지는 쪽이 훨씬 만족스러웠을 거라는 뜻이었다. 지금쯤이면 당연히 어느 쪽인지 알 수 있어야 할 것 같은데, 그웬다는 아직 알지 못했다.

만일 그 밖에 누가 있다면……. 그러나 그런 사람이 있을 리 없다. 리처드 어스킨은 아니다. 릴리 킴블이 살해된 때에도, 브랜디 병에 독이 섞였을 때에도 리처드 어스킨은 노섬벌랜드에 있었다. 확실히 리처드 어스킨은 아니다.

그녀는 그것이 기뻤다. 그녀는 리처드 어스킨에게 호감을 갖고 있었다. 그는 정말로 매력적인 남자였다. 그런데 그런 그가 의심 많은 눈을 가진 커다란 석상 같은 여자와 결혼하다니. 그 부인의 목소리는 꼭 남자 같았다.

남자 같은 목소리…….

그 생각은 기묘한 불안감과 더불어 그녀의 마음을 가로질러갔다.

남자의 목소리……. 어젯밤 자일스와 전화로 통화한 사람이 어스킨이 아니라 그의 부인이었다면? 아니야, 그럴 수는 없어! 당연히 틀린 생각이다. 그녀와 자일스가 그것조차 알아차리지 못했을 리가 없다. 그런 일은 있을 수 없다. 게다가 어스킨 부인은 전화 상대방이 누군지 미리 알 수 없었을 터였다. 당연히 어스킨 자신이 받은 것이고, 그의 아내는 그의 말대로 집에 없었던 것이다.

그의 아내는 집에 없었다…….

설마? ……불가능해! 하지만 범인이 어스킨 부인이었다면? 어스킨 부인이 질투로 몹시 흥분해서? 어스킨 부인에게 릴리 킴블이 편지를 보내서? 레이어니가 18년 전 그날 밤 창밖으로 본 사람이 혹시 여자는 아니었을까?

별안간 아래층 홀에서 문이 쾅 닫히는 소리가 들렸다. 누군가 현관문으로 들어온 것이다.

그웬다는 욕실에서 층계참으로 나가 난간 위에서 내려다보았다. 그것이 케네디임을 알자 마음이 놓였다. 그녀는 아래를 향해 불렀다.

"저 여기 있어요!"

그녀는 두 손을 눈앞으로 내밀고 있었다. 젖어서 번쩍거리는, 분홍빛이 도는 회색 장갑이 보였다. 그것들이 그녀에게 무언가를 생각나게 했다…….

케네디는 손으로 눈을 가리며 위를 올려다보았다.

"그웨니니? 눈이 부셔서……. 네 얼굴이 보이지 않는구나."

그 순간 그웬다는 비명을 질렀다.

그녀가 본 것은 그 매끄러운 원숭이 앞발, 들은 것은 홀에서 들은 그 목소리였다.

그녀는 숨을 헐떡였다.

"당신이었군요……. 당신이 그녀를 죽였어요……. 헬렌을 죽였다고요. 이제야 알았어요. 당신이었어요……. 모두 당신이……."

그는 그녀를 향해 층계를 올라왔다. 천천히, 그녀를 똑바로 바라보면서. 그가 말했다.

"왜 나를 그냥 내버려 두지 않았니? 왜 주제넘게 참견한 거냐? 왜 그 애를…… 생각나게 만들었냐고? 이제야 겨우 잊으려, 잊어버리려 했는데 네가 그 애를…… 헬렌, 나의 헬렌을 다시 끄집어 올렸어. 나는 릴리를 죽여야만 했지……. 이번에는 널 죽여야만 해. 내가 헬렌을 죽였듯이······. 그래, 헬렌을 죽였듯이······."

그는 어느새 그녀 바로 곁에 있었다. 자신에게로 뻗쳐 오는 두 손이 목을 향하고 있음을 그웬다는 알 수 있었다.

그 친절하고 선량하며 평범한, (그러나 기묘한) 중년의 얼굴. 그의 얼굴은 늘 그랬듯 평온했다. 하지만 그의 두 눈은, 눈만은 정상이 아니었다.

그웬다는 천천히 뒷걸음질쳤다. 비명은 목구멍 깊숙이에서 얼어붙어 버렸다. 그녀는 좀 전에 한 번 비명을 질렀지만, 두 번째는 나오지 않았다. 물론 비명을 질렀다 해도 들을 사람이 없었으리라.

집 안에는 아무도 없었다. 자일스도, 코커 부인도. 마플 양마저 정원에 나가 있었다. 아무도 없었다.

옆집은 너무 멀리 떨어져 있어 고함을 쳐도 소리가 닿지 않는다. 어쨌거나 목소리가 나오지 않았다. 너무 무서워서 목이 잠긴 것이다. 그 끔찍한 두 손이 다가오는 것이 너무 무서웠다······.

그녀가 뒤로 물러서자 그가 쫓아왔다. 마침내 아기 방 문에 등을 대고 그녀는 걸음을 멈췄다. 그의 손이 목을 감아 죄려고 했다.

가련하고 가냘픈 흐느낌이 그녀의 입술 사이로 새어나왔다.

그때 갑자기 케네디가 손을 놓고 뒤로 비틀거렸다. 두 눈에 비눗물 세례를 받았기 때문이었다. 그는 숨을 몰아쉬며 눈을 손으로 비비고 깜빡였다.

마플 양의 목소리가 들려왔다.

"겨우 맞혔군."

그녀는 뒤쪽 계단을 굉장한 기세로 뛰어올라 오느라 숨을 몰아쉬고 있었다.

"마침 분무기로 장미꽃의 진딧물을 잡던 참이라 망정이지……."

토키에서의 후일담

"그나저나 그웬다, 집에 당신 혼자만 남고 모두 나가리라곤 꿈에도 생각지 못했어요. 나는 아주 위험한 사람이 그 집을 드나들 걸 알고 정원에서 내내 보초를 서고 있었지요."

마플 양의 말에 그웬다가 물었다.

"아주머니는 그 사람이 범인이라는 걸 전부터 알고 계셨나요?"

그들 세 사람, 마플 양과 그웬다와 자일스는 토키의 임페리얼 호텔 테라스에 앉아 있었다.

장소를 옮기자는 마플 양의 제안에 그웬다를 염려하는 자일스가 찬성하고, 프라이머 경감도 허락해 주었으므로 그들은 곧 토키까지 차를 몰고 온 것이었다.

마플 양은 그웬다의 질문에 대답했다.

"글쎄, 심증은 있었지요. 하지만 불행히도 그걸 뒷받침할 증거가 아무것도 없었어요. 그냥 심증일 뿐이었던 거예요."

신기한 듯 그녀를 바라보며 자일스가 말했다.

"하지만 저는 아무런 심증도 못 느꼈는데요."

"저런. 리드 씨, 생각을 해 보세요. 첫째로 그는 현장에 있었어요."

"현장에요?"

"아주 확실하게 있었지요. 퀼빈 핼리데이가 그날 밤 케네디의 집으로 갔을 때 그는 마침 병원에서 돌아온 참이었지요. 당시 그 병원은 몇몇 사람이 말했듯이 힐사이드, 그때 이름으로 세인트캐서린의 옆집이었어요. 그러니 명백해지죠. 그는 바로 그 시간 바로 그 장소에 있었던 거예요.

그 후에 수많은 것들이 지나갔지만, 한 가지 작지만 중요한 사실이 있어요. 헬렌 핼리데이는 처음에 자신이 불행하다고 느껴서 월터 페인과 결혼하기로 마음먹었다고 했지요. 다시 말해 오빠와 함께 살면서 행복하지 못했던 거예요.

하지만 오빠는 아무리 생각해 봐도 그녀를 무척 사랑했어요. 그런데 왜 행복하지 못했을까요?

애플릭 씨는 당신에게 '그녀를 동정했다'고 말했다지요? 그가 헬렌을 가리켜 그렇게 말한 것은 정말 진심이었다고 생각해요. 애플릭은 그녀를 가엾게 여긴 거예요.

헬렌은 어째서 그렇게 떳떳하지 못한 방법으로 애플릭을 만나러 가야만 했을까요? 그녀가 애플릭을 진심으로 사랑하고 있지 않았다는 말을 믿더라도 말이에요.

그것은 그녀가 여느 방법으로는 남자들과 사귈 수 없었기 때문이 아닐까요? 그녀의 오빠는 '엄격하고 구식이었다'고 했지요. 그걸 보고 전 윔폴 거리의 배럿 씨를 연상했답니다."

그웬다가 몸을 부르르 떨었다.

"그는 미쳤어요. 미친 사람이에요."

"그렇죠. 정상이 아니었어요. 그는 자기의 배다른 동생을 숭배했어요. 그리고 그 애정은 건전치 못한 독점욕에 가까웠지요.

세상 속에 그런 일은 생각보다 훨씬 흔해요. 딸이 결혼하는 것을 원치 않는 아버지를 생각해 보세요. 가끔은 딸들이 젊은 남자를 만나는 것조차 싫어하기도 하죠. 배럿 씨가 바로 그랬어요. 그 테니스 네트 이야기를 듣고 그런 생각이 떠올랐더랬죠."

"테니스 네트요?"

"그 사건은 아주 의미심장했어요. 소녀였을 적의 헬렌을 생각해 봐요. 여자아이들이 인생에서 원하는 모든 것을 열망하는, 학교를 갓 졸업한 여자아이. 남자친구를 만들고 싶어 하고, 같이 어울려 놀고 싶어 하는 소녀 말이에요."

"조금 성적 충동이 강했고요."

그러자 마플 양이 힘주어 반박했다.

"아니에요. 그렇게 생각하도록 한 게 이 범죄의 가장 고약한 점 가운데 하나예요. 케네디 박사는 헬렌을 육체적으로뿐만 아니라 정신적으로도 죽인 셈이지요.

다시 곰곰이 생각해 보세요. 남자 없인 못 사는 여자였다고 헬렌 케네디를 평가하면서 그웬다 당신이 들었던 근거는 뭐였죠? 색정광이라는 평가를 내리게 한 유일한 근거는 케네디 선생에게서 들은 말이었을 뿐임을 알 수 있겠지요?

내가 생각하기에 그녀는 보통의 평범한 젊은 여자로, 유쾌하고 즐겁게 지내며 남자와도 좀 사귀고 자기가 선택한 남성과 결혼하여 정착하기를 바랐을 뿐이었다고 생각해요. 그런데 오빠가 취한 수단을 좀 봐요.

처음에는 동생의 자유를 억압하는 엄격한 보수성을 보였지요. 다음에는 그녀가 테니스 파티를 열려고 하자 (겉으로 그러라고 해 놓고는 말이죠) 이 아주 정상적이고 조금도 해롭지 않은 욕구에 대한 반응으로 밤중에 아무도 모르게 그 테니스 네트를 갈기갈기 찢어 버렸어요. 너무나 의미가 깊은, 실로 가학적인 행동이지요.

그 후에도 그녀가 다시금 테니스나 춤을 즐기러 나갈지도 모른다는 생각에 그는 일부러 현관 앞뜰에 신발 터는 매트를 내놓아 그녀가 걸려 넘어지게 한 다음 그 상처를 이용했지요. 다시 말해 진료하는 척하면서 실은 상처가 낫지 않도록 균으로 악화시켰던 거예요. 그래요, 틀림없이 그렇게 했으리라고 생각해요. 정말로 그렇게 확신해요.

다만 헬렌은 그런 일을 아무것도 알아차리지 못했을 거예요. 그저 오빠가 자신을 마음속 깊이 아낀다고 생각했겠지요. 집에 있으면 왜 항상 불안하고 불편하게 느껴지는지 그 진짜 이유에 대해선 몰랐겠지만. 그래도 그런 감정을 느끼기는 했어요. 그래서 마침내 그녀는 오직 '달아나기' 위해서, 월터 페인과 결혼하러 인도까지 가기로 결심한 거예요.

무엇으로부터 달아나기 위해서인가? 그녀는 알지 못했어요. 너무 어리고 너무 순진했기 때문에 알지 못했지요.

그리하여 인도로 떠났지만, 도중에 리처드 어스킨을 만나 서로 사랑에 빠졌어요. 거기에서도 그녀는 전혀 색정광인 여자처럼 행동한 적이 없어요. 정숙하고 우아한 소녀였을 따름이죠. 헬렌은 어스킨에게 부인을 떠나라고 조르지 않았어요. 오히려 그러지 말라고 했죠. 그러나 막상 월터 페인을 만나 보니, 그와는 결혼할 수 없음을 알게 된 거예요. 그러고는 어떻게 해야 좋을지 알 수 없어서, 오빠에게 전보를 쳐서 돌아갈 여비를 부탁했어요.

돌아오는 길에 그녀는 그웬다의 아버지를 만났어요. 또 하나 탈출할 길이 펼쳐진 거죠. 이번에는 충분히 행복할 수 있는 가능성이 보였고 말이에요.

그웬다, 그녀가 당신 아버지와 결혼한 것은 자기 마음을 속이고 한 일이 아니었어요. 당신 아버지는 사랑하는 아내의 죽음에서 차츰 회복되어 가는 때였지요. 그리고 그녀는 불행한 연애 사건을 극복해 가는 참이었고요. 두 사람은 서로 도울 수 있었어요.

그녀와 켈빈 핼리데이가 런던에서 결혼하고, 그런 다음 딜머스로 가서 케네디 박사에게 그 소식을 알린 것은 아주 의미하는 바가 커요. 그렇게 하는 게 딜머스로 일단 갔다가 결혼하는 것보다 현명할 거라고 그녀는 본능적으로 알았던 게 아닐까요. 어떻게 보면 딜머스에서 결혼하는 것이 당연했을 텐데 말이에요.

하지만 내 생각에 그녀는 자신 앞에 무엇이 기다리고 있는지 몰랐으리라 생각해요. 그냥 왠지 불안했던 거겠죠. 그런 육감의 결과로 그녀는 오빠에게 결혼을 기정사실로 내놓는 편이 안전하다고 느끼고 있었던 거예요.

켈빈 핼리데이는 케네디 박사에게 격의 없이 다가가 친하게 지내려 했죠. 케네디 박사 쪽은 애써 이 결혼을 기뻐하는 것처럼 행동했고요. 부부는 곧 그 가까이에 가구 딸린 집을 빌렸어요.

그리고 마침내 아주 중요한 사건이 일어나요. 켈빈이 아내가 자신에게 약을 먹이고 있다고 믿게 된 거예요. 여기에 대해서는 두 가지 설명밖에 없다고 생각해요. 그런 일을 할 기회가 있었던 사람은 둘밖에 없었으니까요.

하나는 헬렌 핼리데이가 남편에게 실제로 약을 먹여 왔다는 것. 그렇다면 왜? 또 하나는 그 약을 케네디 박사가 주었다는 것.

케네디는 분명히 켈빈 핼리데이의 주치의였어요. 그는 그의 의학적 지식을 믿고 있었지요. 그런데 케네디가 헬렌이 그에게 약을 투여하고 있다고 매우 교묘한 암시를 건 거예요."

자일스가 물었다.

"그러나 어떤 약을 먹으면 자기 아내를 목졸라 죽이는 환각을 보게 되는 걸까요? 그런 특수한 효과를 지닌 약이 있다고는 듣지 못했는데요."

"리드 씨, 당신은 이번에도 함정에 빠져 있어요. 다른 사람이 자기에게 한 말을 믿어 버리는 함정에. 핼리데이가 그와 같은 환각에 사로잡혀 있었다는 말을 한 사람은 케네디뿐이에요. 핼리데이 자신은 일기 속에서도 결코 그렇게 말하지 않았어요.

확실히 그는 환각을 보긴 했어요. 그러나 어떤 성질의 환각인지는 말하지 않았지요. 케네디는 퀠빈 핼리데이가 겪은 증상을 설명하며 그런 단계를 거친 후에 자기 아내를 죽인 남자들이 있다고 말한 게 아닐까요?"

그웬다가 말했다.

"케네디 선생은 정말로 사악한 사람이군요."

마플 양이 말했다.

"나는 그즈음의 그가 분명히 정상과 광기의 경계를 넘나들었다고 생각해요. 그리고 가엾은 헬렌은 그것을 깨닫기 시작한 거예요. 릴리가 엿들었다는 날 그녀가 이야기했다는 상대는 분명히 오빠였을 거예요.

'……언제나 당신이 무서웠어요.'

이것은 그녀가 한 말이었지요. 아주 의미심장해요. 그래서 그녀는 딜머스를 떠날 결심을 한 거예요.

그녀는 노포크에 집을 사도록 남편을 설득하고는, 그 일에 대해 아무에게도 말하지 않도록 신신당부했어요. 아주 희한한 태도죠. 그녀는 분명히 자기들의 이사 계획을 '누군가가' 알게 되는 사태를 두려워했던 거예요.

하지만 월터 페인이나 재키 애플릭에게 혐의를 두자면 이런 행동을 설명할 수 없죠. 리처드 어스킨의 경우에도 맞지 않는 건 마찬가지예요. 그것은 그들 집에서 더 가까운 곳에 문제의 원인이 있다는 걸 가리키고 있어요.

그런데 켈빈 핼리데이는 별다른 의심 없이 그 비밀을 박사에게 이야기해 버렸지요. 그렇게 함으로써 그는 자신과 아내의 운명을 결정짓고 말았던 거예요.

케네디는 헬렌이 남편과 함께 멀리서 행복하게 살도록 허락할 마음이 없었어요. 아마도 그는 처음엔 그저 약으로 켈빈의 건강을 해치려는 정도였겠지요. 그런데 그 희생자와 헬렌이 자기에게서 달아나려 하는 것을 알자 그는 완전히 이성을 잃고 말았어요.

그는 병원에서 쓰는 외과용 장갑을 낀 채 세인트캐서린의 정원을 가로질러 왔어요. 홀에서 헬렌을 붙잡아 목졸라 죽였지요. 그를 본 사람은 아무도 없었으니, 목격자가 없었던 셈이에요. 아니, 적어도 그는 그렇게 생각했지요. 그래서 비뚤어진 애정과 광기에 물들어 있던 그는 감상에 젖어 그 상황에 걸맞는 비극의 대사를 암송했던 거예요."

마플 양은 한숨을 쉬고 혀를 찼다.

"내가 정말, 정말로 어리석었어요. 우리 모두가 어리석었어요. 단번에 알아챘어야 했던 거예요. 「말피 공작부인」의 대사야말로 사건 전체의 단서였으니까요. 그 대사는 여동생이 사랑하는 남자와 결혼한 데 대한 복수로 그녀를 살해한 오빠가 한 말인 것으로 기억해요. 그래요, 우리가 어리석었어요……."

자일스가 물었다.

"그 후에는요?"

"그 후 그는 저 악마 같은 계획을 모조리 해치웠지요. 시체를 2층으로 옮겨 놓고 여행 가방에 옷가지를 담은 다음 나중에 핼리데이가 보도록 하기 위해 쪽지를 써서 휴지통에 버린 거예요."

그웬다가 말했다.

"하지만 이런 생각도 드는데요. 그로서는 아예 제 아버지에게 살인죄를 덮어씌워 버리는 편이 좋지 않았을까요?"

마플 양은 고개를 저었다.

"어머, 아니에요. 그는 그런 위험을 감수할 생각이 없었어요. 그는 알다시피 빈틈없는 스코틀랜드적 상식의 소유자였으니까요. 그는 경찰을 상당히 높이 평가했어요. 경찰은 한 인간이 살인죄를 저질렀다고 믿기까지 많은 것을 확인하지요. 경찰이 사건을 다루게 되면 여러 가지로 복잡한 질문을 받을테고, 시간과 장소에 대해서도 골치 아픈 조사를 받을 거예요.

그런 만큼 그의 계획은 더 단순했고, 어쩌면 더 악마적이었지요. 그는 그냥 핼리데이에게 확신만을 심어 주면 되었어요. 처음엔 자신이 아내를 죽였다는, 다음엔 자신은 미쳤다는 확신 말이죠. 그는 핼리데이에게 정신 병원으로 들어갈 것을 권했어요. 하지만 핼리데이가 모든 게 망상이었다고 정말로 납득하길 원하지는 않았겠죠.

그웨니, 당신의 아버님은 박사의 이야기를 믿었던 거예요. 자신이 헬렌을 죽였다고 쭉 믿었고, 세상을 떠날 때까지도 그 믿음은 변치 않았던 거랍니다."

그웬다가 말했다.

"너무 사악해요. 사악해, 사악해요……."

"그래요, 정말 그렇게밖에 말할 수가 없어요. 그래서 그웬다 당신이 본 그 어릴 적의 기억이 그토록 강한 인상으로 남을 수 있었다고 생각해요. 그날 밤 공중에 떠돌고 있었던 것은 진짜 악이었어요."

"하지만 편지는? 헬렌의 편지는 어떻게 되지요? 그것은 그녀의 필적으로 씌어 있었어요. 위조된 것일 리가 없다고 했는데."

"당연히 위조한 거예요! 하지만 그가 너무 술수를 부렸던 것도 바로 그 점이죠. 그는 당신들 두 사람이 착착 조사를 진행해 나가는 것을 아주 걱정하고 있었어요. 그는 분명 헬렌의 필적을 꽤 잘 흉내 낼 수 있었을 거예요. 하지만 전문가의 눈을 속일 순 없잖아요? 따라서 헬렌의 필적이라고 건네준 견본이 가짜였던 거지요. 그가 스스로 그걸 쓴 거예요. 그러니 당연히 일치할 수밖에요."

자일스가 감탄했다.

"세상에, 그럴 줄은 생각도 못했습니다."

마플 양이 말했다.

"그럴 거예요. 당신은 그가 한 말을 믿었지요. 사람을 믿는다는 건 매우 위험한 일이에요. 나는 결코 그러지 않아요."

"그럼, 브랜디는요?"

"헬렌의 편지를 가지고 힐사이드에 찾아왔을 때 그는 정원에서 나와 이야기를 했어요. 그때 독약을 탄 것이겠지요. 코커 부인이 정원으로 나와 그가 찾아왔다고 알릴 동안 그는 집 안에 혼자 있었어요. 그런 건 아주 잠깐이면 가능한 일이랍니다."

자일스가 말했다.

"아, 그렇군요. 그래서 릴리 킴블이 살해되어 경찰서로 불려갔을 때, 그웬다가 속이 이상하다고 하자 그가 그웬다를 집으로 데려가 브랜디를 마시게 하라고 권했군요. 그런데 그는 어떻게 예정보다 일찍 릴리 킴블과 만날 수 있었을까요?"

"아주 간단한 일이에요. 그가 릴리에게 보낸 진짜 편지에는 우들리 캠프에서 만날 테니 딜머스에서 2시 5분에 떠나는 기차를 타고 매칭스홀트에 오라고 씌어 있었을 거예요. 그는 필시 관목 숲속에서 몸을 숨기고 있었겠죠. 그러다가 릴리가 오솔길을 막 올라왔을 때 불러 세워 목을 조른 거고요.

그다음에는 릴리가 갖고 있던 편지를 당신들이 본 편지와 간단히 바꿔치기 했을 뿐이에요. 그리고 집에 돌아와 당신들을 맞을 준비를 하면서 릴리를 기다리는 엉터리 연극을 해낸 거지요."

"그런데 릴리가 정말로 그를 협박했을까요? 편지로 보면 그런 것 같지는 않은데요. 오히려 릴리는 애플릭을 의심했던 것으로 생각됩니다."

"그랬을지도 모르지요. 하지만 스위스 소녀 레이어니가 릴리에게 이야기했다잖아요? 레이어니는 케네디에게 위험한 존재였어요. 그녀는 아기 방 창문을 내다보다가 케네디가 정원을 파헤치는 걸 보았으니까요.

아침에 그는 레이어니에게 모든 것을 털어놓고 말했겠지요. 핼리데이 소령이 부인을 죽였는데, 소령은 정신이 이상해진 상태라서 케네디 자신이 아이를 위해 사건을 아무도 모르게 덮어 두려 하는 거라고. 레이어니가 경찰에 가지 않은 또 다른 이유는 외국인으로서 경찰에서 겪을 일들이 두려워서였을 거예요. 그 밖에도 여러 가지 이유가 있었을지 모르죠.

레이어니는 경찰이라는 말만 들어도 겁을 먹는 아이였어요. 그녀는 그웬다를 무척 귀여워하는 동시에 무려 의학 박사라는 학위를 가진 케네디 선생에게 높은 신뢰를 품고 있었지요. 그건 마침 릴리의 상상과도 일치했어요. 릴리는 레이어니가 봤다는 무덤을 판 사람이 켈빈 핼리데이라고 생각한 거지요."

자일스가 말했다.

"그러나 케네디는 물론 그런 일을 알지 못했겠지요."

"당연히 몰랐을 거예요. 릴리의 편지를 받았을 때 그를 두렵게 한 것은 레이어니가 창문에서 본 광경을 릴리에게 이야기했다는 것과, 밖에 세워 두었던 자동차에 대한 것이었지요."

"자동차? 재키 애플릭의 자동차 말입니까?"

"그게 또 하나의 오해예요. 릴리는 재키 애플릭의 것과 비슷한 차 한 대가 바깥 큰길에 세워져 있었던 것을 기억하고 있었어요. 아니, 기억하고 있다고 믿었지요.

이미 그녀는 핼리데이 부인을 만나러 오는 수수께끼의 남자에 대해 이런저런 상상을 품고 있었어요. 바로 옆에 병원이 있어서 그 길에는 당연히 많은 자동차가 세워져 있었겠지요. 하지만 그날 밤 박사는 자신의 목적을 위해 자동차를 사용 중이었던 거예요. 그러니 박사는 릴리가 자신의 자동차를 보았다는 식으로 즉석에서 믿게 된 거지요. '멋진 자동차'라는 형용사가 뜻하는 의미는 모른 채 말이에요."

자일스가 말했다.

"알겠습니다. 확실히 양심의 가책 때문에라도 그의 눈엔 릴리의 편지가 협박장처럼 보였을지도 모르겠군요. 하지만 어떻게 아주머니는 레이어니에 대해서까지 전부 알고 계시지요?"

마플 양은 입술을 오므린 채 말했다.

"그도 마침내 포기한 거예요……. 그가 달아나기 직전에 프라이머 경감이 남겨 두고 간 부하들이 달려가서 그를 체포했지요. 그는 곧 모든 범행을 술술 자백한 모양이에요. 자신이 저지른 모든 일들을. 레이어니는 스위스로 돌아간 후 곧 죽었다는군요. 수면제를 너무 많이 먹은 모양이에요……. 그래요, 박사는 모든 필요한 임무를 완벽히 해낸 거예요."

"브랜디로 우리를 독살하려 했던 것처럼 말이죠."

"당신들 두 사람은 그에게 매우 위험한 존재였어요. 다행히도 그웬다는 홀에서 헬렌이 죽어 있는 모습을 보았다는 얘기를 그에게 비치지 않았지요. 그는 목격자가 있었다는 것을 전혀 알지 못한 거예요."

"페인과 애플릭에게 전화를 건 것도 그일까요?"

자일스가 물었다.

"그래요. 만일 누가 브랜디에 독을 탔을까가 문제가 된다면 그들 둘 가운데 어느 쪽이든 훌륭한 용의자가 될 테니까요. 그리고 만약 재키 애플릭이 혼자서 자동차를 타고 온다면, 그를 릴리 킴블 살해범으로 모는 것도 가능할지 모르죠. 페인은 어느 정도 알리바이를 가지고 있었으니까요."

그웬다가 말했다.

"그는 저를 좋아한 것처럼 보였는데요. 그웨니라고 부르면서……."

"그는 자신의 역할을 해야만 했어요. 그게 그에게 어떤 의미인지 생각해 봐요. 18년이 흘렀는데, 당신과 자일스가 찾아와 여러 가지로 물으며 조사를 시작하는 거예요. 그로써 이미 죽었다고 생각한 살인이 실은 잠자고 있었을 뿐이란 걸 깨달은 거죠……. 회상 속의 살인을 흔들어 깨우려는 당신들의 행동은 정말 무서울 만큼 위험했어요. 그래서 저는 몹시 걱정했던 거예요."

"코커 부인이 안됐어요. 겨우 목숨을 건졌으니. 하지만 무사히 회복된다고 하니까 안심이에요. 자일스, 코커 부인이 다시 우리 집에서 일해 주실까요? 이런 일이 있었는데도?"

"아기를 봐야 할 필요가 생기면 와 주실 거야."

자일스가 엄숙하게 말했다.

그웬다의 얼굴이 빨개지고, 마플 양은 살짝 미소 지으며 토베이 해안 저편을 바라보았다.

그웬다가 속삭였다.

"일이 그런 식으로 일어났다는 게 얼마나 기묘한지 모르겠어요. 제가 고무장갑을 손에 끼고 그것을 바라보고 있을 때, 그가 홀로 들어와 그 연극 대사와 똑같은 말을 하다니……. '얼굴'이라거나 '눈이 부시다'라느니 말이에요……."

그녀는 어깨를 부르르 떨었다.

"그녀의 얼굴을 가려라. 눈이 부셔서 앞이 보이지 않는다. 그녀는 젊은 나이에 죽었다…….' 그게 바로 제 이야기가 될 수 있었어요. 만약 마플 양이 거기 계시지 않았다면요……."

그녀는 잠시 말을 멈췄다가 부드럽게 입을 열었다.

"가엾은 헬렌……. 아름다웠지만 가엾었던 헬렌. 그녀는 젊은 나이로 죽었지……. 알아, 자일스? 그녀는 더 이상 우리 집 홀에 있지 않아. 어제 집을 떠나면서 느낄 수 있었어. 그냥 집만 서 있었을 뿐이었지. 그 집은 우리를 좋아해. 우리는 언제고 좋을 때 집으로 돌아갈 수 있어……."

〈끝〉

옮긴이 | 김윤정

이화여자대학교 영문학과를 졸업하고 국내외 기업의 광고 및 마케팅 부서에서 일했다. 현재 서울대학교 경영대학에 근무하며 번역 작업을 병행하는 중이다. 옮긴 책으로 『백주의 악마』, 『마술 살인』, 『잠자는 살인』, 『푸아로 사건집』 등이 있다.

애거서 크리스티 전집
잠자는 살인

3판 1쇄 찍음 2025년 6월 27일
3판 1쇄 펴냄 2025년 7월 4일

지은이 | 애거서 크리스티
옮긴이 | 김윤정
발행인 | 박근섭
편집인 | 김준혁
책임편집 | 정미리
펴낸곳 | 황금가지

출판등록 | 2009. 10. 8 (제2009-000273호)
주소 | 135-887 서울 강남구 신사동 506 강남출판문화센터 5층
전화 | 영업부 515-2000 편집부 3446-8774 팩시밀리 515-2007
홈페이지 | www.goldenbough.co.kr

© ㈜민음인, 2025. Printed in Seoul, Korea
ISBN 978-89-8273-773-2 04840
ISBN 978-89-8273-700-8 04840 (set)

㈜민음인은 민음사 출판 그룹의 자회사입니다.
황금가지는 ㈜민음인의 픽션 전문 출간 브랜드입니다.